古典文獻研究輯刊

三　編

曾永義　主編

第5冊

太康英彥
——三張詩文研究

張嘉珊　著

國家圖書館出版品預行編目資料

太康英彥——三張詩文研究／張嘉珊 著 — 初版 — 新北市：
花木蘭文化出版社，2011〔民 100〕
目 2+176 面；19×26 公分
（古典文學研究輯刊 三編：第 5 冊）
ISBN：978-986-254-547-8（精裝）
1.（晉）張華 2.（晉）張載 3.（晉）張協 4. 學術思想
5. 中國文學
820.8 　　　　　　　　　　　　　　　　　100014997

ISBN-978-986-254-547-8

古典文學研究輯刊
三 編 第 五 冊　　　　　　　ISBN：978-986-254-547-8

太康英彥
——三張詩文研究

作　　者　張嘉珊
主　　編　曾永義
總 編 輯　杜潔祥
出　　版　花木蘭文化出版社
發 行 所　花木蘭文化出版社
發 行 人　高小娟
聯絡地址　新北市永和區中正路五九五號七樓
　　　　　電話：02-2923-1455／傳眞：02-2923-1452
網　　址　http://www.huamulan.tw 信箱 sut81518@ms59.hinet.net
印　　刷　普羅文化出版廣告事業
初　　版　2011 年 9 月
定　　價　三編 30 冊（精裝）新台幣 48,000 元

太康英彥
——三張詩文研究

張嘉珊　著

作者簡介

張嘉珊，1979 年生，國立中興大學中文系學士、國立中央大學中文所碩士，現為國立臺灣師範大學國文研究所博士生。2007 年起曾任世新大學中文系、國立臺北護理健康大學通識中心國文教學組兼任講師，教授大一國文、敘事文學選讀等課程。主要研究領域為六朝文學，近年亦多關懷家族、區域、物質文明等文化研究論題。曾參與合著《臺灣人文采風錄》及《文言文典源詞典》二書，並發表數篇六朝及古典文學專題論文。本書係增改自其完成於 2006 年之碩士論文《太康英彥──三張詩文研究》。

提　要

本論文以西晉太康時期之「三張」── 張華、張載與張協及其詩文為討論之範疇。

文學創作會受時代風尚、個人才氣學習與生平際遇而有所影響，三張都是素族出身，但由於其所處時代有所先後，因而其際遇有得以主導文壇與壯志難伸的分別，其詩文中也透顯出這樣的特殊情感。

本論文研究詩人之詩歌與文章，主要分別依其「內容題材」與「藝術特色」為析論重點進行開展。張華處於魏末晉初的時代，對於轉變建安、正始詩風而型塑西晉詩壇「重情緣采」的創作風格有不可磨滅的貢獻，實於西晉文風有主導的地位，其「求新尚麗」、「尚清省」與「先情後辭」的文學觀，對太康詩人有著重大的影響；張載作品較少，史書記載其「才通經史」，曾著《晉書》，其尤善擬古作品，如〈七哀詩〉與〈擬四愁詩〉等，本文中亦將其詩與原詩及歷代擬詩作了比較，以襯顯其創作風格。一般說來，張載詩文與太康眾作稍有不同，大體呈現「質實凝重」的藝術特色，也具體展現太康文壇另一獨有風貌。張協所處時期是西晉詩文的成熟期，《詩品》將其詩歌列為上品，標舉其詩文擅於「巧構形似之言」，其創作注重「情景交融」、「音韻儷對」與「運用典故」等技巧，體物細膩入微而能臻至「神似」的境界，可說是西晉文壇的藝術高峰，對於後代詩文創作技巧影響極為深遠。

末章以「三張之比較及其價值影響」作為全文之收束。此章以三張之「生平經歷」與「詩文創作」作為三人比較之重心，在生平經歷方面，以三人之「出身及性格」、「際遇與交遊」作為論述之要；在詩文創作方面，以「文學觀念之新變與發展」、「詩文創作類型之異同」、「綺靡工巧風格之展現」與「詩文哲思與人生實踐」四方面為主軸，以較為全面的觀點概觀析論三人生平與詩文之異同，冀以體現三張獨到之特色。「價值與影響」一節則彰顯三張詩文在時代中的特殊價值，及其對後世產生的深遠影響。

目次

第一章　緒　論

第一節　研究動機與目的

　　西晉是三國以降、隋代以前的四百年間，唯一統一的王朝，自晉武帝太康元年（西元 280 年）平吳後，天下統一，政治承平，經濟繁榮，人民安居。值此盛世，文學也開始蓬勃發展，不但詩人特多，各種新興文體與作品亦風起雲湧地展現，此時文壇英彥的創作，不但帶動了文風的嬗變、藝術手法的精緻化，且樹立眾多迭宕多姿的寫作範式。

　　鍾嶸於《詩品・序》論兩晉文學的發展云：

　　　太康中，三張二陸，兩潘一左，勃爾復興，踵武前王，風流未沫，亦文章之中興也。永嘉時，貴黃老，稍尚虛談。於時篇什，理過其辭，淡乎寡味。爰及江表，微波尚傳。孫綽、許詢、桓、庾諸公，詩皆平典似《道德論》，建安風力盡矣。先是郭景純用儁上之才，變創其體；劉越石仗清剛之氣，贊成厥美。然彼眾我寡，未能動俗。逮義熙中，謝益壽斐然繼作。元嘉中，有謝靈運，才高詞盛，富豔難蹤，固已含跨劉郭，凌轢潘左，故知陳思為建安之傑，公幹、仲宣為輔；陸機為太康之英，安仁、景陽為輔；謝客為元嘉之雄，顏延年為輔；斯皆五言之冠冕，文詞之命世也。〔註1〕

這段話言簡意賅地介紹了兩晉主要作家，也將太康文學勃然復興的盛況提點出來，太康時期乃是「文章中興」的重要階段。

〔註 1〕引自鍾嶸著、陳延傑注：《詩品注》（台北：台灣開明書店，1995 年 4 月），頁 3～4。

　　初次接觸太康文學，是大二時修習尤雅姿老師所講授的《文心雕龍》課程，老師在課堂上讓我們挑選作家作品論的對象，也許是本然質性相應的緣故，我直覺地揀選了最為貼近心靈的〈哀弔〉一類文體作為研究的範疇，〈哀弔〉是在面臨喪失至親之際，脆弱心靈藉由自我的囈語，以片刻凝止的真誠懷想，發抒展現傷慟的情感。尤其在其中，我初識了「情洞悲苦」的潘岳，〔註2〕基於對他的好奇心理，並有感於其喪妻失女痛楚人生的傷感，便著手研究其哀祭文學，最後完成自己人生的第一篇論文：〈悼祭文學中的生命悲歌—以潘岳為中心〉，〔註3〕也正式踏入了學術研究的領域。在從事潘岳詩文的研究之際，除了為其真摯情懷而深為撼動，更鍾情於其間精緻雋秀的文字，因而在多年以後，仍然未能忘情於太康時期「情」「采」兼備的美文，是故將碩士論文研究範疇量定於此。至於作家作品的對焦，則是以「三張」作品為主，除了因緣於「三張」實居於太康文風轉變與型塑的關鍵地位之外，益以淹雅學人已將「二陸」、「兩潘」、「一左」之詩文作較為完整的析解，因而期冀能以此《太康英彥—三張詩文研究》，稍微彌補目前對於太康文學研究的缺漏。

第二節　「三張」義界及其生平仕歷

一、「三張」之義界

　　歷來學界對於「三張」的意旨有不同詮說，一是以為「三張」乃指「張載」、「張協」、「張亢」兄弟三人之並稱，此說以劉勰《文心雕龍》為首，輔以《晉書》記載「時人謂載、協、亢、陸機、雲曰二陸三張」。〔註4〕試看劉勰之論：

> 然晉雖不文，人才實盛：茂先搖筆而散珠，太沖動墨而橫錦，岳湛曜聯璧之華，機雲標二俊之采，應傅三張之徒，孫摯成公之屬，並結藻清英，流韻綺靡，前史以為運涉季世，人未盡才，誠哉斯談，可為歎息！〔註5〕

〔註2〕語見劉勰著、范文瀾註：《文心雕龍註・哀弔》（北京：人民文學出版社，2000年10月），頁240。
〔註3〕是文發表於《第十八屆中興湖文學獎得獎作品專集》（台中：國立中興大學中文系，2001年3月），頁243～258。
〔註4〕見《晉書》（台北：鼎文書局，1976年）卷五十五張亢傳，頁1524。
〔註5〕語見《文心・時序》，頁674。

劉勰於此將張華別於「三張」之外，特論其「搖筆而散珠」，而後方提及「三張」，可見此處所云「三張」是為張載、張協、張亢兄弟三人。

又有一說認為「三張」乃為「張華」、「張載」與「張協」之並稱，此說法是以《詩品》為最早，在《詩品》中，並沒有選錄張亢的詩，而將張協列於上品、張華列於中品、張載列於下品，因此，《詩品・序》中所提「三張二陸兩潘一左」的「三張」，應是《詩品》內文中所品評之「三張」，即張載、張協與張華這三人，而不應該包括張亢。執此見者有劉大杰《中國文學發展史》、胡國瑞《魏晉南北朝文學史》、鄭孟彤《中國詩歌發展史略》、北京大學所編《魏晉南北朝文學史參考資料》、林庚與馮沅君主編《中國歷代詩歌選》、顧實《中國文學史大綱》與葉嘉瑩〈太康詩歌講錄〉等，〔註6〕俱以為「三張」指的是張華、張載與張協，其共同的理由是認為張亢之創作成就不及二兄，更無法與張華相比。〔註7〕

細察張亢詩文已於北宋時亡佚殆盡，僅存逯欽立所輯失題詩共四句一首，〔註8〕無從得知其具體風格。又張華身為太康文壇之盟主，其詩歌、文、賦等均有可觀之處，據筆者之搜索，目前學界似無研究之專著問世，故捨張亢而就張華，將此論文之「三張」定界為「張華」、「張載」與「張協」，期冀能在爬梳三張詩文，探究其個人之風格特色之際，亦能展現太康文壇詩文風格的源流與風貌。

二、三張之生平及仕歷

（一）張華之生平及仕歷

在西晉歷史上，不論政界或文壇，張華無疑是一位重要人物。張華的人生經歷約莫可分為西晉代魏以前、晉武帝時期與惠帝時期三階段。

張華字茂先，范陽方城人（今河北省固安縣）人。生於魏明帝曹叡太和六年（西元232年），其父張平雖曾官魏漁陽太守，但名不見經傳。據《晉書》本傳記載：「（張）華少孤貧，自牧羊。」儘管如此，張華受到同鄉之人的大

〔註6〕參見葉嘉瑩：〈太康詩歌講錄〉，《國文天地》14卷4期，1998年9月，頁66。是文亦收錄於氏著《漢魏六朝詩講錄》一書中。

〔註7〕《晉書》卷五十五張亢傳云：「亢字季陽，才藻不逮二昆。」頁1524。

〔註8〕見逯欽立所輯：《先秦漢魏晉南北朝詩》（北京：中華書局，1998年5月）頁854。張亢此失題詩所存詩句為：「昔我好墳典，下帷慕董氏。吟詠仿餘風，染軸舒素紙。」

力提攜，史載：「同郡盧欽見而器之。鄉人劉放亦奇其才，以女妻焉。」而後司馬氏代魏，其仕歷如史所述：「郡守鮮于嗣薦華爲太常博士。盧欽言之於文帝，轉河南尹丞，未拜，除佐著作郎。頃之，遷長史，兼中書郎。朝議表奏，多見施用，遂即眞。」〔註9〕歷任太常博士、河南尹丞、著作郎、長史、中書郎等職。

在武帝朝，張華的仕歷大抵以「平吳」之事作爲分界的標誌：從入晉至平吳，張華之名望與日邊增，曾拜黃門侍郎、封關內侯。由於張華博學強記，〔註10〕武帝初年便與傅玄、成公綏同受命制禮作樂，作有〈王公上壽酒會舉樂歌詩表〉、〈四廂樂歌〉十六首及〈冬至初歲小會歌〉、〈宴會歌〉、〈命將出征歌〉、〈勞還師歌〉、〈中宮所歌〉與〈宗親會歌〉等。泰始七年（西元271年），張華拜中書令，與荀勖依劉向〈別錄〉整理記籍。泰始九年（西元273年），張華加散騎常侍，作〈正德舞歌〉及〈大豫舞歌〉。咸寧五年（西元279年），張華與晉武帝、羊祜、杜預等人，力排賈充一派之阻撓，密謀平吳之議，是年張華獲任命爲度支尚書。咸寧六年（西元280年）平吳之役大勝，中國六十年之分裂局面復歸一統，是年改元太康，張華封廣武縣侯，封邑萬戶。

平吳後，「（張）華名重一世，眾所推服，晉史及儀禮憲章並屬於華，多所損益，當時詔誥皆所草定，聲譽益盛，有台輔之望焉。而荀勖自以大族，恃帝恩，深憎疾之，每伺間隙，欲出華外鎮。會帝問華：『誰可託寄後事者？』對曰：『明德至親，莫如齊王攸。』既非上意所在，微爲忤旨，間言遂行。乃出華爲持節、都督幽州諸軍事、領護烏桓校尉、安北將軍。」〔註11〕齊王司馬攸爲司馬炎之弟，非炎之子，因之武帝對於張華的回覆，自然有所齟齬。張華任幽州在太康三年（西元282年）到太康六年（西元285年），復征爲太常，然二年後，「（華）以太廟屋棟折免官。遂終（武）帝之世，以列侯朝見」，〔註12〕未能再受重用。

惠帝立，以張華爲太子少傅。不久，謀誅楚王瑋，〔註13〕「華以首謀有功，拜右光祿大夫、開府儀同三司、侍中、中書監，金章紫綬。固辭開府。

〔註9〕 以上俱見《晉書》本傳，頁 1068、1070。
〔註10〕《晉書》本傳記載：「華強記默識，四海之內，若指諸掌。武帝嘗問漢宮室制度及建章千門萬戶，華應對如流，聽者忘倦，畫地成圖，左右屬目。帝甚異之，時人比之子產。」頁 1070。
〔註11〕事見《晉書》本傳，頁 1070。
〔註12〕引自《晉書》本傳，頁 1071。
〔註13〕事見《晉書》本傳，頁 1072。

賈謐與（賈）后共謀，以（張）華庶族，儒雅有籌略，進無逼上之嫌，退爲
眾望所依，欲倚以朝綱，訪以政事。疑而未決，以問裴頠，頠素重華，深贊
其事。華遂盡忠匡輔，彌縫補闕，雖當闇主虐后之朝，而海內晏然，華之功
也。」「久之，論前後忠勳，進封壯武郡公。華十餘讓，中詔敦譬，乃受。數
年，代下邳王晃爲司空，領著作。」及（司馬）倫、（孫）秀將廢賈后，秀使
司馬雅夜告華曰：『今社稷將危，趙王欲與公共匡朝廷，爲霸者之事。』華知
秀等必成篡奪，乃距之。雅怒曰：『刃將加頸，而吐言如此！』不顧而出。華
方書臥，忽夢見屋壞，覺而惡之。是夜難作，詐稱詔召華，遂與裴頠俱被收……
遂害之於前殿馬道南，夷三族，朝野莫不悲痛之。時年六十九。」〔註 14〕此
段本傳之記載，詳列張華於惠帝朝之仕歷，與其所被害之因緣，其寧死不從
司馬倫、孫秀等之氣節凜然可見。

　　張華學問淵博，尤其對天文地理、歷史政治、大千世界與人生百態的廣
泛認識，令人折服。他的《博物誌》詳載歷代四方奇物異事，〔註 15〕史料上
亦有相關記載：「惠帝中，人有得鳥毛長三丈，以示華。華見，慘然曰：『此
謂海凫毛也，出則天下亂矣』。」「吳郡臨平岸崩，出一石鼓，槌之無聲。帝
以問華，華曰：『可取蜀中桐材，刻爲魚形，扣之則鳴矣。』於是如其言，果
聲聞數里。」〔註 16〕凡此種種事例，除了博學強識之外，張華還給人一種神
通廣大的印象，這也說明了張華在當時人們心目中的傳奇地位。

（二）張載之生平及仕歷

　　張載字孟陽。他的籍貫眾說紛紜，《文選》卷二十三〈七哀詩〉注引臧榮
緒《晉書》作「武邑」（今河北省武邑縣），〔註 17〕唐修《晉書》作「安平」（今

〔註 14〕詳見《晉書》本傳，頁 1072～1074。
〔註 15〕《博物誌》原有四百卷，武帝曾令其刪繁取要，《隋書·經籍志》所載十卷本，
　　　　流傳至今已殘闕不全，且有錯落狀況。然於殘卷中，亦可窺見其精妙之處，
　　　　如〈異人〉篇載：「南海外有鮫人，水居如魚，不費織績，其眠能泣珠。」見
　　　　范寧：《博物誌校證》（北京：中華書局，1980 年）頁 24。
〔註 16〕以上可參見《晉書》本傳，頁 1074～1076。此類事例又如：「陸機嘗餉華鮓，
　　　　于時賓客滿座，華發器，便曰：『此龍肉也。』未之信，華曰：『試以苦酒濯之，
　　　　必有異。』既而五色光起。機還問鮓主，果云：『園中茅積下得一白魚，質狀
　　　　殊常，以作鮓，過美，故以相獻。』」「武庫封閉甚密，其中忽有雉雛。華曰：
　　　　「此必蛇化爲雉也。」開視，雉側果有蛇蛻焉。」均能表現出張華之博學識見。
〔註 17〕《六臣註文選》李善注〈七哀詩〉云：「臧榮緒《晉書》云：『張載字孟陽，
　　　　武邑人也。有才華，起家拜著作郎，稍遷領著作，遂稱疾，抽簪告歸，卒於
　　　　家。』」頁 411。

河北省安平縣），〔註18〕清代嚴可均《全晉文》所編張載小傳作「安平灌津」。〔註19〕又《太平寰宇記》卷六十三云：「冀州信都縣三張宅。晉文士張協兄弟三人，喜屬文，皆郡人也。語曰：『二陸入洛，三張減價。』」〔註20〕信都縣始置於西漢，治今河北省冀縣。據《晉書‧地理志》所載可知，西晉時安平為冀州郡國之一，信都、武邑等皆其下屬之縣。〔註21〕佐以《太平寰宇記》所記查考上述三說，「三張」籍貫當為信都，〔註22〕今人或採「武邑」說，或採「灌津」說，或徑稱「安平」等，均是為確說。

張載確切生卒年皆不可考，唐修《晉書》云：「孟陽鏤石之文，見奇於張敏；《濛汜》之詠，取重於傅玄。為名流所挹，亦當代文宗矣。景陽摛光王府，棣萼相輝。洎乎二陸入洛，三張減價。考核遺文，非徒語也。」〔註23〕以此而言，張載於太康時期已經譽滿文壇。要完整論述張載的仕宦經歷是一件困難的事，尤其是太康及其以前的這段時期，唐修《晉書》張載本傳篇幅雖然不算短，但抽去其所引張載〈劍閣銘〉與〈榷論〉兩篇文章，所剩傳記文字已寥寥無幾。

張載初入仕途，亦得力於傅玄之延譽。據《晉書》本傳：「載又為《濛汜賦》，司隸校尉傅玄見而嗟嘆，以車迎之，言談盡日，為之延譽。遂知名，起家著作郎。」〔註24〕本傳又云：「出補肥鄉令，復為著作郎。」〔註25〕其出補肥鄉（今河北省肥鄉縣）令，或許與傅玄咸寧四年被免官司隸校尉有關；復為著作郎，可能是在益州刺使張敏「表上其文，武帝遣使鐫之於劍閣山焉」

〔註18〕《晉書》卷五十五張載本傳：「張載字孟陽，安平人也。」頁1516。
〔註19〕西晉無「灌津」之稱，至北魏乃以觀津縣改名。「觀津縣」始置於西漢，治今河北省武邑縣東南。
〔註20〕轉引自逯欽立輯《先秦漢魏晉南北朝詩》，頁801。
〔註21〕詳可參《晉書‧地理》，頁423。
〔註22〕此處「三張」乃指張載、張協與張亢三兄弟。
〔註23〕參見《晉書》卷五十五夏侯湛、潘岳、張載等傳論。
〔註24〕傅玄任司隸校尉的時間在咸寧元年（西元275年）六月至咸寧四年（西元278年）六月，張載受知於傅玄，從而起家著作郎，當在此段時間之內。又此事干寶《晉紀》云：「太僕傅玄見賦嘆息。」察傅玄任太僕在泰始五年（西元269年），後遷司隸校尉。相關紀年考證，可詳參陸侃如《中古文學繫年》與曹道衡、沈玉成：《中古文學史料叢考》（北京：中華書局，2003年7月），頁164～165。
〔註25〕陸侃如先生以張載「出補肥鄉令」「假定在拜著作後五年左右」，故繫之於太康元年；又以「復為著作郎」「假定在轉舍人前一二年」，故繫於太康九年。

之時。本傳復曰：「轉太子中舍人，遷樂安相、弘農太守。」〔註26〕其轉太子中舍人約是在晉惠帝永熙元年（西元 290 年）。是年八月，廣陵王受立爲太子，張華爲太子少傅，潘岳爲太子舍人。次年三月改元元康，張載作有〈元康頌〉，可知當時其仍官於洛陽。但是，何時遷職樂安（治今山東省鄒平縣東北）相，又何時遷職弘農（治今河南省靈寶縣東北）太守，就不得而知了。但是由此可以推想，賈后亂政期間，張載幸得遠離京都洛陽，而得免受波及。張載此番離開洛陽後，在地方任官職約經歷十年的時間。《晉書》本傳謂：「長沙王乂請爲記室督，拜中書侍郎。」〔註27〕太安元年（西元 302 年），十二月丁卯日（二十二日），長沙王司馬乂殺齊王司馬冏，爲太尉。則張載被長沙王乂請爲記室督，當在其後。拜中書侍郎，依陸侃如先生說法，事當在永興元年（西元 304 年）正月二十七日長沙王敗後。

張載前後三爲著作郎，第一次在咸寧年間，第二次在太康年間，第三次領著作郎的確切時間雖然不詳，但知其主要任務是編纂《晉書》。〔註28〕據《晉書》華嶠傳記載：「後監繆徵又奏嶠少子暢爲佐著作郎，克成《十典》，並草《魏晉紀傳》，與著作郎張載等俱在史官。」〔註29〕陸侃如繫此年於光熙元年（西元 306 年），曰：「載復領著作不知在何時，假定在拜侍郎後一二年。」〔註30〕

張載大約卒於「稱疾告歸」後不久。《晉書》本傳云：「載見世方亂，無復進仕意，遂稱疾篤告歸。卒於家。」〔註31〕張載的歸隱，是洞悉時局已亂的明慧之策，與同時張華、裴頠、潘岳、歐陽建、陸機、陸雲等不知及時抽身遠引，終至被殺的結局相較，張載、張協等少數文士，是顯得更爲明智冷靜的。這「明哲保身」、思進取而能適變的智慧，藉由細察張載一生行跡可以略而得之：於太康群才中，張載才學之富自是飲譽文壇的，傅玄、張敏皆曾嗟嘆延譽，史書中亦稱其「性閑雅，博學有文章」，〔註32〕可知其爲才思兼美之士。張載儘管飲譽文壇，但在交友方面卻十分謹慎，自史傳材料與其詩賦贈答情況考察，他交往的對象除了傅玄外，還有傅咸、虞顯度、鍾參軍、棗

〔註26〕以上分見《晉書》，頁 1517、1518。
〔註27〕語見《晉書》，頁 1518。
〔註28〕王隱《晉書》曰：「載才不經史，能作《晉書》。」依唐修《晉書》，「不」當作「通」。
〔註29〕參見《晉書》，頁 1265。
〔註30〕詳見陸侃如：《中古文學繫年》，頁 818。
〔註31〕語見《晉書》，頁 1518。
〔註32〕語見《晉書》，頁 1516。

子琰、左思及張敏。雖然張載可能於惠帝永熙元年（西元 290 年）至元康初年（西元 291～299 年）與張華、潘岳等同於東宮任職，卻不見他們互動的相關記錄。張載亦不從諂事賈謐之流，參預二十四友之列，由以上羅列的人物看來，張載所交往的對象中，沒有玄學人物、名士甚至權貴，這或許也是最終張載得以自司馬氏之亂中順遂退隱、以得全身的重要原因。

（三）張協之生平及仕歷

張協人生道路的過程與其兄張載近似，皆為先出仕而後退隱的模式。《晉書》張協傳記載：「協字景陽，少有俊才，與載齊名。辟公府掾，轉秘書郎，補華陽令、征北大將軍從事中郎，轉河間內史。在郡清簡寡欲。于時天下已亂，所在寇盜。協遂棄絕人事，屏居草澤，守道不競，以屬詠自娛，擬諸文士作〈七命〉，世以為工。永嘉初，復征為黃門侍郎，託疾不就，終於家。」〔註 33〕張協初仕之職為公府掾，〔註 34〕陸侃如先生假定云：「以（張）載生年推之，協當生於二五五年左右。辟公府不知在何時，假定在轉秘書郎前一二年，協年在二十五至三十間。」〔註 35〕也就是將張協辟公府假定於太康四年（西元 283 年），比假定張載咸寧元年（西元 275 年）出仕晚了七八年。張協被辟為公府掾，當因「少有俊才」之名，並「與（張）載齊名」，可能其入仕時間早於太康四年。曹道衡、沈玉成先生在《中國文學家大辭典》謂張協：「約於武帝咸寧中辟公府掾」，這個推測顯然較合情理。但何時轉為秘書郎，至於補華陽令，這段仕歷仍無可考，只得停留在假定的階段。〔註 36〕

關於遷「征北大將軍從事中郎」，陸侃如以為：「西晉為征北大將軍者，為衛瓘一人，在泰始末。時兄載尚未出仕，而協在為從事前已歷任三職，可證協非瓘從事。其後征北者，有楊濟與和郁，惟無『大』字。郁在永嘉初，顯然太晚。楊濟在太康十年與永熙元年，時間似正合，協當是濟之從事中郎。」〔註 37〕究陸先生：「西晉為征北大將軍者，為衛瓘一人，在泰始末」的論述，或許不確，衛瓘在泰始七年（西元 271 年）八月，以征東大將軍為征北大將

〔註 33〕詳見《晉書》，頁 1518、1519、1524。
〔註 34〕公府指的是太尉、司徒、司空等三公之官署，屬於中央一級之機構，掾乃佐助之職。
〔註 35〕詳見陸侃如：《中古文學繫年》，頁 708。
〔註 36〕陸侃如將張協轉秘書郎之年「假定在補華陽令前一二年」，即太康六年（西元 285 年）。至於補華陽令的時間，其「假定在遷征北從事中郎的前一二年」，及假定在太康八年（西元 287 年）。詳可見氏著《中古文學繫年》，頁 713、719。
〔註 37〕詳見陸侃如：《中古文學繫年》，頁 728。

軍，都督幽州諸軍事，直到咸寧四年（西元 278 年）冬十月，以征北大將軍
爲尚書令，衛瓘爲征北大將軍長達七、八年時間。然考察史實，西晉爲征北
大將軍者，除衛瓘外，尚有司馬穎。據《晉書・成都王穎傳》，永寧元年（西
元 301 年）正月，趙王司馬倫篡奪帝位。三月，成都王穎在征北大將軍任，
不久與齊王司馬冏等共誅司馬倫。六月，以成都王穎爲大將軍、錄尚書事，
河間王爲太尉。唐修《晉書》史臣曰：「景陽摛光王府，隸薄相輝」，〔註38〕
既曰「摛光王府」，則張協爲從事中郎當在司馬氏王府中無疑。綜上所述，張
協以任司馬穎之從事中郎的可能性較高，因此，曹道衡、沈玉成先生謂張協
於「惠帝永寧元年（西元 301 年）或稍後，入征北大將軍司馬穎府爲從事中
郎」之說較爲合理。〔註39〕

　　關於張協遷中書侍郎的時間，陸侃如雖有所推定，〔註40〕然基於其任征
北大將軍從事中郎之年推斷或有訛誤，因之不可信從。至於「復徵爲黃門侍
郎，託疾不就，終於家」等事，據《晉書》本傳謂在懷帝永嘉初年（西元307
～313 年），此爲張協生平行跡唯一有明白史據者。

　　《晉書》本傳云：「于時天下已亂，所在寇盜。協遂棄絕人事，屏居草澤，
守道不競，以屬詠自娛。」此段記載，吾人可由其詩文創作〈雜詩〉十首與
〈七命〉中尋得象徵性的直接印證。張協似儒似道，以世事的變化作爲調適
自我心態與行事的客觀依據，他與張載一樣，秉持與時推移、隨世俯仰的人
生態度，而得以在亂世中轉向養眞守道的自在生活。

第三節　取材與研究方法

　　關於研究材料方面，筆者重視的部分有三：第一部分是三張詩文的一手
資料，此部分是以逯欽立所輯《先秦漢魏晉南北朝詩》與嚴可均所輯《全上
古三代秦漢三國六朝文》爲底本，兼採後人所錄三張別集、蕭統等編《文選》
與陳元龍《歷代賦彙》等爲輔本；〔註41〕其次是兩岸三地文、史學者相關研
究之眾多二手資料；再者爲魏晉相關史料、文獻與著述。以下將對於研究材
料的使用與書寫策略作一簡單的說明。

〔註38〕語見《晉書》，頁 1525。
〔註39〕詳可參曹道衡、沈玉成：《中古文學史料叢考》，頁 165～166。
〔註40〕可參見陸侃如：《中古文學繫年》，頁 735、757。
〔註41〕三張別集如明代張溥《漢魏六朝百三家集》中所錄《張茂先集》與《張孟陽
　　　　景陽集》等。

　　本文以「三張詩文」為研究範疇，因而全文重心以「三張」詩文文本之研究為主，並輔以史料、文獻的記錄以作為查考之資。詩歌部分，以逯欽立所輯《先秦漢魏晉南北朝詩》為主要文本；文章部分則以嚴可均集校之《全上古三代秦漢三國六朝文》為底本，兼採陳元龍《歷代賦彙》與《六臣註文選》等所錄詩文，以補全嚴本之不足，以收防漏補闕之效。〔註42〕史傳文獻之材料，則以唐修本《晉書》為主，輔以王隱《晉書》與臧榮緒《晉書》以為參照；詩文作品與詩人生平繫年，主要參考陸侃如《中古文學繫年》，及曹道衡、沈玉成《中國文學家大辭典》，益以廖蔚卿之〈張華年譜〉，作為稽察之憑藉，與記錄之補充。

　　在文本析解方面，除詩文內容意涵之探察外，並檢視題材之運用，更詳細兼論詩文中所展現之思想內涵，與其所含藏之藝術技巧與寫作特色，以期得窺三張之思想特色，與其詩文創作之全豹。在筆者閱讀的研究材料中，文獻史料是構成歷史背景的重要來源，因此應儘量涉獵；至於三張作品中，潛藏作者的思想，與其生平經歷有著重大的關係，因之亦不可不細察史料以資印證，不過筆者並未大幅交代魏晉與太康時期的歷史，而是將這些著作當作理解三張詩文的背景資料，冀望不因專注於詩文文本的研究，而忽略外圍問題的探究，因而造成作品的嚴重誤讀。

　　關於前人（文、史學者）之相關研究亦儘量參考與應用，此部分涵蓋層面很廣，實難一一羅列，然可大別為太康文學與魏晉文學、詩文評論與文學理論、文類與文體學等。在處理文獻與相關研究成果的時候，可以常發現即使學者們運用相同史料，卻常得出不同的論述與結果，其中主要是源於學者們使用史料文獻之疏密度有異，或切入面向及既有的觀點不同之故，因之在使用前人的研究成果的同時，亦需謹慎思考與悉心揀擇。

　　最後，衷心慶幸且倍感幸福自己能踏在前人的臂膀上遠望，期冀此獻曝之作，能有毫釐之參考價值。自揆才性惟魯、智識讓漏，文中必有諸多疏漏之處，還望淹雅君子不吝提點，幸有以教之。

〔註42〕如張載「賦注」類作品，如〈吳都賦注〉、〈魏都賦注〉與〈魯靈光殿賦注〉等，嚴本皆為闕漏無所輯錄，而為李善注錄於《文選》中，如是將二者兩相對照，可收防漏補闕之效。

第二章　張華詩歌析論

第一節　張華詩歌之主題內容

　　據逯欽立輯校《先秦漢魏晉南北朝詩》所載，張華現存詩作有三十二題，共七十一首，〔註1〕試將其題材內容加以分類統計，以敘寫情志爲主題者，有二十六首，佔詩作中 37%；寫景詠物兼詠懷者，有十六首，佔 23%；以贈答述情爲主題者，其中又可分爲與友酬答與感婚幽情二類，共有十首，佔 14%；以針砭世風爲主題書寫者，有三首，佔 4%；此外，屬應詔而製的宮廷樂歌共有十六首，佔詩作中的 23%。由此可見，張華詩歌的題材內容頗爲紛彩多呈，其中以抒情言志爲主題的作品數量較多，而此類作品依其內容又可細分爲抒發奮進用世與恬退幽隱兩種情志。以下依張華的詩歌作品，約略可大別爲抒情言志、山水景物、贈答述情、警示戒世與應詔製作五方面，依序論述其內涵，以顯其詩歌風貌之梗概。

一、展志入世，心繫山林

　　這一類型的詩歌，主旨在於書寫內心的志向，抒發詩人心中最隱微的觸動。此類詩歌在張華作品中佔了很大的份量，在其中詩人或有意識、或無意間透顯了對自我的企望，或表抒積極奮進的激昂鬥志，或期冀遁世養眞的幽隱情懷。遑論最終詩人是否眞正退隱，然而它最眞切地記錄了詩人曾經進退

〔註 1〕　此數包含數首形式較爲完整之無題詩，與逯本晉詩卷十之燕射歌辭、鼓吹曲辭、舞曲歌辭，及卷十八之雜歌謠辭，然不計無題且少於四句、闕漏不全之詩。

惶然的心聲。以下將從詩歌中，分別剖析詩人「展志入世」與「縈懷恬退」的兩個面向：

（一）奮進入世之心

「奮進入世」是自古以來，中國文人接受儒家思想教化，「學而優則仕」影響下的傳統士大夫觀念。[註2]這樣的文化，對於千百年來的中國文人，一直具有極大的影響，因之，深植著儒家積極奮進、胸懷建功立業之志的士人們，積極地在政治場中試圖實現自我的價值。除此之外，又有一類在仕途上抑鬱不得志的文人，在振筆疾書之際反映現實，默化社會風氣，樹立立德立言的範式，透過不同方式的書寫，或詠史、或詠懷，詩人們得以抒發一己之豪情壯志，也透顯出他們亟欲進取、慷慨激昂的人生態度。[註3]

張華奮進的生命態度，除了在政治場上他力排眾議、力挺晉武帝與羊祜之滅吳行動，最終獲得成功大業的具體事迹外，從詩歌作品中，也可以探查出他積極奮發的入世態度，如〈勵志詩〉九章中，他積極勉勵世人積善成德，進身修業：

> 大儀斡運，天迴地游。四氣鱗次，寒暑環周。星火既夕，忽焉素秋。
> 涼風振落，熠燿宵流。（其一）

> 吉士思秋，實感物化。日與月與，荏苒代謝。逝者如斯，曾無日夜。
> 嗟爾庶士，胡寧自舍？（其二）

> 仁道不遐，德輶如羽。求焉斯至，眾鮮克舉。大猷玄漠，將抽厥緒。
> 先民有作，貽我高矩。（其三）（以上俱見逸本，頁615）

前兩章詩人從客觀自然變化，與時光之易逝說起，感嘆之際興起了立德立功的志願，最末以問句揭示了世人在悲秋物化之際，應及時奮起而有所作爲。其三說明仁德之道俯拾即是，然世人卻少追尋獲取，因之吾人應遵循前賢所遺留的法則，作爲處世的指導原則。再看其四、其五：

> 雖有淑姿，放心縱逸。出般于游，居多暇日。如彼梓材，弗勤丹漆。
> 雖勞樸斫，終負素質。（其四）

> 養由矯矢，獸號于林。蒲蘆縈繳，神感飛禽。末伎之妙，動物應心。

[註2] 語出《論語·子張》：「子夏曰：仕而優則學，學而優則仕」，引自朱熹：《四書集注·論語集注·子張第十九》，頁22。

[註3] 此類詩人可以杜甫等爲代表。

　　研精耽道，安有幽深？〔註4〕（其五）（以上俱見逯本，頁615）

此二章詩人敘述一般人只顧追求逸樂，虛擲光陰的現象，實在是糟蹋了美好的天生本質，並以《淮南子》與《汲冢書》中記載，〔註5〕野獸有感養由基舉弓將射，便在林中哀號，與禽鳥見到蒲且子之神威，率皆懾感恐懼的兩個例子，說明微末小技尚如此絕妙，更何況若能潛志研思，豈有不通於仁德之道的道理呢？接下來，詩人更進一層揭示了進德修業的方法：

　　水積成川，載瀾載清。土積成山，歊蒸鬱冥。山不讓塵，川不辭盈。

　　勉爾含弘，以隆德聲。（其七）

　　高以下基，洪由纖起。川廣自源，成人在始。累微以著，乃物之理。

　　緝牽之長，實累千里。（其八）

　　復禮終朝，天下歸仁。若金受礪，若泥在鈞。進德修業，輝光日新。

　　隰朋仰慕，予亦何人。（其九）（以上俱見逯本，頁615）

最末三章，詩人以大川不辭細流、高山不讓細塵的道理，勉勵我們應以謙虛廣納的態度，竭力專致於進德修業，那麼，終有一日，能夠受天下之歸服與擁戴；何況賢如隰朋之人都尚且知慕仁德，我們更應該黽力向善，以成功業。〈勵志詩〉全詩以儒家仁德之倫理綱常出發，勉勵世人能承繼道統，除了表述出自身奮進入世的生命態度之外，其諄諄勸勉、勵志成人的用意也是非常彰著的。另如〈上巳篇〉中：「盛時不努力，歲暮將何因。勉哉眾君子，茂德景日新。高飛撫鳳翼，輕舉攀龍鱗。」也是詩人勉人奮進的用心。

　　在〈勵志詩〉九章的組詩中，其六是特別值得注意的：

　　安心恬蕩，棲志浮雲。體之以質，彪之以文。如彼南畝，力未既勤。

　　薦黍致功，必有豐殷。（其六）（逯本，頁615）

此詩是組詩中思想較為特出的一章，詩人在前五章中稱道儒家進德的重要之後，卻在此詩中表達自己恬淡如浮雲的心志，認為人世間的經世濟民都是徒勞無功，不如放下一切歸隱山林，專致於耕作，勤力耕種於畎畝必能有豐碩

〔註 4〕　本章中「養由基」，由亦作游，春秋楚大夫，善射，去柳葉百步射之，百發百中。晉楚戰於鄢陵，由基蹲而射，徹七札，再發盡殪，晉師乃止。「蒲且子」，古之善弋射者，楚人。《列子集釋‧卷第五‧湯問》曰：「蒲且子之弋也，弱弓纖繳，乘風振之，連雙鶬於青雲之際，用心專，動手均也。」楊伯峻：《列子集釋》（北京：中華書局，1991年），頁172～173。

〔註 5〕　《淮南子》云：「楚恭王遊於林中，有白猿緣木而矯。王使左右射之，騰躍避矢不能中。於是使養由基撫弓而眄，猿乃抱木而長號。」《汲冢書》曰：「蒲且子見雙鳧過之，其不被弋者亦下。」

收穫相報。在這組以入世思想爲主軸的〈勵志詩〉中，我們發現詩人在勉人奮進的企圖心中卻同時具有退世歸隱的思想，徘徊在積極與退隱之間、舉棋不定的詩人，正呈顯出中國傳統文人特有的仕隱之間的矛盾，而這樣深刻掙扎的軌跡，也突顯出這首組詩的特色。

張華除了是一位「少自修謹，造次必以禮度」的恂恂儒者之外，更是一位俠義重氣之士。〔註6〕這一股慷慨豪氣，在詩歌創作中，也傾洩透顯了出來，其〈壯士篇〉、〈遊俠篇〉、〈博陵王宮俠曲二首〉都是此一豪俠性格的展現。

在〈壯士篇〉中，他塑造了一位勇於建功立業的壯士形象，藉由對時光易逝的省思，壯士及時立功、最終名震四海之鋪陳，明顯地表現出強烈的入世之志：

> 天地相震蕩，回薄不知窮。人物稟常格，有始必有終。
> 年時俛仰過，功名宜速崇。壯士懷憤激，安能守虛沖？
> 乘我大宛馬，撫我繁弱弓。長劍橫九野，高冠拂玄穹。
> 慷慨成素霓，嘯吒起清風。震響駭八荒，奮威曜四戎。
> 濯鱗滄海畔，馳騁大漠中。獨步聖明世，四海稱英雄。
>
> （逯本，頁613）

本詩可分爲五節，第一節云天地運行不輟，人與萬物都受自然支配，有生有滅、有始有終，然於此作者點出了天地無窮與人事有限的矛盾，暗藏壯士應惜時進取的伏筆；第二節直言年歲倏忽、時光易老，滿腔憤激的壯士怎能恬淡無爲呢？在透過自問與自答之間，壯士更加堅定應及時奮進，以振功名的心志。此節詩人以儒家積極進取的人生態度，與道家無爲守虛的恬然相對比，以襯顯出壯志滿懷的用世之心；第三節具顯出壯士的立功之舉，在「乘我」、「撫我」的字句間，其豪邁逞意的情態躍然可見，而橫九野之長劍，與拂玄穹之高冠，這些誇張意象的堆疊，更突顯出壯士的英勇氣概。第四段描寫壯士奮勇殺敵的過程，其中，「慷慨成素霓，嘯吒起清風」是暗用荊軻刺秦王的典故，〔註7〕表現出了壯士在戰場上高昂的鬥志，連四周的蠻夷都爲之震懾；末節表述出壯士功成名就，獨步天下捨我其誰的樣態，舉世四海都稱其爲英雄。此詩張華藉由壯士之遂志，極寫實現生命的崇高價值，更給予人激勵自

〔註6〕《晉書》本傳載：「〔張華〕勇於赴義，篤於周急。器識弘曠，時人罕能測之」，頁1068。
〔註7〕荊軻，戰國齊人，徙衛，衛人稱慶卿，行燕稱荊卿，好讀書，擊劍，爲燕太子丹使秦，劫秦王不遂，被殺，事見《史記·刺客列傳·荊軻》，頁2526～2536。

我的奮進力量，在書寫壯志豪情的同時，張華也不忘字斟句酌，在「乘我大宛馬，撫我繁弱弓」以下的五聯，全用偶句，除了在語意上產生迅捷快適的感受，以呼應壯士奮勇克敵的情狀，在詩歌的形式上也更顯出華美的風格。

再看〈博陵王宮俠曲二首〉：

　　俠客樂幽險，築室窮山陰。獠獵野獸稀，施網川無禽。

　　歲暮飢寒至，慷慨頓足吟。窮令壯士激，安能懷苦心。

　　干將坐自□，繁弱控餘音。耕佃窮淵陂，種粟著劍鐔。

　　收秋狹路間，一擊重千金。棲遲熊羆穴，容與虎豹林。

　　身在法令外，縱逸常不禁。（其一）（逯本，頁 612）

此詩一開始敘述俠客所居獸少無魚之野惡之地，他們不畏飢寒之迫，反而愈是困塞的環境，愈能激發他們費盡心思實現心志的鬥志，也襯托出俠客英武的豪俠氣魄。接著描寫俠客們在窮壤耕種、在獸穴茂林中生存穿梭，體現出俠客身處世俗之外，不受拘束的縱逸性格與生活。

　　雄兒任氣俠，聲蓋少年場。借友行報怨，殺人租市旁。

　　吳刀鳴手中，利劍嚴秋霜。腰間又素戟，手持白頭鑲。

　　騰超如激電，迴旋如流光。奮擊當手決，交屍自縱橫。

　　寧為殤鬼雄，義不入圜牆。生從命子遊，死聞俠骨香。

　　身沒心不懲，勇氣加四方。（其二）（逯本，頁 612）

此詩較前首詩例更為具體地描寫了俠客的俠義行徑，也將其行為動作描寫得活靈活現、狀溢目前，如首節描寫俠客仗義為友、在市集殺人，甚至連寶刀也為殺敵而激憤鳴叫，閃爍之劍光飛舞如嚴霜般凜冽……凡此皆表現出行俠現場的冷酷樣貌，也為俠客不顧己身安危，勇於赴義的精神作了最忠實的鋪陳。而「奮擊當手決，交屍自縱橫。」則寫出了殘酷迅捷的對決現場，縱橫的交屍，將場景襯顯得更為壯烈。後半「寧為殤鬼雄，義不入圜牆。生從命子遊，死聞俠骨香。身沒心不懲，勇氣加四方。」描寫俠客將性命拋諸腦後，寧橫死為鬼中豪傑，也不願喪義入獄的奮勇精神，其對於俠義的堅持，不畏懼死亡的逼視，就算死後還能聞其俠骨之氣，更增添了豪俠正氣凜然的形象，給予讀者彷若身歷其境的振奮感受。

（二）恬退幽隱之志

張華出身庶族，低微的出身，靠著自身學識淵博與智慧籌略，而公至卿相，但是他仕從於昏主虐后的紊亂朝代，在逐漸成功立業之際，伴隨他的卻

是命在旦夕的艱危險惡。在欣然仕進的同時,對生命的憂懼也不由得陡然驟升,因之,心中交織著奮進用世與恬退幽隱的複雜矛盾。

這樣不如歸去的隱遁幽思,不斷地在詩歌的吟詠間蕩漾,在〈遊俠篇〉中,張華先稱述四公子與其客卿在政治上的大有作爲,繼則筆鋒一轉,宣稱自己與四公子不同,而是與遊俠同道的「好古師老彭」之儔:

> 翩翩四公子,濁世稱賢名。龍虎相交爭,七國並抗衡。食客三千餘,
> 門下多豪英。遊說朝夕至,辯士自縱橫。孟嘗東出關,濟身由雞鳴。
> 〔註8〕信陵西反魏,秦人不窺兵。〔註9〕趙勝南詛楚,乃與毛遂行。
> 〔註10〕黃歇北適秦,太子還入荊。〔註11〕美哉遊俠士,何以尚四卿。
> 我則異於是,好古師老彭。(逯本,頁 611~612)

此詩中用典極多,前四聯敘說當時的總形勢,將齊孟嘗君、魏信陵君、趙平原君與楚春申君,四公子禮賢下士招致賓客,以相傾奪輔國持權的政治謀略與作爲詳述鋪陳,以彰顯四公子與門客在政治上的努力與成就,然本詩最末卻以「美哉遊俠士,何以尚四卿。我則異於是,好古師老彭。」作爲結語,將自己和遊俠與先前提到大有所爲的政治家們劃分開來,一方面稱美遊俠能勇於捨棄世俗有所爲而爲的生命態度,另一方面則申明自己不慕功業浮名,

---

〔註 8〕 昔孟嘗君入秦,秦昭王因而欲殺之,孟有客能爲狗盜者,夜爲狗入秦宮,盜孟嘗君獻昭王之白狐裘,轉獻昭王之寵姬,姬爲言昭王,孟嘗君乃得脫。夜半至函谷關,關門未開,孟恐王兵追至,客有能爲雞鳴者,一鳴而群雞盡鳴,關門始得開,孟嘗君方得全身而歸。其事見《新校本史記三家注》卷七十五〈孟嘗君列傳第十五〉(台北:鼎文書局,1995 年 6 月),頁 2351。

〔註 9〕 信陵君爲魏昭王少子,仁而下士,食客三千人。昔秦圍趙,平原君以夫人爲信陵君姊,求救於魏王及信陵君,王使晉鄙率十萬軍救趙,然晉鄙畏秦乃觀望不前,信陵君用侯嬴言,奪晉鄙之軍救趙郤秦。後,秦伐魏,信陵君率五國兵救魏,大破秦軍至函谷關,秦使人毀之於魏王,魏王中讒而疏之,信陵乃謝病不朝,與賓客飲酒,病酒卒。事見《新校本史記三家注》卷七十七,〈魏公子列傳第十七〉,頁 2377。

〔註 10〕 平原君爲趙惠文王弟,昔秦圍邯鄲急,遂用毛遂合楚之盟,及傳舍吏子李談之策,遂復存趙。事見《新校本史記三家注》卷七十六,〈平原君虞卿列傳第十六〉,頁 2365。

〔註 11〕 春申君游學博聞,事楚頃襄王。頃襄王以歇爲辯,使於秦。秦昭王方令白起與韓、魏共伐楚,未行,而楚使黃歇適至於秦,聞秦之計。春申君獻計,假與秦合,秦王發使略楚約爲與國,而楚遂存。黃歇受約歸楚,楚使歇與太子完入質於秦。秦留之數年。楚頃襄王病,太子不得歸,春申君說秦昭王,楚太子終得歸。事見《新校本史記三家注》卷七十八,〈春申君列傳第十八〉,頁 2387。

縱情彭老之道的恬退情志。此外，他也在〈贈摯仲治詩〉中高唱：「君子有逸志，棲遲於一丘」、在〈答何劭詩〉中一再表示出自己想要「恬淡養玄虛」的渴求。再看其〈招隱詩〉二首：

> 隱士託山林，遁世以保眞。連惠亮未遇，雄才屈不伸。（其一）（逯本，頁622）

此詩以一寄身山林的隱士所發抒的感慨，雖有「連惠亮未遇，雄才屈不伸」的感嘆，表達出隱士對於「顯」的渴望，但相對於出世卻不爲所用來說，遁世卻得以保其全眞，因之，在隱與顯之間，顯然是遁世退隱才是該遵循的正途。

> 棲遲四野外，陸沈背當時。循名掩不著，藏器待無期。羲和策六龍，
> 翃節越崦嵫。盛年俛仰過，忽若振輕絲。（其二）（逯本，頁622）

詩中以陸沈這位隱者爲例，稱許隱士之藏善道於身，後半則以羲和御六龍往崦嵫山一日所入處飛行，暗指韶光荏苒，詩人感覺到盛年已逝，實該追尋隱者幽隱山林。而在其〈遊仙詩〉中，精心描繪的是縹緲雲仙之境，和詩人遊歷仙境的所見與感受：

> 雲霓垂藻疏，羽袿揚輕裾。飄登清雲間，論道神皇廬。簫史登鳳音，
> 王后吹鳴竽。守精味玄妙，逍遙無爲壚。（其一）

> 玉珮連浮星，輕冠結朝霞。列坐王母堂，豔體瑤華。湘妃詠涉江，
> 漢女奏陽阿。（其二）

> 乘雲去中夏，隨風濟江湘。疊疊陟高陵，遂升玉巒陽。雲娥薦瓊石，
> 神妃侍衣裳。（其三）

> 遊仙迫西極，弱水隔流沙。雲榜鼓霧杝，飄忽陵飛波。（其四）（以
> 上俱見逯本，頁621）

此詩以大量天仙與天界之意象，描繪詩人親臨仙境的所見所感，與身歷仙境的悠然生活。「飄登清雲間，論道神皇廬」，詩人置身在神靈的世界，在無爲境界裡與神仙論道玄妙，那兒有彩虹般的綴飾，充耳的是傳說中簫史的鳳音和王后竽音，一切是如此的安然逍遙；在王母堂上，湘妃、漢女這樣的神女，也列位其中，正吟詠著〈涉江〉和鳴奏陽阿之曲。〔註12〕其間詩人乘雲渡風

〔註12〕〈涉江〉，《楚辭・九章》篇名。《楚辭補註・九章・涉江注》云：「此章言己佩服珠異，抗志高遠，國無人知之者，徘徊江之上，歎小人在位，而君子遇害也。」洪興祖：《楚辭補註》（台北：漢京出版社，1983年），頁132。

肆恣遨遊，漫步崑崙仙山，天女與神妃並獻上美玉與侍奉衣裳，好不快意自適，最後在飄忽之間，遊仙之歷已至盡頭。全詩充斥著詩人對仙界的嚮往，與仙界生活的美好描述，藉由詩人對仙境的的讚頌，我們彷若可以感覺到其企慕隱遁的幽隱之志，是多麼地迫切。

二、模範山水，馳騁逸懷

在張華的詩歌當中，還有以描寫山水景物為主的一類，在這樣的作品中，我們可以洞察到其詩歌中描繪景致的細膩功力，而在描寫景致的過程裡，詩人偶然會觸景生情，生發所思或喟然有歎。先以其〈擬古詩〉為例：

> 松生壠坂上，百尺下無枝。東南望河尾，西北隱崑崖。剛風振山籟，朋鳥夜驚離。悲涼貫年節，蒼翠恆若斯。安得草木心，不怨寒暑移。
>
> （逯本，頁621）

此詩以「松」為主角，前半描寫此松生長的環境，「松生壠坂上，百尺下無枝」點出了在高坡上生長的松樹有著過人的生存意志，在那樣險惡的環境下，只有松能矗然而立；接著「東南望河尾，西北隱崑崖」描述的是松樹所在的地理位置，往東南方可望黃河、隱然於西北邊的是崑崙大山，此處以壯闊大景襯托出松樹的孤絕；第三聯「剛風振山籟，朋鳥夜驚離」，生動地描繪出山中狂烈的風勢，使得山頭也為之震響，而寄居其間的朋鳥，也因這大風而在夜半驚飛。最末兩聯稱道松樹終年蒼翠，不與一般草木相同，有著能不怨寒暑的堅忍特質。

又有寫景兼敘情懷者，如〈雜詩〉三首：

> 晷度隨天運，四時互相承。東壁正昏中，涸陰寒節升。繁霜降當夕，悲風中夜興。朱火青無光，蘭膏坐自凝。重衾無暖氣，挾纊如懷冰。伏枕終遙昔，寤言莫予應。永思慮崇替，慨然獨拊膺。（其一）（逯本，頁620）

此詩借著景致的描寫來透顯出詩人內心的深隱之憂，起首以四季遷逝來表現出光陰的遞嬗，時值隆冬，以「寒節升」、「繁霜」、「悲風」的意象營造出天地間蕭颯的淒景，接著視焦點轉移至室內，「朱火青無光，蘭膏坐自凝。重衾無暖氣，挾纊如懷冰」傳達出寒夜的冷清，在這樣的時節，詩人孑然一身，伏枕難眠，值此衰亡淒冷之景，不由得從自然的變化聯想到人世間的興衰，從而捶胸歎息。〈雜詩〉其二中對自然景物有著細膩的描摹：

> 逍遙遊春宮，容與緣池阿。白蘋齊素葉，朱草茂丹華。微風搖蓏若，
> 層波動芰荷。榮彩曜中林，流馨入綺羅。王孫遊不歸，修路邈以遐。
> 誰與翫遺芳，佇立獨咨嗟。（其二）（逯本，頁620）

此詩專力於靜謐風光的景物描寫，如「白蘋齊素葉，朱草茂丹華。微風搖蓏
若，層波動芰荷。榮彩曜中林，流馨入綺羅」，其中「齊」、「茂」、「搖」、「動」、
「曜」、「入」這幾個動詞，和「白」、「素」、「朱」、「丹」這幾個色彩詞語的
運用，使詩歌增加了動感，情景有如躍然紙上，也使得景物更添生命力。「王
孫遊不歸」是借淮南小山〈招隱士〉中「王孫歸來兮，山中兮不可久留」之
典，但詩人於此反其意而用之，如此反用典的效果，卻能夠更襯托出自然景
色的迷人之處，表明使人流連忘返的意向與旨趣。接著看其三：

> 荏苒日月運，寒暑忽流易。同好逝不存，迢迢遠離析。房櫳自來風，
> 戶庭無行跡。蒹葭生牀下，蛛蝥網四壁。懷思豈不隆，感物重鬱積。
> 遊雁比翼翔，歸鴻知接翮。來哉彼君子，無然徒自隔。（其三）（逯
> 本，頁620～621）

此詩亦是緣光陰流逝起情，又益以好友之不存與相別離，使得詩人心中惆悵
滿懷。「房櫳自來風，戶庭無行跡。蒹葭生牀下，蛛蝥網四壁。」四句是體物
入微之寫景，在傷懷之際，又見天邊比翼之遊雁，與接翮之歸鴻，更顯得一
己之孤寂，鬱積之情也隨之更加沈重了。

三、酬答抒志；細述相思

　　這類型詩歌的主旨在於書寫心中幽微之情，依照書寫的對象，又可分為
兩類，一為朋友間相贈答的酬和之作，一為敘寫離別男女的相思情懷。

（一）與友酬答之作

　　在張華居於顯位之際，在危機四伏的政治環境中，經常有憂危之思，因而
交織著仕進與恬退的矛盾。這樣的心情也反映在他的詩歌作品中，其間有奮進
用世的強烈志向，也有亟欲退守、淡然處之的思想，這樣恬退的想望具體體現
在其予友朋的詩歌〈答何劭詩〉三首與〈贈摯仲治詩〉中，可說是他真實情感
的流露。在探察張華之答詩前，先試看何劭之贈詩〈贈張華〉：〔註13〕

〔註13〕《文選》所立「贈答」一類詩歌，將何劭之贈詩〈贈張華〉與華之答詩〈答
　　　何劭詩〉其一其二一併選入，可見得何劭與張華互為酬答之詩歌所受重視之
　　　一斑。

四時更代謝，懸象迭卷舒。暮春忽復來，和風與節俱。俯臨清泉湧，
仰觀嘉木敷。周旋我陋圃，西瞻廣武廬。既貴不忘儉，處有能存無。
鎮俗在簡約，樹塞焉足慕？在昔同班司，今者並園墟。私願偕黃髮，
逍遙綜琴書。舉爵茂陰下，攜手共躊躇。奚用遺形骸？忘筌在得魚。

（逯本，頁 648）

何劭與張華是舊時至交同僚，〔註14〕兩人期望告老歸鄉之後得以比鄰而居，
互常往來，因而有此贈答之作。此詩可分爲三節，前八句描寫告老家居後，
二人親密交流的情景，一同遊覽、相互訪談，接著四句何劭盛讚張華爲人儉
樸之美德，身居高位猶不忘簡約，保有過去清貧時的家風。末八句爲第三部
分，回顧過去的同僚情誼，並且盼願逍遙共度晚年，縱情書琴，攜手漫步。
且看張華的回應：

吏道何其迫，窘然坐自拘。纓綏爲徽纆，文憲焉可踰。恬曠苦不足，
煩促每有餘。良朋貽新詩，示我以游娛。穆如灑清風，煥若春華敷。
自昔同寮寀，於今比園廬。衰疾近辱殆，庶幾並懸輿。散髮重陰下，
抱杖臨清渠。屬耳聽鶯鳴，流目矚鯈魚。從容養餘日，取樂於桑榆。

（其一）（逯本，頁 618）

此詩可說是直接回應何劭的贈詩，其間佈局結構大致相仿：首六句敘從前
仕途的拘束煩苦，接著四句表示收到何劭之贈詩，感到欣喜歡愉，並稱美何
劭的文采與德行，而後回憶起從前同僚的時日，如今幸得比鄰而居，期望自
己能夠眞正引退，與自然爲伴，和老友共享逸樂的晚年。在煩促的吏事與恬
適的閑居生活的對比之下，表達出詩人對於退隱山林的嚮往。接著讀其二：

洪鈞陶萬類，大塊稟群生。明闇信異姿，靜躁亦殊形。自予及有識，
志不在功名。虛恬竊所好，文學少所經。忝荷既過任，白日已西傾。
道長苦智短，責重因才輕。周任有遺規，其言明且清。負乘爲我戒，
夕惕坐自驚。是用感嘉貺，寫心出中誠。發篇雖溫麗，無乃違其情。

（其二）（逯本，頁 618）

此詩側重言志抒懷，是爲自己內心對於仕隱的表述。前八句主要是述志，言
己自幼志不在功名，崇尚恬靜虛懷，而不經文采；中間八句因「白日西傾」
的遷逝感引發了消沈的情緒，言及深感重任，然才智不敷所需，前賢曾有遺

〔註14〕此史事見《晉書》張華本傳：「惠帝即位，以華爲太子少傅。」與何劭本傳：
「惠帝即位……以劭爲太子太師。」華事見頁 1072，劭事見頁 999。

訓，小人居於高位應兀自怵惕，因此自己也終日不敢輕忽懈怠；末四句書寫對何劭贈詩的謝意，希望能用鄙拙的文筆，表達出內心的真誠感激。試看其三：

> 駕言歸外庭，放志永棲遲。相伴步園疇，春草鬱鬱滋。榮觀雖盈目，親友莫與偕。悟物增隆思，結戀慕同儕。援翰屬新詩，永歎有餘懷。
>
> （其三）（逯本，頁618）

此詩是描述張華駕車出遊，四處流連之際所興發之喟嘆。前半描述園野春草茂生的景象，值此萬物盎然、欣欣向榮的景致，卻使得他驚覺不見友侶相伴，在這樣的情思下他進一步有所體悟，反而羨慕起何劭能游然自在，因之執筆為詩，詠歎心中之所感。張華尚有另一首〈贈摯仲治詩〉：

> 君子有逸志，棲遲於一丘。仰蔭高林茂，俯臨淥水流。恬淡養玄虛，沈精研聖猷。（逯本，頁621）

此詩與〈答何劭詩〉有相同的情思，都表達出內心渴求棲逸山林的懷想，全詩塑造一暢情山澤的隱士形象，描寫的是張華衷心企盼的生活：能棲隱山水之間，俯仰在茂盛的林野與澄清的細流間，在樸質恬淡中研閱聖人的典籍，而不為蕪雜之世事所擾。

　　由張華與友相酬答的詩作中，我們可以探察出他內心最直接的想望，即能恬退養真，在自然間逍遙自適。雖然最終張華並沒有真正幽隱山林，甚而纏惹禍端而遭殺身致命，但我們卻能看到他心中仕隱間掙扎難理的痕跡，也更能夠貼近詩人內心的憂懼與希冀。以張華輔國的功績來看，[註15]他似乎不是個安於虛沖的人，但在那樣的政治氣候下，卻不得不時時有危患意識，何劭言華「處有能存無」，是對他人格上的稱許，也正是造成他在有無間進退維谷、徘徊徬徨的重要原因。

（二）感婚述情之思

　　中國文人吟詠閨情，多以抒發相思怨情為主，《詩經》中已有以離別相思的模式為主題的書寫，〈伯兮〉、〈君子于役〉都是表達思婦對征夫的思念情懷。自古以來，男子可以自由出外，追求前程，有較廣闊的生存空間，可以在社會上扮演不同的角色，經歷不同的人生體驗。而面臨離別的妻子或情人，卻只能幽閉於狹窄的生活空間，等候、盼望對方歸來，心情也受困於思念之中。

〔註15〕《晉書》本傳載張華「儒雅有籌略」，對政權「盡忠匡輔，彌縫補缺，雖當暗主虐后之朝，而海內晏然，華之功也。」俱見頁1072。

〔註 16〕《詩經》以後，漢樂府與《古詩十九首》中，以離別相思爲主題的詩歌，幾近半數之多；時至魏晉，詩人筆下的思婦，活動範圍往往侷限在閨中院落，獨守空房，一方面除了因思念情人之故而憂傷落淚，另一方面又往往因爲離別久遠，內心落寞，感同見棄，而有自傷年華老去之感。

　　《詩品》直言張華詩歌風格「兒女情多」，其在女性細膩情思上的描摹特別爲後人所稱道，更肯定了他在此類題材上書寫的功力，益以其綺靡的詞藻與柔婉的內涵交相羅織，在藝術的表現上更是特別出色。《文選》選張華詩六首，其中〈情詩〉佔兩首；《玉臺新詠》選其詩七首，〈情詩〉五首全選，由是可知重柔靡之情的齊梁人，對張華「述情」詩的喜愛與重視。張華善於以景顯情，及以時空相隔爲書寫主軸，〈情詩〉五首中，或寫閨中離婦思夫，或寫遠遊之曠夫戀婦，率皆以情深爲要。〈情詩〉最末一首最爲特別，是以遊子爲主角做描述的：

　　　　游目四野外，逍遙獨延佇。蘭蕙緣清渠，繁華蔭綠渚。佳人不在茲，
　　　　取此欲誰與？巢居知風寒，穴處識陰雨。不曾遠別離，安知慕儔侶？
　　　　（其五）（逯本，頁 619）

其中，「巢居知風寒，穴處識陰雨」句，原爲漢末蔡邕〈飲馬長城窟行〉中「枯桑知天風，海水知天寒」句化用而來，此詩寫的是遠遊的丈夫思念閨中的妻子。開端描述野遊逍遙的丈夫，看到小溪邊蘭花蕙草繁茂，想要摘取送給佳人，陡然驚覺到佳人不在身邊，而自原本逸樂之景中突然轉入「取此欲誰與？」的愁思，這樣的情景反襯，更劇烈地彰顯出遊子心中的悵然若失；第四聯以巢居的鳥兒方知風寒、穴處之蟲蟻才識陰雨爲喻，得出遠別離才知慕儔侶之苦的道理，此處詩人以反詰形式來鋪敘，更能體現深層的情感與愁思。

　　關於婚情，張華還有另外一首作品〈感婚詩〉：

　　　　駕言遊東邑，東邑紛穰穰。婚姻及良時，嫁娶避當梁。窈窕出閨女，
　　　　嬿婉姬與姜。素顏發紅華，美目流清揚。韡燁眾親盛，於我猶若常。
　　　　譬彼暮春草，榮華不再陽。（逯本，頁 620）

據姜亮夫《張華年譜》記載，此詩作於廢帝嘉平元年（西元 249 年）張華娶妻之年，全詩內容主要在描寫詩人駕車遊歷東邑之時，看到全城爲嫁娶之事而忙碌，見到即將出閣的女子，舉止是如此婉約，樣貌是如此溫順美好，其

〔註 16〕參見王國瓔：〈漢魏詩中的棄婦之怨〉，《中國文化研究所學報》第六期，1997年，頁 535～554。

緋紅的雙頰與流轉飛揚的美目，是那麼令人為之心醉。〈感婚詩〉與〈情詩〉不同之處，在於詩人以旁觀者的角度，客觀地描述所見與所感，採用了敘事的筆法；〈情詩〉則內探到思婦與遊子的情緒，再佐以景物時空的布置陪襯，詩風顯得較為溫婉纖細。

　　張華以細膩的手法揣摩久別男女內心的脈動，與綿延不盡的相思情懷，將綺麗情思描寫得細膩深婉，顯得含蓄婉轉、意味深長。並善用「情」與「景」的交相配置靈活運用，或相融相襯，或以景顯情，或以情入景，或反襯對比，或緣事抒情，手法多樣。再者，以變換不同角度作為書寫的主題，能分別從思婦、遊子的立場出發，使得其抒情詩歌清新恬美、生意盎然，而不流於俗套抑或陳腐窠臼之中，此為其抒情詩的創作特色。

四、針砭世風，磯釣人情

　　自漢武帝立樂府，樂府詩中多為社會問題之寫真，雖於魏後樂府有三變，〔註17〕然透過晉世樂府之擬古一類，約可分為兩派：一派借古題詠古事，如故事樂府；一派借古題詠古意寫時事，大抵就前人原意，敷衍成篇。〔註18〕「擬古」是曹魏以來盛行的文學寫作，詩人擬作同題共意之古詩，不僅是學習屬文之術，也是借以與古今同題創作的詩人們產生共鳴、相互競麗的方式，而透過此類擬古樂府的創作，晉世詩人的樂府詩歌得以承傳漢樂府針砭時事的精神，緣其事而有所發，因而產生不少指事針時的諷世作品。

　　由史傳與文學的書寫中，我們得以細察出晉初太康、元康年間，由於天下承平，使得世風轉趨逸樂，因而出現一群特立獨行的貴游世族，他們對於儒家的禮教視之為無物，如《宋書·五行志》中有云：「晉惠帝元康中，貴游子弟，相與為散髮倮身之飲，對弄婢妾，逆之者傷好，非之者負譏，希世之士，恥不與焉。」〔註19〕此一驕奢競華之享樂風氣，也被具體記錄在《世說新語》中，其書特立一篇〈汰侈〉，詳記當時部分權貴世族窮侈極欲的社會現

〔註17〕蕭滌非於《漢魏六朝樂府文學史》中，論樂府變遷之大勢，提出自漢武迄於唐，歷時九代，樂府三變之說。其一變為魏三祖大變漢詞而出己意，以舊曲翻新調；其二變為晉室東渡後，禮教崩壞，吳楚新聲乃大放厥彩；其三變為有唐之新樂府。詳可參蕭滌非：《漢魏六朝樂府文學史》（北京：人民文學出版社，1998年6月），頁25～26。

〔註18〕參蕭滌非：《漢魏六朝樂府文學史》，頁188。故事樂府之相關論述可見其書之第四編第二章〈晉之故事樂府〉，頁176～187。

〔註19〕引自《宋書·五行·貌不恭》，頁883。

象，其中尤以石崇為最。﹝註20﹞此篇中記載權貴們大至瓊脂宴飲、肆斬美人、殺牛買地，小至飲食華服、如廁蠟炊等生活細節，無不克盡講究華奢之能事，甚至連當世皇帝見之，都感到憤怒不平，﹝註21﹞然而面對這樣的社會現象，卻徒然無所適從，無怪乎傅咸曾上書曰：「奢侈之費，甚於天災」了。﹝註22﹞

明白了當世統治集團汰侈的生活習性，便更能理解張華的詩歌創作中，反映奢靡世風的書寫，其現實的規諫意義是十分顯著的，如樂府〈輕薄篇〉與〈游獵篇〉，作於晉惠帝元康七年（西元 297 年），正值奢靡之風最盛的時候，張華的寫作動機，正是期冀藉由擬古樂府中警示與戒世的精神，針對浮華驕奢之時局風尚，加以直指諷喻。〈輕薄篇〉全詩層層鋪敘，描繪貴游子弟奢侈放逸的浪蕩生活：

> 末世多輕薄，驕代好浮華。志意既放逸，貲財亦豐奢。被服極纖麗，
> 肴膳盡柔嘉。童僕餘粱肉，婢妾蹈綾羅。文軒樹羽蓋，乘馬鳴玉珂。
> 橫簪刻玳瑁，長鞭錯象牙。足下金鑮履，手中雙莫耶。賓從煥絡繹，
> 侍御何芬葩。朝與金張期，暮宿許史家。甲第面長街，朱門赫嵯峨。
> 蒼梧竹葉清，宜城九醞醝。浮醪隨觴轉，素蟻自跳波。美女興齊趙，
> 妍唱出西巴。一顧傾城國，千金寧足多。北里獻奇舞，大陵奏名歌。
> 新聲踰激楚，妙妓絕陽阿。玄鶴降浮雲，鱏魚躍中河。墨翟且停車，
> 展季猶咨嗟。淳于前行酒，雍門坐相和。孟公結重關，賓客不得蹉。
> 三雅來何遲，耳熱眼中花。盤案互交錯，坐席咸諠譁。簪珥咸墮落，

﹝註20﹞究《世說·汰侈》中，共有十一條事蹟記載，其中與石崇相為關連者，就有六條之多。而石崇之「金谷園」及其聚宴，更可堪稱為當世權貴奢華風貌之表徵。相同事例詳參余嘉錫：《世說新語箋疏·汰侈》（台北：華正書局，1993年10月），頁 877～885。

﹝註21﹞事見《世說·汰侈》第三：「武帝嘗降王武子家，武子供饌，並用琉璃器。婢子百餘人，皆綾羅綺繡，以手擎飲食。烝肫肥美，異於常味。帝怪而問之，答曰：『以人乳飲肫。』帝甚不平，食未畢，便去。王、石所未知作。」頁878。

﹝註22﹞全文見《晉書·傅玄傳附咸傳》：「咸以世俗奢侈，又上書曰：『臣以為穀帛難生，而用之不節，無緣不匱。故先王之化天下，食肉衣帛，皆有其制。竊謂奢侈之費，甚於天災。古者堯有茅茨，今之百姓競豐其屋。古者臣無玉食，今之賈豎皆厭粱肉。古者后妃乃有殊飾，今之婢妾被服綾羅。古者大夫乃不徒行，今之賤隸乘輕驅肥。古者人稠地狹而有儲蓄，由於節也；今者土廣人稀而患不足，由於奢也。欲時之儉，當詰其奢；奢不見詰，轉相高尚。昔毛玠為吏部尚書，時無敢好衣美食者。魏武帝歎曰：『孤之法不如毛尚書。』令使諸部用心，各如毛玠，風俗之移，在不難矣。』頁 1324～1325。

冠冕皆傾邪。酣飲終日夜，明燈繼朝霞。絕纓尚不尤，安能復顧他。
留連彌信宿，此歡難可過。人生若浮寄，年時忽蹉跎。促促朝露期，
榮樂遽幾何。念此腸中悲，涕下自滂沱。但畏執法吏，禮防且切磋。

（逯本，頁610～611）

首四句總領下文，全詩圍繞著放逸、浮華鋪陳開來，層層揭示當時輕薄浮靡
的習尚：「被服極纖麗，肴膳盡柔嘉。童僕餘粱肉，婢妾蹈綾羅。文軒樹羽
蓋，乘馬鳴玉珂。……甲第面長街，朱門赫嵯峨」此處自衣、食、行、住四
方面來展現貴游生活的靡態，極寫當時浮華驕奢之事；接著詩人以宴飲、歌
舞的歡遊場面，進行細緻入微的描寫，尤其「北里獻奇舞，大陵奏名歌。新
聲踰激楚，妙妓絕陽阿。玄鶴降浮雲，鱏魚躍中河。墨翟且停車，展季猶咨
嗟。淳于前行酒，雍門坐相和。孟公結重關，賓客不得蹉。三雅來何遲，耳
熱眼中花。」〔註23〕詩中作者極盡揮灑之能事，幾乎一句一個典故，以古事
寫今事，其間更以非樂之墨翟也停車觀望、坐懷不亂之柳下惠也為之讚嘆，
如此反襯與誇飾的手法，將放逸肆恣的行樂現場烘托得更為突顯。他們沈溺
其中，夜以繼日，最終「盤案互交錯，坐席咸諠譁。簪珥咸墮落，冠冕皆傾
邪」，描繪出與宴者狂歡無度、放浪形骸的醜態。最後，詩人面對這樣的世
風，發出內心最深沈的感慨：「人生若浮寄，年時忽蹉跎。促促朝露期，榮
樂遽幾何。」在縱情享樂的背後，卻無法擺脫時光荏苒、人生如寄的現實傷
感。詩人期盼以儒家道統中倫理道德之「禮」來矯往約束，然而在當時的社
會狀況，真的能夠矯正其弊嗎？最終也只能徒留喟嘆了。

　　張華戒世詩歌的另一首〈游獵篇〉，內容是對於貴游子弟游獵場面的描
摹，從田獵時隊伍的浩大聲勢與壯闊的場面，至田獵後的鋪張宴飲都做了細
緻的描繪，在立意結構與表現手法上，與〈輕薄篇〉極為類似，其中也寓有
「人生忽如寄，居世遽能幾」的生命慨嘆，有所不同的是，此篇結尾歸結至

〔註23〕此段〈激楚〉為曲調名，《楚辭·招魂》：「宮庭震驚，發〈激楚〉些。」頁210。
　　　　陽阿謂陽阿主，漢名倡，趙飛燕嘗屬陽阿主家學歌舞，事見《新校本漢書·
　　　　外戚傳第六十七下》，頁3988。玄鶴二句寫新聲之妙，即《荀子》「瓠巴鼓瑟
　　　　而沈魚出聽，伯牙鼓琴而六馬仰秣」之意。墨翟非樂，故曰墨翟皆停車以喻
　　　　其樂之妙，此亦用「邑號朝歌，而墨子回車」之典，可參《史記·鄒陽傳》，
　　　　頁2478。展季即柳下惠，孟子嘗稱柳下惠云「雖袒裼裸裎於我側，爾焉能浼
　　　　我哉？」可參見《孟子·公孫丑上》，頁11，而此句展季猶咨嗟乃意在極言聲
　　　　伎之動心悅耳。淳于即淳于髡，其人滑稽善飲酒。雍門即雍門周，其善鼓琴。
　　　　「三雅」即伯雅、仲雅、季雅，皆酒爵。而本句意即曹子建詩「但歌杯來何
　　　　遲」之意。

「至人同禍福，達士等生死。榮辱渾一門，安知惡與美」的老莊玄思，欲以之為精神之寄託。〔註24〕藉由張華這兩篇樂府詩的創作，我們可以細細體察出其關注現實的精神，與糾結矛盾的內在思緒。

與張華同時，亦秉持著古樂府針砭時事精神而有所共鳴的詩人，首推傅玄，其〈豫章行苦相篇〉可稱此類作品的代表。與張華警示戒世的作品相較，他們相同的是，在創作的動機上，皆是從現實出發，旨在戒世，為樂府民歌緣事而發傳統的繼承，然而在藝術表現的手法上，傅玄詩歌語言用詞較為質直自然，通常切指時事，顯而易見；張華此類詩歌在語言表述上較為繁縟，多不直言其事，而多以「用古典」與「藉古人」為喻，〔註25〕以曲寫其意。除用典之外，張華詩歌中又常見駢偶句式，〔註26〕較傅玄作品更顯鋪張雕琢。蓋因傅玄身處時代稍前，其時詩風質樸少文采；張華時代較為接近太康，而太康詩風之縟采藻麗，亦多沾溉於張華，張華在創作中典故偶句之運用，對於太康詩人有著很大的影響。又張華身處於司馬氏政權相互傾軋的年代，自然由於危惡迫身之故，不得不以典故暗喻來替代直指人事，這也是可以想見的現實情況。然而，張華樂府詩歌如是婉曲的藝術表現，也使其較缺乏力度，減少了憤世之激情，而添多了溫婉規勸的成分。

五、應詔樂歌，屢製新篇

西晉初定，司馬氏奉名教重倡儒學，乃於武帝泰始五年（西元 269 年）使太僕傅玄、中書監荀勖、黃門侍郎張華各造正旦行禮，及王公上壽酒食舉樂歌詩。《文心・樂府》云：「逮於晉世，則傅玄曉音，創定雅歌，以詠祖宗；張華新篇，亦充庭萬。」〔註27〕其中，張華奉詔所作者，有：〈王公上壽詩〉、〈食舉東西廂樂詩〉十一章、〈正旦大會行禮詩〉四章、〈晉多至初歲小會歌〉、〈宴會歌〉、〈晉中宮所歌〉、〈晉宗親會歌〉及〈凱歌〉（包含〈命將出征歌〉與〈勞還師歌〉）等。〔註28〕後又於武帝泰始九年（西元 273 年），張華加散

〔註24〕〈游獵篇〉全詩見逯本頁 612～613。

〔註25〕用古典，如〈輕薄篇〉中，以北星、陽阿之舞、大陵、激楚之歌之史實為例，以古事喻今事，欲得其意。藉古人，如〈輕薄篇〉中，以展季、淳于、雍門、孟公等古人為例，以借喻當世之人。

〔註26〕如〈輕薄篇〉：「北里獻奇舞，大陵奏名歌」等句式。

〔註27〕見《文心・樂府》，頁 102。

〔註28〕此參酌姜亮夫《張華年譜》與陸侃如《中古文學繫年》二家所載。《晉書・樂志》言其所作「正德」、「大豫」二舞，和「四廂樂歌」十六首、「凱歌」二首。

騎常侍之際，奉詔作〈正德舞歌〉及〈大豫舞歌〉，〔註29〕凡此奉詔所作之宮廷樂歌，率多爲朝會正典所用郊廟歌辭與燕射歌辭，〔註30〕絕大多數採用四言體，〔註31〕皆以「雅正」見稱。〔註32〕

　　除宮廷樂歌外，張華尚有應詔詩歌，亦爲四言詩體，如〈祖道征西應詔詩〉、〈祖道趙王應詔詩〉與〈太康六年三月三日後園會詩〉，創作主旨與詩歌內容多以對王朝與帝王之歌功頌德爲主，如：「赫赫大晉，奄有萬方。陶以仁化，曜以天光。二跡陝西，實在我王」、「崇選穆穆，利建明德。於顯穆親，時惟我王」、「戀德惟懷，永歎弗及」、〔註33〕「於皇我后，欽若昊乾」、「穆穆我皇，臨下渥仁。訓以慈惠，詢納廣神。好樂無荒，化達無垠」、「咨予微臣，荷寵明時。忝恩于外，攸攸三期。犬馬惟慕，天實爲之」，〔註34〕由於此類詩歌缺乏個人眞實情感，於文學上的價值遠不如前類創作。

第二節　張華詩歌之藝術特色

一、由前人評騭論張華詩歌之藝術特色

　　張華的詩歌受到了文學批評專書《文心雕龍》與《詩品》的推崇與重視，當代與後代的詩評家們對於張華詩歌亦多所評騭。藉由歷來這些對張華詩歌多方面的評論，我們得以領略其詩歌內容的多樣風貌，及其詩歌的創作特色。

〔註29〕此依陸侃如《中古文學繫年》所述。張華所作「正德」、「大豫」二舞，和「四廟樂歌」，也充作宮廷之萬舞，爲祭祀山川宗廟之用。

〔註30〕張華此類作品中，屬「燕射歌辭」者，有：〈王公上壽詩〉、〈食舉東西廂樂詩〉十一章、〈正旦大會行禮詩〉四章（以上分見逯本，頁820～822）、〈晉冬至初歲小會歌〉、〈宴會歌〉、〈晉中宮所歌〉與〈晉宗親會歌〉（以上分見逯本，頁825～826）；屬「鼓吹曲辭」者，爲〈凱歌〉（含〈命將出征歌〉與〈勞還師歌〉）（以上分見逯本，頁835～836）；屬「舞曲歌辭」者，爲〈正德舞歌〉及〈大豫舞歌〉（以上見逯本，頁838）；另有一屬「雜歌謠辭」者，爲〈閭里爲消膓酒歌〉。

〔註31〕除了郊廟歌辭與燕射歌辭以外，西晉文壇所流行之「應詔」、「應令」一類詩歌，也大多是四言。

〔註32〕四言爲《詩經》主要體裁，其節奏持平舒緩，頗有典正之風。《文心・明詩》云：「若夫四言正體，以雅潤爲本；五言流調，則以清麗居宗。」摯虞〈文章流別論〉亦云：「雅音之韵，四言爲正，其餘雖備曲折之體，而非音之正也。」

〔註33〕以上俱引自〈祖道征西應詔詩〉，見逯本，頁616。

〔註34〕以上俱引自〈太康六年三月三日後園會詩〉其二、其三、其四，分見逯本，頁616、616～617、617。

今歸納前人對於張華詩歌的評論，解析其藝術特色如下：

（一）辭藻溫麗，斧鑿無迹

張華詩歌的形式技巧，是藉由文字的講究與鍛鍊中具體表現出來。這一部份，又可大別爲兩類。一是詩歌的「寫形」：即藉由文句的駢偶、鋪陳與用典等修辭手法，達到遣辭造句切妙的表層之美；一爲詩歌的「寫神」：即深入體物後，對於事物精神樣貌的捕捉，以呈現其整體形式風貌之美。

《文心・時序》云：「然晉雖不文，人才實盛：茂先搖筆而散珠，太沖動墨而橫錦，岳湛曜聯璧之華，機雲標二俊之采，應傅三張之徒，孫摰成公之屬，並結藻清英，流韻綺靡，前史以爲運涉季世，人未盡才，誠哉斯談，可爲歎息！」〔註35〕劉勰在此稱美西晉文壇才俊輩出，張華、左思、陸機、夏侯湛、陸機、陸雲、應璩、應貞、傅玄、傅咸、張載、張協、張亢，以及孫楚、摰虞、成公綏等人，都是箇中的翹楚，他們的詩歌風格清新雋秀，綺麗華靡，只可惜時局危亂，許多文人都無法充分發揮他們的才情，實在令人爲之嘆息。此段言及張華之處，形容張華的文采，就像他只要搖動筆桿，字句就如灑落的明珠一般璀璨光明，可以說是極高的推崇，顯示劉勰對於張華詩歌藝術技巧的追求是極其肯定的。

「辭藻溫麗」可說是張華詩歌形式上的最大特色，〔註36〕鍾嶸稱張華詩「巧用文字，務爲妍冶」，〔註37〕這是對他在詩歌形式技巧上的讚美，也是張華詩歌中的重要特徵。許學夷亦對張華詩句作了具體的評述，其言：「茂先如『朱火清無光，蘭膏坐自凝』、『佳人外遐遠，蘭室無容光』、『巢居知風寒，穴處識陰雨，不曾遠別離，安知慕儔侶』等句，其情甚麗。」〔註38〕可知張華長於造情，其「麗」的詩歌風格，受到歷代評論家的重視與稱揚。建安詩人曹丕詩文「美贍可玩」，〔註39〕在理論上他也提出「詩賦欲麗」的口號；〔註40〕至於張華，實踐主情尚麗的觀點，於詩歌形式上重視辭藻的鍛鍊，

〔註35〕引自《文心・時序》，頁 674。

〔註36〕語見《晉書》本傳，頁 1068。

〔註37〕見陳延傑：《詩品注》，頁 20。

〔註38〕引自許學夷：《詩源辨體》（北京：人民文學出版社，2001 年 10 月），頁 94。

〔註39〕《詩品》稱曹丕〈西北有浮雲〉十餘首「美贍可玩，始見其工」，其中「美贍可玩」，指的正是形式華美富豔，值得玩味。鍾嶸之論可見陳延傑：《詩品注》，頁 20。

〔註40〕可參其〈典論・論文〉。

講究鋪排對偶，達到了「搖筆而散珠」的藝術之美。〔註41〕

　　張華詩源於王粲，〔註42〕風格秀美，其詩體華美豔麗，這與當時西晉武帝時天下承平有關，其時詩人與司馬氏合作，詩歌創作自然缺乏前代亂世時的慷慨之氣，而多致力於辭藻聲律技巧之經營。鍾嶸對於張華「華豔妍冶」的風格評騭，尤能在其〈雜詩〉三首、〈情詩〉五首中體現出來。張華的詩歌創作得以呈顯出「華麗」的特質，其鋪排對偶的句式成為重要的藝術特徵，詳究之，詩歌中的鋪排對偶與西晉詩的「賦化」傾向相關，賦與詩這兩個傳統的文體，到了魏晉時期，產生了合流的現象，即是詩取賦的表現手法、賦則融入詩的情思，彼此交流影響的結果，促進了此兩種文體藝術的發展。〔註43〕詩的賦化是文人對於詩歌語言表達、藝術表現上的再造和充實，在建安詩人中，曹丕、曹植和七子的詩歌中都有所展現，其中以曹植的成就較為突出，如其〈名都篇〉明顯受到漢代田獵賦的影響，從京洛少年馳騁出遊到獵歸宴飲的場面，在描寫方法和行文結構上都與漢賦極為相似。建安以後，詩歌賦化的現象就更為顯著，張華詩作中賦化較為明顯的，率多表現在其樂府詩中，如〈輕薄篇〉與〈游獵篇〉，這些詩篇與曹植詩歌相較，在場面的鋪排和語辭的繁富上，甚至在體制規模上，張華詩歌都有進一步的發展，其後陸機繼承了此一特點並更加拓展，呈現出文辭富麗的風貌。

　　古詩的「對仗」，在《詩經》和《楚辭》中已然出現，如「昔我往矣，楊柳依依；今我來思，霽雨霏霏」、「採薜荔兮水中，搴芙蓉兮木末」，這多半是出自於自然的韻律追求，而非刻意為之。建安以來，隨著文人詩歌的發展及聲韻理論之建立，詩人開始自覺地對詩句進行藝術的加工，有些詩句已經注意到詞性、詞義的相對，可說對仗得十分工整，〔註44〕反映出時人已開始追求詩句中的形式之美。至於晉代，詩人多煉句成雙，故應以一言蔽之者，輒

〔註41〕引自《文心‧時序》，頁674。
〔註42〕《詩品》評王粲：「發愀愴之詞，文秀而質羸。」參見陳延傑《詩品注》，頁14。
〔註43〕六朝詩賦合流現象，與賦語言功能之轉變有關，益以賦至於魏晉，抒情成分增加，篇幅減少，與詩之功能特徵趨於相類，詩歌中也逐漸出現賦體駢枝的特徵。詩賦合流之相關論述可參徐公持之文〈詩之賦化與賦之詩化〉，《文學遺產》，1992年第一期，頁16，與高莉芬之〈六朝詩賦合流現象之一考察──賦語言功能之轉變〉，《第三屆國際辭賦學學術研討會論文集》，1996年12月，頁187～206。
〔註44〕建安時期此類對仗工整之例，如王粲〈雜詩〉：「曲池揚素波，列樹敷丹榮」、曹植〈公宴詩〉：「秋蘭被長阪，朱華冒綠池」等。

增爲二言，應以兩句成文者，必分爲四句，而排比屬對，亦力求其工切與流利，較前期作品成熟甚多。〔註45〕這樣的創作傾向，在晉初詩人傅玄與張華的詩作中已經表現出來，他們寫下了不少對仗精巧的詩句：

> 雙魚自踊躍，兩鳥時迴翔。（傅玄〈秋蘭篇〉）（逯本，頁 559）

> 上嚵青雲景，下鑒綠水波。（傅玄〈詩〉）（逯本，頁 573）

> 蘭蕙緣清渠，繁花陰綠渚。（張華〈情詩〉之五）（逯本，頁 619）

> 游雁比翼翔，歸鴻知接翮。（張華〈雜詩〉之三）（逯本，頁 619）

傅玄和張華的詩歌開啓了辭句雕琢的風氣，對於太康詩人潘岳、陸機有很大的影響，在他們的詩歌中，偶句更爲常見，質和量都大大超越了前人。這樣的風氣到了南朝更盛，詩人們競相力求精工的對偶，手法也愈顯細緻。

《文心‧麗辭》中也提到了這個現象，其云：「張華詩稱遊鴈比翼翔，歸鴻知接翮，劉琨詩言宣尼悲獲麟，西狩泣孔邱，若斯重出，即對句之駢枝也。」〔註46〕劉勰於此引張華〈雜詩〉「遊鴈比翼翔，歸鴻知接翮」句，來說明詩歌中「重出」的現象，在他看來，這是詩歌創作時的一大瑕疵，他認爲「是以言對爲美，貴在精巧；事對所先，務在允當」，即是言對要製作精美，就必須注意對仗的精巧，事對要作得好，就要注意典故的安排允當。在張華此聯詩句中，「遊鴈比翼翔」和「歸鴻知接翮」兩句意思並無不同，將兩個相同意思的句子擺在一起重複出現，就如同把一句話說兩遍，劉勰認爲這樣的寫作方法沒有太大的意義，此處劉勰是以張華之句爲例，客觀說明對句的寫作重點，應當不是質疑張華的創作手法。然若考量到張華身處於西晉之初的文學風尚，當時鋪排對偶的創作習慣剛剛形成，詩歌的工巧著墨在文意與詞性的相襯，自然容易出現駢枝的情況。太康以後，詩人逐漸習慣駢儷句式，言對事對的創作技巧愈益發展成熟，對句重出的情況就逐漸減少了。

再論及張華詩歌中「用典」之精緻巧妙，亦爲人所稱道。《文心‧事類》云：「事類者，蓋文章之外，據事以類義，援古以證今者也。」〔註47〕「用典」是詩人創作詩歌的修辭手段，藉由典故的運用，得以在有限的字句中，擴大詩歌的意涵，豐富並昇華詩歌的內容；另一方面也能彰顯詩人的學識與內涵。漢末文人已開用典之風，至於建安詩歌逐漸文人化，隸事成爲詩歌藝術的一

〔註45〕見張仁青：《魏晉南北朝文學思想史》（台北：文史哲出版社，1978 年 7 月），頁 76。

〔註46〕引自《文心‧麗辭》，頁 589。

〔註47〕引自《文心‧事類》，頁 614。

部份，然仍難脫斧鑿的痕跡。至於西晉，詩歌趨於雅化，詩中用事逐漸增多，而能更加推陳出新，呈現出變化萬千的風貌。張華詩作中用典極爲繁多，有時幾乎句句用典，可謂開西晉大量用典之風，其後於陸機、左思詩中，用典更爲普遍，至於南朝謝靈運、顏延之，用典則成爲時代普遍風尙，形成「以不聞一字爲恥，以字有來歷爲高」的現象。

張華詩歌中用典部分，大量援引古事者可以〈輕薄篇〉爲代表，全篇用典達到二十多處，尤其描寫當時的歡宴場合，幾乎一句一典故，如以「齊趙、西巴、北里、大陵、激楚、陽阿」這些歷史樂舞比擬當時歡宴之歌舞，將窮極奢華的場面描寫得淋漓盡致。此外，詩中亦有「反用典故」者，如「墨翟且停車，展季猶咨嗟」句，墨翟本是非樂的，但面對美妙歌舞也不忘停車觀賞，柳下惠本是坐懷不亂的君子，然見到這樣的場面，也爲之讚嘆不已。如此反用典故，較直接援引典故更能有強調、誇飾的彰顯功能，使得詩歌內容更加趣味生動。此外，尙有「化用古語」一類，如〈勵志詩〉中「逝者如斯，曾無日夜」直接化自孔子「逝者如斯夫，不捨晝夜」之句。張華用典之博瀚，顯示出其戮力追求典雅詩風的用心。

（二）揣合神意，巧用文字

藉由巧置文字，講究駢偶、鋪排與用典等的修辭手法，得以展演出張華詩歌中「溫麗」的形式之美，然而，僅止於文字上的描述，並非詩歌的最高層次，若能更進一層「寫意」、「寫神」，則更能展現出詩歌精神層次上的幽微細膩之美。

張華此類詩歌中，可分爲「仿作」與「創作」兩類，前者就題材而言，大多源自《詩經》與漢魏古詩，其中有於「詩境」上與前詩相仿者，如其〈情詩〉之一幾全出於子建雜詩之〈西北有織婦〉：

> 北方有佳人，端坐鼓鳴琴。終晨撫管絃，日夕不成音。
> 憂來結不解，我思存所欽。君子尋時役，幽妾懷苦心。
> 初爲三載別，於今久滯淫。昔耶生戶牖，庭內自成陰。
> 翔鳥鳴翠偶，草蟲相和吟。心悲易感激，俛仰淚流衿。
> 願托晨風翼，束帶待衣衾。（張華〈情詩〉之一）
> （逯本，頁 618～619）

> 西北有織婦，綺縞何繽紛。明晨秉機杼，日昃不成文。
> 太息終長夜，悲嘯入清雲。妾身守空閨，良人行從軍。

自期三年歸，今已歷九春。飛鳥繞樹翔，嗷嗷鳴索群。

願爲南流景，馳光見我君。（曹子建〈西北有織婦〉）（逯本，頁 457）

張華此詩以描寫鼓琴之思婦起首，後點出其弦聲「日夕不成音」的原因在於「憂來結不解，我思存所欽」，第四第五聯說明了究竟思婦爲何而憂：乃因「君子尋時役，幽妾懷苦心。初爲三載別，於今久滯淫。」前兩句點出了與丈夫離別，是空間距離之遙；後兩句言明分離距今已三年了，是時間之遠，時空的隔閡使得思婦心緒紛亂，因而無心鼓琴。接下來，「昔耶生戶牖，庭內自成陰。翔鳥鳴翠偶，草蟲相和吟。」此處思婦睹物興情，連飛翔的鳥兒和吟唱的草蟲，都雙雙對對地相依相和，此情此景，更讓思婦爲之觸景傷情，而不由得潸然淚下了。最末，是思婦心中的盼願，希望能夠藉著晨風的輕拂，到達自己朝思暮想的丈夫身邊。細觀張華與子建二詩辭意相似，用韻亦同，然張華詩更細加描繪，藉思婦之觸景傷情不由得潸然淚下，更加延伸發揮原詩之意念，使其中情思更見深刻淒婉。其〈情詩〉之二與之三則與魏文雜詩〈漫漫秋夜長〉詩境相近：

明月曜清景，曨光照玄墀。幽人守靜夜，迴身入空帷。

束帶俟將朝，廓落晨星稀。寐假交精爽，覿我佳人姿。

巧笑媚懽屬，聯娟眸與眉。寤言增長歎，悽然心獨悲。

（〈情詩〉之二）（逯本，頁 619）

清風動帷簾，晨月照幽房。佳人處遐遠，蘭室無容光。

襟懷擁虛景，輕衾覆空牀。居懽惜夜促，在戚怨宵長。

拊枕獨嘯歎，感慨心內傷。（〈情詩〉之三）（逯本，頁 619）

漫漫秋長夜，烈烈北風涼。展轉不能寐，披衣起彷徨。

彷徨忽已久，白露沾我裳。俯視清水波，仰看明月光。

星漢回西流，三五正縱橫。草蟲鳴何悲，孤雁獨南翔。

鬱鬱多悲思，綿綿思故鄉。願飛安得翼，欲濟川無梁。

向風長歎息，斷絕我中腸。（魏文雜詩〈漫漫秋夜長〉）

（逯本，頁 401）

張華二首章法全仿〈漫漫秋夜長〉，均以明月空閨設景，細述思念佳人不能得寐之情，其二由「曨光」、「將朝」、「晨星」的置辭，可以推知時光的流逝，愁怨的思夫一夜未眠，無奈迴身入帷之際，苦思成夢，在短暫的夢中「覿我佳人姿」，夢中見到了所思的巧笑與眉眸，此處以夢可以跨越時空的特質，緩

解了思念的苦楚，然而在夢醒之後，現實的孤獨與夢中的幻想兩相對照，卻使人更加悲嘆，也更深刻地表現出其所念之切。其三中，首二聯融情於景，以景襯情，首聯描繪清風拂動帷帘，思夫見到透入其間的月光，此處之月是天將明時的晨月，故知其一夜未眠之思念深情。明月總是情繫相思的最好憑藉，正由於其得以跨越萬里空間的特質，而思夫與其婦正為此異地之隔而苦楚著。次聯云日夜所思的愛妻身在他方，使得蘭室都為之幽暗無光了；次二聯化情入事，於事見情；第三聯以「虛」景、「空」牀再次提點出思夫的落寞空虛之感，癡情的幻想與孤獨的現實形成不可調和的矛盾，造成情感上的強烈震盪；第四聯以今昔對比，以「歡」與「戚」、「夜促」與「宵長」相對照，描寫思夫回憶起從前相聚之歡樂景況，如今卻只能哀歡愁長的心理；最末以思夫撫枕獨歡，一籌莫展為結，餘韻悠遠，在情意的敘寫上顯然勝於魏文原詩，張華道出前人所不能道者。

　　詩人在創作詩歌之際，應破除現實物我之間的隔閡隔，將精神寄託於外在事物，隨著外在事物的變化體會內在心靈相應的撼動，是為「寫氣圖貌，既隨物以宛轉」，此時外物與自我達到兩相融合的狀態，內在精神會通於外在事物，除了外在物象之外，更能進一步掌握到事物的內在精神樣貌，而後因應著情感的變化，將經由「感物」而掌握到外在事物的神態狀貌，加以描摹，自能達到「屬采附聲，亦與心而徘徊」的效果，〔註48〕而能將事物整體的形式風貌具體完整地展現出來。張華詩歌創作中也可以看到這樣「情景交融」的軌跡，如其〈情詩〉五首中，皆是以景物的描摹為開端：「明月曜清景，曨光照玄墀」（其二）、「清風動帷簾，晨月照幽房」（其三），「游目四野外，逍遙獨延佇。蘭蕙緣清渠，繁華蔭綠渚」（其五），而後以景入情，主角因眼前美好之景，聯想對比到自身孤寂的處境而有所興發，值此情景不由得心隨物轉，由物情以達人情，此時進入眼簾和思緒中的，都是引起傷感的意象：「巧笑媚懽靨，聯娟眸與眉」（其二）、「居歡惜夜促，在戚怨宵長」（其三）、「翔鳥鳴翠偶，草蟲相和吟」（其一），終於詩人陷入了悲不可抑的悠悠傷感之中，因而終致「心悲易感激，俯仰淚流衿」（其一）、「寤言增長歎，悽然獨心悲」（其二）與「拊枕獨嘯歎，感慨心內傷」（其三）了。

　　張華詩歌「巧用文字」的美學特徵，在其屬於創作一類作品中，主要表現在以新穎的手法細膩刻畫景物上，展現詩人對於景物精神樣貌的掌握，以

〔註48〕以上引文俱見《文心・物色》，頁693。

達到對於事物整體氛圍的詮釋。同時，張華也巧用「動詞」，使詩句中充滿靈動之美，如〈雜詩〉其二：「白蘋齊素葉，朱草茂丹華。微風搖茝若，層波動芰荷。榮彩曜中林，流馨入綺羅。」其中「齊」、「茂」、「搖」、「動」、「曜」、「入」這幾個動詞，使自然景物增添了生命的躍動之感；「白」、「素」、「朱」、「丹」這幾個色彩詞語的運用，也讓詩歌中充滿瑰麗豐富的感受。張華巧用文字的藝術表現手法對於張協的「巧構形似之言」有了直接的影響，張協〈雜詩〉中「房櫳無行跡，庭草萋以綠。青苔依空牆，蜘蛛網四屋」一段顯然就從張華〈雜詩〉「房櫳自來風，戶庭無行跡。蒹葭生牀下，蛛蝥網四壁」化用而來。至於南朝，詩歌「文貴形似」、「巧言切狀」成爲主要的詩歌特色，謝靈運、鮑照詩中多有展現，《詩品》亦評謝靈運詩「雜有景陽之體，故尚巧似」，〔註49〕評鮑照詩「其源出於二張，善制形狀寫物之詞，得景陽之詭詭，含茂先之靡嫚。」〔註50〕由是可見，南朝詩歌盛行巧構形似的風格也源自張華而來。

　　張華詩歌創作中「巧用文字」的藝術特徵開啓了詩歌精緻化的先端，經由潘岳、陸機、張協、謝靈運、鮑照等人的更加拓展，逐漸趨於成熟完美的境界。

（三）兒女情多，千篇一體

　　西晉文人大多有功名之心，然面臨離親別土，遊走奔競的生活，產生了大量的遊子思婦詩；宦海沈浮、仕途多舛的現實，致使這類詩大都是表達纏綿悱惻、哀傷離別的情懷。〔註51〕尤其張華之〈情詩〉更能以濃郁的情感與壓抑的氣氛來烘托思婦哀傷細膩之情，益以其細緻景物形象的描繪，能夠達到寓情於景、景中含情，如此情景交融的寫作手法使張華作品呈現出「兒女情多」的風格。〈情詩〉五首中，張華多以「我」、「妾」、「幽人」、「佳人」等第一人稱的方式擬代思婦微吟長歎，〔註52〕如「憂來結不解，我思存所欽。

〔註49〕引自陳延傑：《詩品注》，頁17。
〔註50〕引自陳延傑：《詩品注》，頁27。
〔註51〕詳可參王師力堅：《魏晉詩歌的審美觀照》（台北：文津出版社，2000年1月），頁142。
〔註52〕梅家玲云：「所謂的擬代，是一種特殊的爲文方式，其最主要之特色，乃在關涉一『讀者/作品/作者』間之辯證融會過程─意即原先之讀者，在歷經對相關作品（或人事現象）之閱讀、瞭解後，或因嘉其情或因美其辭，進而欲以之爲範式，就嘉美處予以摹習，並再行創作之謂。落實在『思婦文本』的寫作上，屬『擬作』之一類，所仿擬者固爲已形諸文字的書寫品；但『代言』所

君子尋時役，幽妾懷苦心」（其一）、「幽人守靜夜，迴身入空帷」（其二）、「君居北海陽，妾在江南陰」（其四）等，此類以女子口吻抒懷的「思婦」詩，是爲建安及以後文人擬作的一貫作法，思婦的形象、言行、相思歡怨是構成文本的主要成分，其主要精神內涵在於呈顯出空閨獨守的孤寂、唯恐見棄的憂懼，以及貞順自守的執著，在性質上與〈古詩十九首〉中的思婦詩相類，極具時代特色。〔註 53〕

　　《詩品》評張華詩「疏亮之士，尤恨其兒女情多、風雲氣少」，〔註 54〕乃言通脫曠達之士，對於張華詩歌風格，呈現多兒女之情、少風雲氣息之慷慨氣勢，都會有所遺憾。歷史上也有許多詩評家對於鍾嶸此論有著不同的看法，如元好問於〈論詩絕句〉中云：「鄴下風流在晉多，壯懷猶見缺壺歌。風雲若恨張華少，溫李新聲奈爾何！」顯然對鍾嶸論張華詩風雲氣少持保留意見，並不完全贊同。沈德潛在《古詩源》卷七云：「茂先詩，《詩品》謂其『兒女情多、風雲氣少』，此亦不盡然，總之，筆力不高，少凌空矯捷之致。」〔註 55〕此處「筆力」指的是行文的氣勢工力，唐元稹〈代曲江老人百韻〉詩有云：「李杜詩篇敵，蘇張筆力勻。」〔註 56〕其中蘇指蘇頲、張指張說，二人俱以文章著名，其時朝廷重要文誥多蘇張所爲，時人並稱二人爲「燕許大手筆」。〔註 57〕以蘇張二人之作與張華詩作相較，蘇張之詩堂廡寬大，詩風較爲剛健

根據的，往往就只是思婦的一般特徵和『同有之情』。」見其《漢魏六朝文學新論》，頁 94。

〔註 53〕同時代此類思婦詩歌，詩題或冠以〈雜詩〉、〈情詩〉之名，或標以〈擬某詩〉，如徐幹〈情詩〉、〈室思詩〉，曹植〈棄婦詩〉、〈雜詩〉，張華〈情詩〉，陸機〈擬青青河畔草〉等，均爲箇中名作。此時形成以男性文人擬代思婦這樣「擬女」的寫作現象，梅氏將之歸因於傳統社會婚姻觀與性別規範下的婦女處境，及當時政教理念、詩學傳統、擬代風氣對思婦文本形成有所影響，而造成魏晉以後文人有意識地以「擬作」、「代言」方式，集中著墨於已婚婦女的貞順自憐，而使其逐漸成爲具有「典律」性格的寫作範式。詳可參梅家玲：〈漢晉詩歌中「思婦文本」的形成及其相關問題〉，《漢魏六朝文學新論》，頁 63～100。

〔註 54〕引自陳延傑：《詩品注》，頁 20～21。

〔註 55〕引自沈德潛撰、王蒓父箋注：《古詩源箋注》，頁 170。

〔註 56〕〈代曲江老人百韻〉引自《元稹集》（北京：中華書局，1982 年 8 月），頁 109～112。

〔註 57〕蘇頲（670～727），字廷碩，京兆武功人。年十七登進士第，授烏程尉，歷監察御使、起居郎、考功員外郎、考功郎中，遷給事中，加修文館學士，拜中書舍人。時其父瓌同中書門下三品，父子同掌樞密，時以爲榮，襲封許國公。開元四年遷紫薇侍郎、同紫薇黃門平章事。張說（667～731），字道濟，一字說之，祖籍河東，喪父後遷居洛陽，載初元年應詔舉，對策第一，授太子校

朗暢，有精密閎麗之美；張華樂府詩雖亦有豪邁之作，但其筆力不夠雄健，試看張華詩作中，能展現豪俠性格的詩作，如〈壯士篇〉、〈遊俠篇〉與〈博陵王宮俠曲二首〉，此類作品詩人多藉由對於壯士形象的刻畫來達到英雄氣概的展現，但詩句中多半著墨壯士行為之描述，〔註58〕如此一來，詩歌中的壯士形象則稍嫌勇武不足，此處詩人若能於詩句中多聚焦在殺敵之際敵我消長的緊張氣氛、豪俠迅疾勇武的動作描繪與生動細膩的場景刻畫，則更能增添豪俠的英雄氣勢與詩歌的藝術張力。因之沈德潛之評，道出了張華詩不盡然少風雲氣的事實，也點出其詩缺乏「凌空矯捷」的特質，可稱十分公允。

此外，《詩品》中引謝靈運評張華詩風云：「張公雖復千篇，猶一體耳。」〔註59〕清人許學夷於《詩源辨體》書中謂謝康樂此評云：「語雖或過，亦有自見」，〔註60〕許評可說部分贊同康樂論述，雖認為謝康樂所言不假，但稍嫌苛刻，同時認為其有所想法根據。鄧仕樑於《兩晉詩論》中評張華詩云：「余於張公詩，但嫌其取材未廣，相襲稍多，加以靈變不足，遂有千篇一體之恨，至於兒女情多，風雲氣少，非所譏焉。」〔註61〕若以取材的角度論之，張華的詩歌確有此弊，尤以〈情詩〉、樂府詩為最，多以前代詩歌所詠形象為主，如思婦、壯士等，然其於寫作技巧上詞意創新，文綺而清、意淒而婉，沈思求新選言務巧，實甚有過於前者，並能下開六代，正為其價值貢獻所在。

（四）詩格清新，體製省約

「清」始自品評人物的用語，魏晉時期盛行品鑒人物，「清」往往成為品評人物的審美標準，其時志人小說《世說新語》中，亦不乏此類例證，如〈德行〉中記載：「李元禮嘗歎荀淑、鍾皓曰：『荀君清識難尚，鍾君至德可師』。」〈言語〉中有云：「會稽賀生，體識清遠，言行以禮。不徒東南之美，實為海內之秀。」〈賞譽〉云：「裴楷清通，王戎簡要，皆其選也。」此外，書中同

書，歷右補闕、右使、內供奉、遷鳳閣舍人。中宗朝任兵部侍郎、工部侍郎，兼修文館學士。睿宗即位，遷中書侍郎、同中書門下平章事，監修國史。開元元年守中書令，封燕國公。說前後三秉大政，掌文學之任凡三十年，朝廷重要文誥多出其手，時人以與許國公蘇頲並稱為「燕許大手筆」。

〔註58〕如〈博陵王宮俠曲二首〉之二中以豪俠殺人於鬧市，吳刀、利劍、素戟、白頭鑲等武器，都因殺敵之切而為之鳴響，來刻畫豪俠的殺氣騰騰；而後則描寫對決之時的刀光劍影，並以交屍縱橫描述慘烈的死亡現場。

〔註59〕引自陳延傑：《詩品注》，頁20～21。

〔註60〕語見許學夷：《詩源辨體》，頁93。

〔註61〕參鄧仕樑《兩晉詩論》（香港：香港中文大學，1972年1月），頁37。

時亦有「清言」、「清恬」、「清通」、「清眞」、「清才」、「清遠」、「清士」、「清令」、「清鑒」、「清和」等辭屢次出現，《晉書》中亦稱：「（阮）放素知名，而性清約。」可見得「清」是人物個性、風采的品評用語，後來逐漸運用到文學批評之中，這是時代審美風尚影響到文學創作的批評。所謂「清」，即是素淨簡淡，不假雕飾，本色天然，表現在文學創作上，就是追求情感表達的自然之美。

　　「清」可說是張華詩歌內容方面的最大特色，《文心雕龍・明詩》云：

> 若夫四言正體，則雅潤爲本；五言流調，則清麗居宗；華實異用，
> 惟才所安。故平子得其雅，叔夜含其潤，茂先凝其清，景陽振其麗。
> 兼善則子建仲宣，偏美則太沖公幹。〔註62〕

劉勰以爲詩歌以四言爲正，故應有典雅溫潤之風；五言是流行的格調，應以清新華麗爲主，而詩的雅潤或華麗則決定於詩人的才性。其後標舉出不同才性的詩人，其所創作的詩歌則表現出不同的風貌：張衡的四言詩風格典雅、嵇康的四言詩風格溫潤、張華的五言詩風格清新流暢、張協的五言詩風格華麗，而兼有雅潤和清麗風格的則有曹植和王粲，偏於雅潤或清麗其一的爲左思和劉楨的詩歌。《文心雕龍》〈明詩〉以張華詩歌爲「清」者之首，乃是劉勰肯定了其詩歌中情感表達的自然之美，這樣本色天然的詩歌寫作手法，能夠讓讀者直接感受到作者不加雕飾的細膩深情，其詩文具備了情感眞淨自然，力避斧鑿的工匠氣息的特性。

　　陸雲曾評張華曰：「張公文無他異，正自清省無煩長，作文正爾自復佳。」又云：「兄〈丞相箴〉小多，不如〈女史〉清約耳。」〔註63〕此處〈女史〉指的是張華的〈女史箴〉。《晉書》本傳載：「華懼后族之盛，作〈女史箴〉以爲諷。」〈女史箴〉爲諷諫之作，全篇寫來委婉含蓄，文辭凝練，陸雲稱其「清約」，主要指的正是其文辭「清省」的特質。對於張華詩歌此一特點，劉勰於《文心・才略》亦有所評論：「張華短章，奕奕清暢。」此外，又云：「五言

〔註62〕引自《文心雕龍・明詩》，頁67。

〔註63〕以上俱引自陸雲〈與兄平原書〉《全晉文》，頁2044。前句「張公文無他異，正自清省，無煩長作文」中，「清省」嚴本原作「情省」，疑有誤。細察全句，以「無煩長作文」句推知，上句應取「清省」意，益以全文中，陸雲於他處亦有使用「清省」之詞，如「雲今意視文，乃好清省」（頁2042下），而無使用「情省」之詞，且全文陸雲數度標舉文「清」、「省」之要，故可推度陸雲評張華文「張公文無他異，正自清省，無煩長作文」中之「清省」，應作「清省」而非嚴本刊之「情省」。

流調，……茂先凝其清。」〔註 64〕乃言張華的五言抒情詩，尤其極富情感而無繁冗之累，得以表現出「清麗」的特色。

張華極爲重視創新，更具體表現在他的樂府詩的創作上，《文心・樂府》云：「逮於晉世，則傅玄曉音，創定雅歌，以詠祖宗；張華新篇，亦充庭萬。」〔註 65〕「曉音」指的是傅玄遵照殷周禮樂、參照魏的儀節，創制各種雅正的「舞歌」之事，據《晉書・樂志》記載，傅玄曾造〈四廂樂歌〉三首、〈晉鼓吹曲〉二十二首、〈舞歌〉二首、〈宣武舞歌〉四首、〈宣文舞歌〉二首、〈鼙舞〉五首，其主要的用意是在頌讚天地祖宗的功業。「新篇」指的是張華新創的〈正德〉、〈大豫〉二舞及〈四廂樂歌〉十六首、〈晉凱歌〉二首，也充作宮廷萬舞，作爲祭祀山川宗廟之用。〔註 66〕張華新創舞歌一事，極爲當代所稱道，因樂府爲「聲來披辭」之體，作曲者必須具有增損詩辭的學識涵養，使詩辭在通過改造後，能表現出簡約通俗的效果，張華素以學識淵博著稱，益以深厚的文學涵養，其所創制之新篇自然獲得後世之稱揚。

二、張華之詩學主張及實踐

繼建安的文學榮盛之後，西晉初是亦文學發展的重要時期。此時文學理論方面的成就與文學創作的興盛並進，可以曹丕〈典論・論文〉與陸機〈文賦〉爲代表。在詩歌創作上，傅玄與張華具體體現了由魏至晉的過渡；在文學批評理論的發展上，張華的文學主張也在曹丕與陸機之間形成過渡的作用，對於陸機的文論可說有著重要的影響。〔註 67〕

〔註 64〕以上分見《文心・才略》與《文心・明詩》，頁 700、67。
〔註 65〕引自《文心・樂府》，頁 102。
〔註 66〕《晉書・樂志》記載，魏雅樂四曲，驃虞伐檀文王皆左延年改其聲。晉武泰始五年，張華表曰：「魏上壽食舉詩，及漢氏所施用，其文句長短不齊，未皆合古。蓋以依詠弦節，本有因循，而識樂知音，足以制聲度曲，法用率非凡近之所能改。二代三京，襲而不變，雖詩章辭異，興廢隨時，至其逗留曲折，皆繫於舊，有由然也。」據此是古樂府冊逗有定，故采詩入樂府者，不得不增損其文以求合古。詳可參《新校本晉書・樂志》，頁 684～685。
〔註 67〕張華自身孤貧，因受盧欽、阮籍等人器重薦舉而得仕進，故其於政壇與文壇上提攜後進亦不遺餘力，《晉書》本傳中有詳細記載，尤以對陸機、陸雲兄弟爲最，其間之交遊論學更爲當世美談，張華曾云：「伐吳之役，利獲二俊」（見〈陸機〉本傳，頁 1472），在在表現出其對於二陸之賞譽；陸雲並曾在其中〈與兄平原書〉（見《全晉文》頁 2041～2045），提及張公（張華）十次之多，並廣論張華之文學主張，自文中可見二陸之文學觀有相當程度是受到張華影響與啓發的。

張華詩三十餘首中，形式多以五言為主，兼具四言數首。四言之中，除〈勵志詩〉敷陳達七十二句，餘皆短篇，有清暢之風；〔註68〕五言諸篇，以樂府所佔比例最高，多為長篇鋪衍，如〈輕薄篇〉、〈游獵篇〉等，頗襲漢代「賦」體之風。此外，六朝賦中多「駢儷」的特色，從西晉初開始影響到詩歌的創作，此類巧意求工的詩句創作，亦成為張華詩歌中的鮮明特色，如〈雜詩〉之三中：「遊雁比翼翔，歸鴻知接翮」等句。〔註69〕除此之外，我們還能從史傳、書札的記載中得知張華的文學主張，這些主張並具體實現在張華的詩歌創作中。

張華的文學主張，主要可大別為四，「求新尚麗」、「尚清省」、「先情後辭」與「重視聲律」，以下依序論之：

（一）求新尚麗

張華非常重視文學題材的開拓與創新，這從他對具體作品的評價中可以得知。昔成公綏因古人未曾賦天地而為〈天地賦〉，〔註70〕其〈嘯賦〉亦為賦樂聲之首發，因而張華「每見其文，歎伏以為絕倫」，〔註71〕其所歎伏者，乃在成公綏之文於題材上的創新。又張華見到左思〈三都賦〉出，譽之曰：「班、張之流也，使讀之者盡而有餘，久而更新。」〔註72〕由張華對於當代文人的稱揚之辭，我們可以得知詩文的歷久彌新是張華關注的焦點。此外，他在奉詔制訂樂歌之際，也每以新篇創定之，其於〈太康六年三月三日後園會詩〉中云：「管弦繁會，變用奏新」，〔註73〕《文心雕龍‧樂府》稱其：「張華新篇，亦充庭萬」，〔註74〕由是可見，張華詩歌在辭采與音律的追求上，比建安詩人邁進了一大步。

在求新的同時，張華也注意到形式上的「麗」。「麗」作為一個審美範疇，屬於漢人的普遍觀念，揚雄於《法言‧吾子》中提出「詩人之賦麗以則，辭

〔註68〕劉勰於《文心‧才略》中云：「張華短章，奕奕清暢」，頁700。
〔註69〕《文心‧麗辭》云：「張華詩稱：『遊雁比翼翔，歸鴻知接翮』。……若斯重出，即對句之駢枝也。」頁589。
〔註70〕成公綏云：「賦者貴能分賦物理，敷演無方，天地之盛，可以致思矣。歷觀古人未之有賦，豈獨以至麗無文，難以辭贊；不然，何其闕哉？」遂為〈天地賦〉。其事見《晉書‧文苑‧成公綏》，頁2371。
〔註71〕引自《晉書‧文苑‧成公綏》，頁2375。
〔註72〕其事見《晉書‧左思》，頁2377。
〔註73〕引自逯本，頁616～617。
〔註74〕引自《文心‧樂府》，頁102。張華奉詔作四廟樂歌十六首，晉凱歌二首。

人之賦麗以淫」的觀點，至於建安，曹丕標舉出「詩賦欲麗」的主張，西晉傅玄詩歌中已有「清麗」的特質，益以張華的實踐與開拓，這些都是其文學主張中「尚麗」風格的表現，對於西晉「結藻清英，流韻綺靡」文風的形成有著促進的作用。張華更是多方面表達出對於「辭麗」的追求，由其於〈答何劭詩〉中讚揚何劭的詩「穆如灑清風，煥若春華敷」中可窺知一二，而張華自己的詩歌創作更是以「辭藻溫麗」著稱的，如其細寫荷花的〈荷詩〉：

> 荷生綠泉中，碧葉齊如規。迴風蕩流霧，珠水逐條垂。照灼此金塘，
> 藻曜君玉池。不愁世賞絕，但畏盛明移。（逯本，頁 622）

此詩以生於綠泉中之荷為描述對象，「迴風蕩流霧，珠水逐條垂。照灼此金塘，藻曜君玉池」句中，「蕩」、「逐」、「灼」、「曜」動詞的使用，使詩句跳脫靜態純然寫景，而為之靈動不已，且「照灼此金塘，藻曜君玉池」句增加了光影的照耀，使得荷塘更為閃耀晶瑩，色彩豐富而燦爛，尤能顯現出溫麗的文辭特色。最末由景入情，以荷花不愁無世人之賞，然己卻畏昌明盛世之沒而發喟嘆，更引人遐思。

（二）崇尚清省

所謂「清」，即是素淨簡淡，澄澈高潔，不假雕飾，本色天然，表現在文學創作上，就是追求情感表達的自然之美；所謂「省」，即是語言運用上的精約凝練。張華論陸機之文「才多而不知制」，〔註75〕認為其文有才氣然為繁蕪所累，表現出張華倡導藝術表達應自然省淨，反對雕琢繁蕪的主張。陸雲亦在〈與兄平原書〉中，對陸機文辭繁冗一再提出批評：「兄文章之高遠絕異，不可復稱言，然猶皆欲多。」「兄文方當日多，但文實無貴於多。」「〈二祖頌〉甚為高偉，……然意故復謂之微多。」〔註76〕劉勰對於陸機此缺失也有所批評：「陸機才欲窺深，辭務索廣，故思能入巧而不制繁。」〔註77〕可見「文繁」的確是陸機作品的一大缺點。張華評論時文的標準，顯示文學風氣的轉變，並對於陸雲主「清省」之說，與劉勰《文心雕龍》「六義」中標舉「風清」、「體約」有著一定程度的影響。

〔註75〕《世說・文學》注引《文章傳》云：「（陸）機善屬文，司空張華見其文章，篇篇稱善，猶譏其作文大冶。」又謂曰：「人之作文，患於不才；至子為文，乃患太多也。」大冶謂推闡盡致，以上引文見《世說・文學》，頁 261。
〔註76〕以上分見〈與兄平原書〉《全晉文》，頁 2042、2043、2041。
〔註77〕見《文心・才略》，頁 700～701。

　　除了文學評論外，張華的文學創作亦體現出「清省」的特色，如其〈情詩〉其四：

> 君居北海陽，妾在江南陰。懸邈修塗遠，山川阻且深。承歡注隆愛，
> 結分投所欽。銜恩篤守義，萬里託微心。（其四）（逯本，頁 619）

此詩首兩聯即清楚交代時空疏離的詩歌背景，乃君與妾分隔兩地，一在北海陽、一在江南陰的現實別離，又橫亙其中的，是懸邈不可知的遠途與難以跨越的崇山大川；後兩聯所描寫的是，雖因距離的隔閡而只能遙念相思，然而思婦卻堅信兩人貞定的愛情，將會穿越時空的藩籬，傳達到對方身邊。檢視全詩區區四聯當中，作者不僅描述詩歌的現實背景與君妾二人情感之篤，並傳達出思婦思念甌深、為夫守節的深情，實可謂符合言簡意多—「清省」的創作標準。陸雲、劉勰、鍾嶸都以「清」來評騭張華的文學創作，說明其詩文情感表達上的真淨自然；而「約」、「省」、「暢」等詞語的評價，則說明其創作語言上精約凝練、藝術表達自然省淨的特質，由是觀之，張華的文學創作正是其文學觀點的體現。

（三）先情後辭

　　繼曹丕之後，陸機進一步提出「詩緣情而綺靡」的文學主張，就陸機「詩緣情」本身而言，當是受到了張華極大的影響，張華此處的相關論述今已不存，但我們可以從陸雲寫給陸機的信〈與兄平原書〉中略知梗概：

> 往日論文，先辭而後情，尚潔而不取悅澤。嘗憶兄道，張公父子論
> 文，實自欲得，今日便宗其言。〔註78〕

此段道出陸機陸雲二人原先評論文章受到前人影響，主張「先辭而後情」，並以文章之合於體式為主，而忽略辭句之潤色。其中「先辭」即是發揚曹丕〈典論‧論文〉「詩賦欲麗」的主張，認為詩歌的語言特徵是最為重要的，因之論文先論「辭」，其後宗張公父子之見，才返回了首重詩歌的情感性，即「先情而後辭」。從以上論述可知，張華對於詩文中所發抒的情感極為重視，並以為

〔註78〕引自〈與兄平原書〉《全晉文》，頁 2042 下。此處「尚潔而不取悅澤」與《文心雕龍‧尚勢》中「尚勢而不取悅澤」，「勢」、「潔」二者刊載不同，據黃侃《文心雕龍札記‧定勢第三十》（北京：中國人民大學出版社，2004 年 9 月，頁 108）云：「尚勢，今本《陸士龍集》作尚潔，蓋草書勢潔形近，初訛為潔，又訛為潔也。」按悅澤謂潤色，〈與兄平原書〉曰：「久不作文，多不悅澤，兄為小潤色之，可成佳物。」以嚴本與黃侃說法相較，「先辭」與「尚潔」之意互有抵觸，而「先辭而後情，尚勢而不取悅澤」似乎較合於文理，即言往日論文以文章合於體式為主，而忽略辭藻之潤色。

借以表達情思意念的文字需經潤澤，而非一味注重文章是否合於體式。由是可得知，張公父子論文，應該正是「詩緣情」主張的最先表述，而「嘗憶兄道」則點出了陸機是先理解張華父子的詩學主張，再向陸雲轉述的，由是可見，張華父子「先情後辭」的見解對於「詩緣情」的提出，當有促進啓發的力量。

　　劉勰對於陸雲轉述陸機宗張公父子「先情後辭」的見解，亦感到十分讚賞，其於《文心·定勢》云：

> 又陸雲自稱：「往日論文，先辭而後情，尚勢而不取悅澤。嘗憶兄道，張公父子論文，實自欲得，今日便宗其言。」夫情固先辭，勢實須澤，可謂先迷而後能從善矣。〔註79〕

此處「先迷」乃指陸雲初論文時的「先辭而後情」；「後能從善」肯定並強調了詩歌的抒情性是從張華父子的主張而來。而「先辭而後情」正與劉勰「因情立體，即體成勢」的文學觀相符合。

　　張華「先情後辭」的詩學主張，也可由其詩歌創作中體認，其於〈太康六年三月三日後園會詩〉中云：「于以表情，爰著斯詩」、〈答何劭詩〉其三云：「援翰屬新詩，永歎有餘懷」，都是說明詩歌創作的目的是爲了詠歎抒情。〈答何劭詩〉其二云：「是用感嘉貺，寫心出中誠。發篇雖溫麗，無乃違其情」，此二聯強調詩歌所抒之情，應出自衷心之實情，「寫出心中誠」即抒發自己內心的眞實情感，「發篇雖溫麗，無乃違其情」正表現出他將情感放在第一位，而將文辭置於第二位，此體現出「先情後辭」的文學主張，而詩歌外顯的「溫麗」特徵，應與詩中所抒之情是相互協調的，不能爲求溫麗而違反其情。

　　此外，張華亦時常論及外物對心靈的感發作用，如〈勵志詩〉其二云：「吉士思秋，實感物化」，言吉士面對秋色而感韶光遷逝、萬物變化，心中萬千之感慨。在張華詩中，能感動其心靈的外物，有自然景物、有技藝理論、〔註80〕有現實人事，他所認爲能感物興情的對象是極爲廣大的，因之外物、內情與文字表達三者互相感發促動，如此一來，創作即具有濃厚的抒情性。

　　張華的文學主張不是獨斷割裂的，而是相融相合的，他強調「情」的重要性，卻不忽視「辭」的作用，既主詩文之情，又尙文辭之麗，可說是陸機「詩

〔註79〕引自《文心·定勢》，頁531。

〔註80〕〈勵志詩〉其五描寫藉由養由基與蒲且子之例，觀察小動物們對於小小的射箭技藝，尤其將要射向自己的危險，都能有心靈的感應，推想人們的心靈對於精妙之道豈能無動無衷。原詩見逐本，頁615。

緣情而綺靡」的先聲。張華「先情後辭」、「發篇雖溫麗，無乃違其情」的表述是較早出現對於情文關係的探討，而後沈約《宋書・謝靈運傳論》「以情緯文，以文披質」，則是對情文關係的進一步論述，可說是張華文學理論的發展。

（四）重視聲律

張華非常重視詩歌中聲律的協調，《文心・聲律》云：

> 詩人綜韻，率多清切，楚辭辭楚，故訛韻實繁。及張華論韻，謂士衡多楚，文賦亦稱知楚不易，可謂銜靈均之聲餘，失黃鍾之正響也。凡切韻之動，勢若轉圜，訛音之作，甚於枘方，免乎枘方，則無大過矣。練才洞鑒，剖字鑽響，識疏闊略，隨音所遇，若長風之過籟，南郭之吹竽耳。古之佩玉，左宮右徵，以節其步，聲不失序。音以律文，其可忽哉！〔註81〕

其中「張華論韻」，乃指陸雲〈與兄平原書〉中所載：「張公語雲云：兄文故自楚，須作文，爲思昔所識文」一事，〔註82〕陸機、陸雲兄弟來自楚地，於陸機文中多楚地之方音，就如同《楚辭》作者使用楚語，所以音韻訛誤的地方很多，如此便失去了詩歌音律的中聲正響，實不可不慎。

張華批評陸機文中多楚聲，正表示張華極爲重視詩歌中「聲律」的協調，聲律能調節文章的氣韻，聲律協暢則詩歌中的氣韻自然流動，反之則氣韻凝滯詰屈，這樣的道理一如古時君子行必佩玉，目的在於行走之間，使玉發出左宮右徵的聲音，用來調節步伐，如此一來行步方能不失其序。以其〈勵志詩〉其一爲例：

> 大儀斡運，天迴地游。四氣鱗次，寒暑環周。星火既夕，忽焉素秋。
> 涼風振落，熠燿宵流。（其一）（逯本，頁615）

此詩讀來聲律協調、和韻舒緩，氣息於字句間流動自如而未有詰屈聱牙之感，可說是聲律貞正之作。再讀其〈博陵王宮俠曲二首〉之二：

> 雄兒任氣俠，聲蓋少年場。借友行報怨，殺人租市旁。
> 吳刀鳴手中，利劍嚴秋霜。腰間又素戟，手持白頭鑲。
> 騰超如激電，迴旋如流光。奮擊當手決，交屍自縱橫。
> 寧爲殤鬼雄，義不入圍牆。生從命子遊，死聞俠骨香。
> 身沒心不懲，勇氣加四方。（其二）（逯本，頁612）

〔註81〕引自《文心・聲律》，頁553。
〔註82〕引自〈與兄平原書〉《全晉文》，頁2043。

全詩節奏輕快明朗，讀來有豪氣干雲的壯美與迅捷流暢的感受，聲律與詩歌之主題內容相符合，與詩歌文句的鋪陳相得益彰。

緣張華評時人與詩歌之論，及通過詩評家們對其詩歌作品之檢視，我們能夠探察出張華的文學主張具體實現在他的創作中，而最終成就了其詩歌整體的藝術特色。

三、小結

《詩品》評張華詩「疏亮之士，尤恨其兒女情多、風雲氣少」，[註83] 乃言通脫曠達之士，對於張華多兒女之情，少風雲氣息、慷慨氣勢的作品，都會感到有所憾恨之情。後世詩評家如元好問、沈德潛等，都曾提出過不同的看法，綜觀張華詩作，其間亦有不少洋溢著陽剛氣質的作品，可以〈壯士篇〉與〈博陵王宮俠曲〉二首為代表，詩中張華追求剛勇、俠義的精神，身懷「修身齊家治國平天下」的壯志豪情，自此類詩歌中，頗能得慷慨豪邁之音；而在〈遊俠篇〉中，張華對於四公子門下的俠客們有所褒揚，也在體現出其人格中勁健豪邁的一面。據《晉書》本傳記載，張華「自少修謹，造次必以禮度。」「常能勇於赴義，篤於周急。」言其儒家性格中又不乏仗義之氣。觀其數首氣宇軒昂、氣勢磅礴、豪情萬丈的詠俠詩中，流露出張華內心的英雄氣概。如此澎湃激昂的作品，怎能以「風雲氣少」論之呢？藉由「壯士」和「豪俠」這兩個藝術形象，張華詩歌中展現出一股不凡的陽剛氣息，並展現了崇高的壯美風格。實則張華重義有勇，同時不乏柔情，兼具豪邁與細膩，他的俠骨與柔情，在詩歌當中均有不同程度的體現。

此外，何焯於《義門讀書記》云：「張公惟此一篇，餘皆女郎詩也。」[註84] 此詩指的是〈勵志詩〉，何焯看到了張華詩歌中，除了兒女之情的另一風貌，然而除了〈勵志詩〉外，尚有其他詩歌作品也是具有風雲之氣的，顯然何綽評論有所遺漏。再者，《文心‧定勢》有云：「文之任勢，勢有剛柔，不必壯言慷慨，乃稱勢也。」[註85] 勢本有剛柔之別，因而產生出萬千風貌，實不可不細細體察。張華的〈博陵王宮俠曲〉、〈壯士篇〉，乃至〈雜詩‧晷度隨天運〉，從某種意義上來說是左思〈詠史詩〉的先聲，說明這種崇高、壯美的藝術精神在西晉時期時隱時現，並沒有從文學創作中完全消

〔註83〕引自陳延傑：《詩品注》，頁20～21。
〔註84〕語見何焯：《義門讀書記》，頁888。
〔註85〕引自《文心‧定勢》，頁531。

失。〔註86〕與左、張上述作品情調相近的還有傅玄的〈長歌行〉，以及陸機那些感懷人生，歌頌功業的作品，都在西晉詩壇上閃耀著熠熠光芒。

《詩品》中引謝靈運評張華詩風云：「張公雖復千篇，猶一體耳。」〔註87〕此言張華詩歌創作數量雖多，但都只呈現出同一種風格。由前一節「詩歌之題材內容」的論述分析，我們可以得知，張華詩歌作品的題材與內容，實頗為豐富：或積極奮發勉人進德修業，如〈勵志詩〉首末三章；或澎湃俠義入世的生命態度，如〈壯士篇〉、〈遊俠篇〉、〈博陵王宮俠曲〉中的壯士，慷慨豪氣、狀溢目前；或抒發恬退幽隱之思，如〈招隱詩〉與〈遊仙詩〉中的謙退虛懷；或鋒芒盡出針砭世俗，如〈輕薄篇〉與〈游獵篇〉中的百千諷喻；或〈情詩〉中的溫婉細膩之情，與〈雜詩〉中作者在山水景物間的寄述衷情，都是人生風貌的不同展現。其同一類詩歌中，又各有不同向度的呈現，如恬退幽隱詩作中，有未遇、不伸的感嘆，也有欲登縹緲仙境的想望；甚而在同一組詩中，又有不同思想風格的呈現，如〈勵志詩〉九章中，前三章以儒家進德修業為自許，彰顯「勵志」之詩題，中間三章轉入縱逸棲隱，志於浮雲之想，末三章又回歸禮、仁之儒家倫理綱常，勸勉以成人。

綜上所述，當知張華詩作中思想雜然紛呈，詩歌風格風貌萬千，實不可簡略以「一體」概之。詳究其思緒複雜矛盾的成因，乃原於其時政治交遊之際，上層士人論道處世多以道家虛沖為高，張華身處危惡之政治場上，為求明哲保身，不得不同以虛沖姿態外現，然其內心仍保有自幼貧賤進取，積極奮發、欲有所作為的仕進態度，此由其摯友何劭盛讚其：「處有能存無」可證之。〔註88〕而此種內心的複雜矛盾，落實於以抒情為本的詩歌當中，自然不免有兩種判然風貌。

清人許學夷於《詩源辨體》書中謂謝康樂評張華云：「語雖或過，亦有自見」，〔註89〕許評可說部分贊同康樂論述。世人所見張華詩歌類型中，當屬述情寄情一類較有創發價值，〔註90〕試從許評見謝康樂之論，其或者偏重張華詩

〔註86〕參錢志熙：《魏晉詩歌藝術原論》（北京：北京大學出版社，2005年9月），頁167。

〔註87〕引自陳延傑：《詩品注》，頁20～21。

〔註88〕語出何劭詩〈贈張華〉，見逯本，頁648。

〔註89〕見許學夷：《詩源辨體》，頁93。

〔註90〕由《文選》選張華詩六首，其中〈情詩〉佔兩首；《玉臺新詠》選其詩七首，〈情詩〉五首全選，可知重柔靡之情的南朝人，對張華「述情」詩的喜愛與重視。

歌中述情寄情者而論，觀康樂之詩多逸蕩之情，〔註91〕而張華詩中「情」之所發，題材似乎不脫《詩經》、漢樂府與《古詩十九首》之主題範疇，與「逸蕩」風格相較，則顯稍嫌枯燥乏味。若由此觀謝康樂之評，似乎不無道理，然其專就主題內容評論，且未顧及時代因素，而忽略張華詩歌中特有之藝術表現手法與音律辭藻之美，爲同時代詩人之首有創變者而發此論，實有失之偏頗之憾。

張華的詩歌在體裁上可分爲五言樂府詩、五言古詩與四言詩，在內容上和藝術上分別表現出不同的特色：五言樂府詩內容多反映現實、表達建功立業的進取思想，形式上多爲長篇巨製，採用賦法的鋪排，層層細述，表現出辭藻繁富的特色。五言古詩內容則多個人生活情思的抒發，形式較爲短小細緻，呈現清省溫麗的風貌。四言詩則受時風之影響，繼承古四言詩傳統述志之風範，顯得典正古雅。〔註92〕

在張華之後，詩人紛紛群起模擬張華詩之情勝辭綺，如潘岳〈悼亡詩〉先敘節物，然後抒懷，慨歎寒暑流易，同好不存，乃仿其〈雜詩〉其三；又張協〈雜詩〉其一之「離居幾何時，鑽燧忽改木。房櫳無行跡，庭草萋以綠。青苔依空牆，蜘蛛網四屋。感物多所懷，沈憂結心曲。」〔註93〕其設意與用辭，皆極似張華之詩。此外，《詩品》中羅列劉宋的謝瞻、謝混、袁淑、王微、王僧達等均源出於華，並說諸人「才力苦弱，故務清淺，殊得風流媚趣。」〔註94〕此正與張華多兒女情少風雲氣相仿，觀諸人詩句，即可徵之一二：

> 開軒減華燭，月露皓已盈。（謝瞻〈答康樂秋霽詩〉）
>
> 輕霞冠秋日，迅商薄清穹。（謝瞻〈九日從宋公戲馬臺集送孔令詩〉）
>
> 〔註95〕
>
> 惠風蕩繁囿，白雲屯曾阿。景昃鳴禽集，水木湛清華。（謝混〈遊西池〉）〔註96〕

〔註91〕《詩品》言康樂詩：「源出於陳思，雜有景陽之體，故尚巧似，而逸蕩過之，頗以繁蕪爲累。」詳可參陳延傑《詩品注》，頁17～18。

〔註92〕《詩藪》論詩云：「晉以下，若茂先〈勵志〉，廣微〈補亡〉，季倫吟歎等曲，尚有前代典型。」（轉引自明張溥《漢魏六朝百三家題辭注—張茂先集》，頁108）〈勵志〉、〈補亡〉，可見《文選》所載：吟歎，即謂〈大雅吟〉、〈楚妃吟〉，二者與〈勵志〉〈補亡〉並四言。

〔註93〕張協〈雜詩〉其一，見逯本頁745。

〔註94〕引自陳延傑：《詩品注》，頁20～21。

〔註95〕以上分見逯本，頁1132、1131。

〔註96〕見逯本，頁934。

寒燠豈如節，霜雨多異同。

迺知古時人，所以悲轉蓬。（袁淑〈效古詩〉）〔註97〕

思婦臨高臺，長想憑華軒。弄弦不成曲，哀歌送苦言。（王微〈雜詩〉）

〔註98〕

聿來歲序暄，輕雲出東岑。麥壟多秀色，楊園流好音。（王僧達〈答顏延年〉）〔註99〕

五人之作詩句語皆清淺風流，是爲張華女郎詩之本色。此外，以「沈雄篤摯，節亮句邁」見稱的鮑照，間亦有「含茂先之靡嫚」處，〔註100〕其詩句如「歸華先委露，別葉早辭風」、「蜀琴抽白雪，郢曲發陽春」，〔註101〕及「荒壚半晚色，幽庭憐夕寒」、「臨歌不知調，發興誰與歡」等句，〔註102〕與張華詩「蘭蕙緣清渠，繁華蔭綠渚。佳人不在茲，取此欲與誰」，〔註103〕及「微風搖茝若，層波動芰荷。榮彩曜中林，流馨入綺羅」等句，〔註104〕同是爲綺靡傷情之作。因之可知六朝詩風講究辭藻而務爲妍冶，實始自張華。

第三節　張華文章之題材內容

魏晉是中國文學的自覺時期，其重要的標誌之一，就是各種文體至此大備，散文亦因其用途不同而表現爲不同的體式，呈現出不同的特點。這一時期的文學理論家，如曹丕、陸機、摯虞、劉勰等人，在文體學的研究上注入大量的心力，開創了古代文體學的研究範疇，他們並依文體的用途和特質，對散文的體式做了較爲詳細的劃分。曹丕〈典論·論文〉將文體分爲八種，即奏、議、書、論、銘、誄、詩、賦；陸機〈文賦〉將文章劃分爲詩、賦、碑、誄、銘、箴、頌、論、奏、說十種；摯虞《文章流別集》中（據現存佚文）分文類爲十二種，其中詩、賦、頌、銘、誄、箴六類，與〈典論·論文〉、〈文賦〉約略相同，而哀辭、哀策、設問、七、圖讖五種文體則爲二書所未

〔註97〕見逯本，頁 1212。
〔註98〕見逯本，頁 1199。
〔註99〕見逯本，頁 1240。
〔註100〕語見陳延傑：《詩品注》，頁 27。
〔註101〕以上詩句俱見鮑照〈翫月城西門廨中詩〉，見逯本，頁 1305。
〔註102〕以上詩句俱見鮑照〈園中秋散詩〉，見逯本，頁 1302。
〔註103〕引自張華〈情詩〉之五，見逯本，頁 619。
〔註104〕引自張華〈雜詩〉之二，見逯本，頁 620。

言及。〔註105〕至於劉勰《文心雕龍》與蕭統《文選》，則將文體劃分更細：《文心雕龍》除詩、樂府、賦外，文體論中論文敘筆，劃分文體爲二十類三十二種；〔註106〕《文選》分文體爲三十八種，〔註107〕除詩歌、辭賦、樂府外，屬於散文類的其他各種文體多達三十餘種，由是可知無論在文章數量與文體種類上，六朝之際實已趨於完備。

　　據嚴可均《全晉文》所載，張華賦作今存六篇，文二十四篇，篇目雖不多，卻可分爲表、議、移、書、銘、箴、哀、誄等十餘種體類，其中不乏傳世名作。與其時文人相較，張華創作文體種類極多，每類篇數較爲平均，除賦作外多爲應用文體。張華、張載與張協之文中，以張華文章創作種類爲最多，較之張載「賦、頌、論、銘」四類與張協「賦、七、頌、銘」四類作品，在文類上顯得更爲多元，尤其張華章表作品極受劉勰重視，其於《文心‧章表》云：「世珍鷦鷯，莫顧章表。」〔註108〕此是劉勰感嘆世人僅重視張華的〈鷦鷯賦〉，而忽略其章表作品，劉勰之評除了彰顯出張華長於章表，也說明是時〈鷦鷯賦〉享有盛譽。以下將張華文章分爲「賦」與「其他」二類，探論其題材內容。

一、賦類

　　賦在漢末開始由大賦轉向抒情小賦的創作，至於魏晉又出現一賦作高峰。魏晉賦最引人矚目的就是抒情小賦和詠物寫景賦的大量出現，其中詠物賦的創作佔當時賦作的大多數，〔註109〕詠物賦又可細分爲二，其一爲對動

〔註105〕〈典論‧論文〉見《全三國文》卷八，頁1097～1098；〈文賦〉見《全晉文》卷九十七，頁2013～2014；〈文章流別論〉見《全晉文》卷七十七，頁1905～1906。

〔註106〕《文心雕龍》文體論之二十類之篇目爲：〈明詩〉、〈樂府〉、〈詮賦〉、〈頌贊〉、〈祝盟〉、〈銘箴〉、〈誄碑〉、〈哀弔〉、〈雜文〉、〈諧讔〉、〈史傳〉、〈諸子〉、〈論說〉、〈詔策〉、〈檄移〉、〈封禪〉、〈章表〉、〈奏啓〉、〈議對〉、〈書記〉，其中三十二種文類分別爲：詩、樂府、賦、頌、贊、祝、盟、銘、箴、誄、碑、哀、弔、雜文、諧、讔、史、傳、論、說、詔策、檄、移、封禪、章、表、奏、啓、議、對、書、記。

〔註107〕駱鴻凱《文選學》云：「文選分體凡三十有八，七代文體，甄錄略備」。詳見氏著《文選學》（台北：華正書局，2004年10月），頁124。此三十八種文體分別爲：賦、詩、騷、七、詔、冊、令、教、策文、表、上書、啓、彈事、牋、奏記、書、檄、移、對問、設論、辭、序、頌、贊、符命、史論、史述贊、論、連珠、箴、銘、誄、哀、碑文、墓誌、行狀、弔文、祭文。

〔註108〕引自《文心‧章表》，頁407。

〔註109〕據嚴可均所載魏晉文，今存賦作近八百篇，其中詠物賦有四百餘篇，多於二分之一。

植物和器物單純而細緻的描述；其二爲詠物寄懷，即通過詠物來表達作者的情思、心志或生活哲理。張華的詠物賦多屬後者，其中最有名的是〈鷦鷯賦〉。此外，張華賦作又有一類爲詠懷賦，是專司抒情的小賦。

（一）詠物賦

張華賦作中，〈鷦鷯賦〉、〈朽社賦〉與〈相風賦〉皆屬詠物賦，此類賦作以詠物爲主題，其間可探得作者幽微含寓之情思。

〈鷦鷯賦〉創作時間可大分爲二說，在時間和創作目的的闡釋上略有出入，一爲據《文選》李善注引臧榮緒《晉書》云：「（華）少好文義，博覽墳典，爲太常博士，轉兼中書郎。雖棲處雲閣，慨然有感，作〈鷦鷯賦〉。」〔註110〕其云張華因居廟堂而慮禍患之將至，有感鷦鷯以卑微得全其身而爲此賦。然《晉書》張華本傳則以爲：「初未知名，著〈鷦鷯賦〉以自寄。……陳留阮籍見之嘆曰：『王佐之才也！』由是聲名始著。」〔註111〕此說以爲作者爲賦之時當屬寒微之士，藉〈鷦鷯賦〉以吟詠其志，一如賦序所言：「形微處卑，物莫之害。」正是張華目睹魏末名士罕能全身的殘酷現實有感而發，由於取莊老柔弱恬退以自適的主旨，受到阮籍之延譽，從此聲名大噪而晉身仕途。這兩種說法皆有學者支持，其一爲廖蔚卿與姜亮夫採唐修《晉書》本傳之說，廖在其《張華年譜》中將〈鷦鷯賦〉之作繫於魏高貴鄉公甘露四年（西元259年），時張華二十八歲；〔註112〕姜於其《張華年譜》中則繫此賦於魏高貴鄉公正元元年（西元254年），時張華二十三歲，〔註113〕二人所載其時張華均尚未步入仕途。其二爲陸侃如採臧榮緒《晉書》說法，將其作繫於魏元帝景元二年（西元261年），時張華年三十。〔註114〕雖此賦確實創作年份難以核考，然筆者以爲唐修《晉書》本傳「初未知名，著〈鷦鷯賦〉以自寄」之說較爲可信，因細察〈鷦鷯賦〉賦中雖流露畏避塵世之思，但無身處危疑、欲言又止之懼，更無如嵇阮賦中常見的悲憤之情，他讚美鷦鷯，實際上只是宣揚一種安分守己的處世哲學而已，因而以創作此賦時張華尚未知名之說較爲妥切。

〔註110〕見《六臣註文選》（浙江古籍出版社，1999年3月），頁242。
〔註111〕引自《新校本晉書》張華傳，頁1069。
〔註112〕見廖蔚卿：〈張華年譜〉，台灣大學《文史哲學報》27期，1978年12月，頁15～16。
〔註113〕見姜亮夫：《張華年譜》（上海：古典文學出版社，1957年8月），18～20。
〔註114〕見陸侃如：《中古文學繫年》（北京：人民文學出版社，1998年7月），頁602。

此賦分前後兩部分，前半詠歎鷦鷯的習性特點，其云：

……其居易容，其求易給。巢林不過一枝，每食不過數粒。棲無所滯，游無所盤。匪陋荊棘，匪榮苣蘭。動翼而逸，投足而安。委命順理，與物無患。伊茲禽之無知，何處身之似智。不懷寶以賈害，不飾表以招累。靜守約而不矜，動因循以簡易。任自然以爲資，無誘慕于世僞。（見嚴本，頁1790）

作者讚美「色淺體陋，不爲人用」的鷦鷯小鳥，認爲它雖「無玄黃以自貴，毛弗施于器用，肉弗登于俎味」，卻能所求甚微，「棲無所滯，游無所盤。匪陋荊棘，匪榮苣蘭。動翼而逸，投足而安。委命順理，與物無患。」作者認爲，鷦鷯鳥看似微不足道，然其「明哲保身」的處世哲學卻是極富智慧的。賦的後半張華感嘆鵰鶚、鵠鷺、雉雞、孔翠「咸美羽而豐肌，故無罪而皆斃」，嘆息「蒼鷹鷙而受緤，鸚鵡惠而入籠」、「鷟鵙昆鴻，孔雀翡翠，或凌赤霄之際，或託絕垠之外，……然皆負矰嬰繳，羽毛入貢」，其原因正在「有用于人也」。與眾禽相較之下，「色淺體陋，不爲人用」的小鳥鷦鷯，牠雖「無玄黃以自貴，毛弗施于器用，肉弗登于俎味」，卻能所求甚微，「棲無所滯，游無所盤。匪陋荊棘，匪榮苣蘭。動翼而逸，投足而安。委命順理，與物無患。」作者認爲，順任自然的鷦鷯鳥，其無爲的人生態度方是明智的抉擇，同時，賦末「陰陽陶蒸，萬品一區。……普天壤以遐觀，吾又安知大小之所如？」也表達出作者在是非不分、黑白難辨的現實社會中，無所適從的迷惘。

〈鷦鷯賦〉既是對玄學、處世哲學的闡述，也是張華早期政治思想的反映，表明自己與鷦鷯共同具有一枝而安、抱樸守素的心志，主張「動翼而逸，投足而安。委命順理，與物無患」的生命哲學。他在稱揚「靜守約而不矜，動因循以簡易，任自然以爲資」的鷦鷯的同時，也抨擊了「懷寶以賈害」、「飾表以招累」、「誘慕于世僞」的社會現實，揭露了聲稱「任自然」的門閥世族的虛僞面貌。同時他也提倡「其居易容，其求易給，巢林不過一枝，每食不過數粒」的儉樸生活，反對奢侈縱欲、恣意享樂的現實世風。

明代張溥以爲：「壯武初未知名，作〈鷦鷯賦〉以寄意，感其不才善全，有莊周木雁之思。」〔註115〕〈鷦鷯賦〉取材自《莊子》是很明顯的，尤其賦

_____

〔註115〕《莊子・山木》云：「莊子行於山中，見大木，枝葉盛茂，伐木者止其旁而不取也。問其故，曰：『無所可用。』莊子曰：『此木以不才得終其天年。』夫子出於山，舍於故人之家，故人喜，命豎子殺雁而烹之。豎子請曰：『其一能鳴，其一不能鳴，請奚殺。』主人曰：『殺不能鳴者。』明日，弟子問於莊子

中「巢林不過一枝，每食不過數粒」，即是來自《莊子‧逍遙遊》：「鷦鷯巢於深林，不過一枝；偃鼠飲河，不過滿腹」，益以賦末點出「大鵬彌乎天隅」、「吾又安知大小之所如」，更明顯是來自〈逍遙遊〉的典故。自正始至西晉初期，託微末瑣屑之物，以抒寫人生之思而又充滿玄言意味的詠物小賦，是這一時期辭賦創作的一大重要取向，而「言有淺而可以託深，類有微而可以喻大」，恰好可以為這一文學現象作出解釋。〔註116〕言淺託深、類微喻大的創作概念，是受到玄學思維的催化而產生的，主要是欲藉由所託之物理突破言與物、情與理之間的隔閡，此類小賦可說是玄學與文學交融的結果，而達到藉詠物之際又得以抒情的效果。

　　此賦託物言志，純用比興，將描寫與抒情密切相合，它直承禰衡〈鸚鵡賦〉之餘緒，而能自出機杼，不相蹈襲，而下啓傅咸〈儀鳳賦〉和賈彪〈鵬賦〉，它的語言清新流暢，熟練運用比興手法，具有嚴整的結構，富有老莊之人生哲理。〔註117〕究傅咸之〈儀鳳賦〉，可視為悼華之被害而作，其賦序云：「〈鷦鷯賦〉者，廣武張侯之所造也。以其形微處卑，物莫之害也。而余以為物生則有害，有害而能免，所以貴乎才智也。夫鷦鷯既無智足貴，亦禍害未免。免乎禍害者，其唯儀鳳也。」〔註118〕姜亮夫云：「此序至有理趣。物生則有害，亦老子哲學精義。咸乃玄子，父子皆從道術得富貴，較華別有會心，而實同根柢。……華處暗主虐后之朝，不能以才智自免於禍害，故借此文以惜之。」〔註119〕雖傅咸、賈彪與張華持不同看法：傅咸以積極入世的儒家觀點，以鳳鳥為題，言唯儀鳳之才智方能免於禍害；賈彪則回歸莊子原意，標舉大鵬，認為大鵬「棲形邈遠」才是自全之道，言下意為當是隱居山林，透顯出隱逸的想法。張華〈鷦鷯賦〉及因此衍生的〈儀鳳賦〉和〈鵬賦〉，都在探討士人身處當時政治環境中，應如何自處的問題，三人分別以鷦鷯、鳳鳥、大鵬展現了自我的人生觀，由傅咸與賈彪二人對於張華賦的回應，可看出當時士人對於此一如何避禍遠害的課題不約而同的重視，也各有自己的應對之道。

　　　　曰：「昨日山中之木以不才得終其天年，今主人之雁以不才死，先生將何處？」
　　　　莊子笑曰：「周將處乎才與不才之間。」以上引自《莊子集釋‧外篇‧山木》，
　　　　頁667。

〔註116〕參冷衛國：〈正始賦學批評〉《常德師範學院學報》（社科版）第25卷第3期，
　　　　2000年5月。
〔註117〕見黃水雲：《六朝駢賦研究》（台北：文津出版社，1999年10月），頁72。
〔註118〕〈儀鳳賦〉序可見《藝文類聚》卷九十，賦文可見《初學記》卷三十。
〔註119〕引自姜亮夫《張華年譜》，頁19～20。

一般說來,「禽鳥賦」多不脫禰衡〈鸚鵡賦〉的寫作模式,以詠物方式描寫禽鳥,並結合自己的心志,達到借物寄情的效果。〈鷦鷯賦〉在禽鳥賦的發展史上獨特之處即在於其主題取材自《莊子》,更使得禽鳥賦在詠物的本質外,增加了思想層次上的豐富意涵。在張華之後的禽鳥賦中也能看到從《莊子》中取材的軌跡,如賈彪〈鵬賦〉、李白〈大鵬賦〉及唐高邁〈鯤化爲鵬賦〉與浩虛舟〈木雞賦〉等。據《晉書》本傳所言,〈鷦鷯賦〉在問世以後,引起極大的迴響,張華的名聲,也在阮籍細閱此賦,盛讚張華「可謂王佐之才也」之後,鵲起非凡。不過,一旦置入風雲變幻的政治舞台,即不易全身而退。從張華的生平來看,他其實是有志於開創大事業的,尤其在平吳之役和維持西晉的政權和制度上,他都有極重要的貢獻。他既從政,又要建功立業,則不可能與世無爭,想要達到鷦鷯「委命順理,與世無患」的境界是很困難的。尤其爲武帝訂立禮儀憲章,又具伐吳平夷之功,勳績彪炳的張華無可避免得捲入賈后謀廢太子、趙王倫謀廢賈后的事件中,最後因拒絕與趙王合同竄奪,而遭夷三族之禍。張華不但無力挽救社稷之難,也無法保全自己,將死之際,與張林的一段對話,最能顯現出士人入仕從政之後,再也無法遊刃從容的身不由己:

> 華將死,謂張林曰:「卿欲害忠臣耶?」林稱詔詰之曰:「卿爲宰相,
> 任天下事,太子之廢,不能死節,何也?」華曰:「式乾之議,臣諫
> 事具存,非不諫也。」林曰:「諫若不從,何不去位?」華不能答。
> 〔註 120〕

從忠臣直諫的角度來批評張華的不能死節又不去位,雖是叛黨誅殺張華的說詞,卻連張華都不得不承認自己的確無法做到。複雜現實的政治機制,沒有提供置身其間的士人太多的抉擇,除了被利用就是被消滅,張華不想與賈后趙王同流,卻又不能慷慨殉死或當機立斷離棄高位厚祿,他的「不能答」既是愧疚也充滿了無奈,〔註 121〕早年的鷦鷯哲學,在西晉殘酷的政局中,恐怕只是灑脫之辭,而沒有體現的機會。

〈鷦鷯賦〉宣揚謙沖虛靜、安分守己的處世哲學,表明張華對險惡世情的認識和自處之道,其〈相風賦〉也是篇託物言志的小賦,隱約透顯出一位名高曩代的政治家,身處官場時戒慎恐懼的心情和嚴謹的態度。「相風」是古

〔註 120〕見《晉書》本傳,頁 1074。
〔註 121〕參鄭毓瑜:〈直諫形式與知識份子──漢晉辭賦的擬騷、對問系列〉,《中國文哲研究集刊》第十六期,2000 年 3 月,頁 52。

代用來占風的一種儀器，〈相風賦〉最早見之於晉，據嚴可均《全晉文》所輯，晉有〈相風賦〉十篇，傅玄、杜萬年、孫楚、傅咸、張華、潘岳、左芬、盧浮、牽秀、陶侃都有所作，其中杜、左之作已佚，盧、牽之作只殘存佚文兩句，其他六篇賦在描述相風的構成、形狀的創制與功用上大體相同，張華的〈相風賦〉是諸賦中最有寄託之作。其賦序云：「太史候部有相風在西城上，而作者弗爲。豈以其託處幽閑，違眾特立，無羽毛之飾，而丹漆不爲之容乎？」序言中指出，張華的創作動機是在見到太史侯部的相風，因託處幽閑，違眾特立，質樸無華而無人爲之賦，所以才作此賦。賦先敘前人觀天象以施政令，侯風之官立相風以觀風向，言「循物致用，器不假飾」，指出器物貴在功用而不在雕飾。而後，作者對於相風高立之狀與杆頂相風鳥凌雲之態有所描述：「眇修榦之迢迢，凌高墉而莖植。玄鳥偏其增翥，睇雲霄而矯翼」，也對相風的功用有所敘述：「步元氣于尋木，寄先識于茲禽」，但作者不只是侷限在單純的寫物極貌，而是由相風聯想到居高思危、戒險自箴與守正不淫的道理，其云：「既在高而思危，又戒險而自箴。雖迴易之無常，終守正而不淫。永恪立以彌世，志淹滯而愈新。超無返而特存，差偶景而爲鄰。」是詠讚相風終世謹慎特立，雖處淹滯而志愈新，恪立守德、甘於寂寞的品格，表現出了張華持正身心的人生態度。張華此賦明爲寫物，實則借物以自惕，體現出其謹身守正的儒家思想。

魏晉遭逢離亂之世，文人在賦作中所表述的多是時光易逝之嘆與憂生之嗟，人們親臨死亡現場，對於生命之無常與萬物生死盛衰皆有深刻的體驗，這樣的主題也成爲文學創作中的一個主軸。面對繁華不再的景物，文人們多有深沈的感慨，如曹丕〈柳賦〉就是有感左右僕御之亡與柳樹連拱相襯而興發感嘆。《世說新語》中記載「桓公北征，經金城，見前爲琅邪時種柳皆已十圍，慨然曰：『木猶如此，人何以堪！』攀枝執條，泫然流淚」。〔註122〕張華的〈朽社賦〉與曹丕賦立意相仿，〔註123〕都是感物抒情，申發「木猶如此，人何以堪」的喟嘆。其賦序云：「高柏橋南大道傍，有古社槐樹，蓋數百年木

〔註122〕引自《世說・言語》，頁114。
〔註123〕六朝詠槐賦凡十一篇，居詠木一類之首，其篇目爲：魏王粲〈槐樹賦〉、曹丕〈槐賦〉、傅巽〈槐賦〉、曹植〈槐樹賦〉、晉庾儵〈大槐賦〉、王濟〈槐樹賦〉、張華〈朽社賦〉、摯虞〈槐賦〉、西涼李暠〈槐樹賦〉、梁中庸〈槐樹賦〉與劉彥明〈槐樹賦〉。其中張華賦因賦題曰「朽社」，故《藝文類聚》列之於「禮部社稷類」中，然就內容言，以詠槐樹爲主體，故《歷代賦彙》仍錄之於「草木類」中。

也。余少居近之,後去,行路遇之,則已朽。意有緬然,輒爲之賦,因以言衰盛之理云爾。」由是可知此賦之創作動機,乃作者見槐樹已朽,有感於古槐今昔盛衰對比,而申發出物之盛衰變遷之理。全賦對槐樹興盛時的景象極盡描繪:

> 伊茲槐之挺植,于京路之東隅。得託尊于田主,據爽塏以高居。垂重陰于道周,臨大路之通衢。饗春秋之所報,應豐胙于無射。歷漢京之康樂,踰喪亂之橫逆。朱夏當陽,蓊藹蕭森。征夫雲會,行旅歸心。輶軒停蓋,輕輿託陰。吉人向風而祛袂,王孫清嘯而啓襟。晞甘棠之廣覆,褊喬木之無陰。(見嚴本,頁 1789)

賦中言古槐藉由社廟之庇蔭,百年來經歷了富樂與喪亂之世,卻依然蓊鬱繁茂,由此感嘆人世之興衰多變,與社會之喪亂相繼。以此賦內容對照賦序中所云「言衰盛之理」,然賦文中對此一無所述,不知今所見者爲殘篇,抑或作者欲令讀者自行了悟,藉「歷漢京之康樂,踰喪亂之橫逆」的淡然描述,想望其所隱含之理?張溥云:「既賦相風朽社,亦躊躇于在高戒險,盛衰交心。」〔註124〕則清楚揭示張華二賦的主旨所在。

(二)詠懷賦

詠懷賦創作實興自漢代,〔註125〕一般多屬抒情小賦,此類賦作以吟詠心志與嚮往爲主,其中亦有抒寫隱逸情趣,藉以求得精神上的解脫者,張華賦作屬此類,有〈歸田賦〉、〈詠懷賦〉與〈感婚賦〉三篇。

張華之〈歸田賦〉顯然受到張衡〈歸田賦〉影響,描寫閒居退隱之樂。先來看看張衡之〈歸田賦〉,其云:

> 遊都邑以永久,無明略以佐時。徒臨川以羨魚,俟河清乎未期。感蔡子之慷慨,從唐生以決疑。諒天道之微昧,追漁父以同嬉。超埃塵以遐逝,與 世事乎長辭。于是仲春令月,時和氣清。原隰鬱茂,百草滋榮。王雎鼓翼,鶬鶊哀鳴。交頸頡頏,關關嚶嚶,于焉逍遙,聊以娛情。爾乃龍吟方澤,虎嘯山丘。仰飛纖繳,俯釣長流。觸矢而斃,貪餌吞鉤。落雲間之逸禽,懸淵沈之鯊鰡。于時曜靈俄景,

---

〔註124〕見張溥:《漢魏六朝百三家集題辭注》(台北:世界書局,1979 年 10 月),頁108。

〔註125〕可參曹淑娟:《論漢賦之寫物言志傳統》(台北:台灣師大國文所碩士論文,1982 年)。

係以望舒，極般遊之至樂，雖日夕而忘劬。感老氏之遺誡，將迴駕
乎蓬廬。彈五弦之妙指，詠周孔之圖書，揮翰墨以奮藻，陳三皇之
軌模，苟縱心于物外，安知榮辱之所如。（見嚴本，頁 769）

張衡此賦表述了棄官歸隱的渴望，篇首點出歸田之緣由，對於世途之迤氈申
發了喟嘆，其後於寫景抒情間，悠然自得之情溢於言表，文中不以文采雕飾，
而代之以樸質白描，自然地呈現輕鬆自在的心境。這種描寫已與魏晉以後的
抒情小賦筆調相似，而文字的平暢，並略見四六句式，近於駢體，此體或爲
張衡首創。〔註 126〕張華〈歸田賦〉云：

隨陰陽之開闔，從時宜以卷舒。冬奧處于城邑，春遊放于外廬。歸
郊鄽之舊里，託言靜以閑居。育草木之藹蔚，因地勢之丘墟。豐蔬
果之林錯，茂桑麻之紛敷。用天道以取資，行藥物以爲娛。時逍遙
于洛濱，聊相伴以縱意。目白沙與積礫，玩眾卉之同異。揚素波以
濯足，泝清瀾以蕩思。低佪住留，棲遲菴藹。存神忽微，遊精域外。
藉纖草以爲茵，援垂陰以爲蓋。瞻高鳥之陵風，臨儵魚于清瀨。眇
萬物而遠觀，脩自然之通會。以退足于一壑，故處否而忘泰。（見嚴
本，頁 1789）

張衡的歸田，是因爲天下無道而隱，張華之歸田，顯然是受到老莊思想的影
響。賦首即言「隨陰陽之開闔，從時宜以卷舒」表現出隨任自然的態度，「育
草木之藹蔚……臨儵魚于清瀨」大爲鋪敘投身自然，領略隱居生活的自然樂
趣，結尾「眇萬物而遠觀，脩自然之通會。以退足于一壑，故處否而忘泰。」
復歸老莊思想，揭示出歸田的眞諦，即得以超然物外，忘懷是非臧否。全賦
中充滿閒適暢達之情、任心自然的追求。張衡〈歸田賦〉從題材和內容上均
已表現出與漢賦不同的特質，劉勰稱其「儷句與深采並流，偶意共逸韻俱發」；
〔註 127〕張華的〈歸田賦〉全篇使用駢偶句式，則更進一步表現出駢儷的特色，
是西晉文學向駢律化發展的表現。

此外，張華尚有兩篇表現戀情的賦作：〈感婚賦〉和〈詠懷賦〉，〔註 128〕
皆爲騷體。其中〈感婚賦〉受到了曹植〈感婚賦〉的影響，其賦序說明此賦
創作時間與寫作動機，乃寫於歲末年終之際，青年男女應時而嫁娶，作者親
見一路迎親車馬絡繹不絕，因有所感而爲此賦。賦中先敘歲末多嫁娶之俗，

〔註 126〕見曹道衡：《漢魏六朝辭賦》（上海：上海古籍出版社，1989 年），頁 87。
〔註 127〕引自《文心・麗辭》，頁 588。
〔註 128〕二賦俱見《全晉文》，頁 1789。

並細繪佳人麗色燦然於目,「窈窕初茂,玉質始盛。容華外豐,心神內正。……相麗姿之綽約兮,遙彷彿以感心。」同時也引發感嘆「怨佳人之幽翳兮,恨檢防之高深」。〈詠懷賦〉乃繼承張衡〈定情賦〉的寫作手法,是追憶一段作者親歷卻已然逝去的美好戀情,描寫女性之麗姿綽約,進而論及男女間真摯的情愛,「既惠余以至歡,又結我以同心。交恩好之款固,接情愛之分深。」然則最終卻因為現實仕途的困頓,不得不「義結而絕離」,終則抒發其愛而不得的哀傷失落。二賦表現出張華辭藻溫麗、善於寫情的特點,雖與張華其他賦作相較而言,思想價值略嫌不足,但仍呈現張華賦作的另一面特有風貌。

二、其他文類

　　張華現存文章可大別為賦類與其他文類,其他文類主要有哀誄、銘箴、奏議數種,篇制都趨於短小簡要,情感表達則明捷朗暢,與其詩賦有著同樣的特質。以下依序分類論述其內容:

(一)哀誄文

　　魏晉南北朝是中國歷史上社會最為動盪不安的時期,很多名士死於非命,於是哀祭之文也因之發達,而且大多情感真摯,情緒豐沛激昂,抒情意味極為濃厚。哀悼弔祭之文有誄文、墓誌、祭文、弔文、哀文等多種,主要是用來紀念死者,表達哀悼追念之意。張華的哀誄文之作,共有五篇:〈章懷皇后誄〉、〈烈文先生鮑玄泰誄〉、〈魏劉驃騎誄〉、〈武帝哀策文〉與〈元皇后哀策文〉。

　　「誄文」一般說來是用於德高望重的長者,累列其生前功績以資悼念,〔註129〕《釋名・釋典藝》云:「誄,累也,累列其事而稱之也」。〔註130〕誄文在最初時有為死者定「諡」之用,其作用在於「讀之以作諡」,〔註131〕後世誄文則不一定與定諡相關。〔註132〕誄文的內容,應以遵從死者實際生平為主,論述記載應以平實為要,〈典論・論文〉中所云「銘誄尚實」即為此意。

〔註129〕李曰剛《文心雕龍斠詮》云:「誄,初本行狀,後世以為哀祭文之一種,用於德高望重之死者,累列其生時功業,以致悼念,與施於卑幼夭折之『哀弔』有異。」又《禮記・曾子問》云:「賤不誄貴,幼不誄長。」

〔註130〕轉引自詹瑛《文心雕龍義證》注三,頁427。

〔註131〕引自《禮記・曾子問》。

〔註132〕徐師曾〈文體明辨〉云:「蓋古之誄本為定諡,而今之誄惟以寓哀,則不必問其諡之有無,而皆可為之。」轉引自褚斌杰:《中國古代文體學》(台北:學生書局,1991年4月),頁442～443。

〔註133〕張華的誄文作品中，爲其岳父劉放所作之〈魏劉驃騎誄〉，是較有文采之作：

> 昔在殷周，惟伊惟呂。穆穆公侯，紹茲勳緒。如何上天，殲我鼎輔？
> 金剛玉潤，水潔冰清。郁郁文彩，煥若朝榮。功遂身退，致仕懸輿。
> 志邈留侯，心邁二疏。風凜凜以翼衡，雲霏霏以承蓋。旂聯翩以飄
> 颻，旌繽紛以奄薄。（見嚴本，頁1793）

《三國志‧魏志》劉放本傳中記載劉放曾歷任高職，有特出的政治才能，〔註134〕誄文一開始即以劉放比之商之伊尹與周之呂尚，說明劉放在政治上的崇高地位，並極言作者的哀慟之情。接著「金剛玉潤，水潔冰清。郁郁文彩，煥若朝榮。功遂身退，致仕懸輿。志邈留侯，心邁二疏」則是進一步細述劉放其人的德行、文才與政治功績，對他極度的讚揚。劉放本傳中記載：「放爲松答太祖書，其文甚麗。」又云：「放善爲書檄，三祖詔命有所招諭，多放所爲。」可見得此誄文並沒有過多的溢美之辭，可謂名實相符。本文雖然篇幅短小，卻仍呈顯出文采：多用四字句，兼用六字，行文氣勢流暢不呆板，特別是「志邈留侯，心邁二疏。風凜凜以翼衡，雲霏霏以承蓋。旂聯翩以飄颻，旌繽紛以奄薄」數句，對仗極爲工整，堪稱誄文中的佳作。另外兩篇〈章懷皇后誄〉與〈烈文先生鮑玄泰誄〉，則多爲贊頌之辭，全用四字句，全篇褒揚死者的功業與德行，對於其人較乏深刻的描寫敘述，文采不及〈魏劉驃騎誄〉。

　　《文心‧誄碑》爲「誄」定義云：「誄者，累也。累其德行，旌之不朽也。」又論其寫作原則云：「詳夫誄之爲制，蓋選言錄行，傳體而頌文，榮始而哀終。論其人也，曖乎若可覿；道其哀也，悽焉如可傷，此其旨也。」〔註135〕劉勰在此揭示了誄文的創作要旨，在於選錄死者生前的嘉言懿行，運用傳記的體裁，採行頌贊的文辭，以稱述其光榮的事蹟爲開端，以哀悼其逝世作結，在論述其人德行時，要仿若他音容宛在，在述及哀思情感時，則內心悽愴欲絕。〈文賦〉亦云：「誄纏綿而悽愴。」〔註136〕即言撰寫誄文時應具有眞情眞意，方能凄楚動人。以劉勰與陸機的標準來衡量，張華〈魏劉驃騎誄〉的確達到了此類文體的要求，文中情思纏綿俳惻、悽愴哀挽，益以優美工巧的文辭，可說是張華誄文中的代表作品。

〔註133〕引自《全晉文》，頁1098。
〔註134〕事見《三國志‧魏志‧劉放傳》，頁456～457。
〔註135〕以上分見《文心‧誄碑》，頁213、214。
〔註136〕引自《全晉文》，頁2013。

哀策文與誄文同是用來悼念死者的，只是哀策文多施用於皇族，張華的哀策文作品有〈武帝哀策文〉與〈元皇后哀策文〉，但二文內容僅止於表面上的歌頌功德，文學價值不大。

（二）銘箴文

「銘」依其不同功能可分為二類：一是彰顯功德，如〈文章流別論〉所云：「且上古之銘，銘于宗廟之碑。……後世以來之器銘之嘉者，……咸以表顯功德。」〔註137〕一為刻在器物上，以警戒為目的的銘文，張華作品中的「銘」皆屬此類。「箴」則全以警戒為主，因規戒的對象可分為「官箴」（警戒別人）與「私箴」（自我警戒）二種。

「銘箴」無論對人對事，都有警戒勉勵的作用。銘文一般內容多具規戒性質，刻於器物金石之上，具有彰功德或示警戒之用，沒有絕對的形式，但多半較為簡短。在寫作法則上，銘箴二體有所不同，〈文賦〉云：「銘博約而溫潤，箴頓挫而清壯。」博約溫潤是指「意深而文省」，〔註138〕即銘文應注重內容的充實與含意的深切，寫作時文句應以省約為主、語出溫和圓潤；「頓挫清壯」指的是箴文寫作應注重其含意的頓挫與用辭的清壯，以達到針砭之用。〔註139〕

張華現存的銘文共有三篇，其中〈倚几銘〉是以物來寓意，表明儒家的倫理道德：「倚几之設，設而不倚。作器于此，成禮于彼。」呈現對於儒家禮教的重視。另外兩篇〈席前左端銘〉與〈席前右端銘〉，則是仿周武王著名的〈席四端銘〉而作，語句短小，是刻在身邊的座右銘，這兩篇雖為殘篇，但由「大道坦坦，□□在人」、「行莫若□，居莫若正」，也可見出張華以儒家傳統的正身之道作為自我策勉的準則。〔註140〕

箴的作用在於「攻疾防患」，〔註141〕譏刺現世或警戒自我，以規戒的對象又可分為「官箴」與「私箴」兩類，具有諫書作用的是官箴，一般勸世或自戒之文是私箴，箴文不論官箴或私箴，多半用四言韻語。張華今存箴文共

〔註137〕引自《全晉文》，頁1906。

〔註138〕《文選》五臣張銑注：「博謂意深，約謂文省。」又《文心‧銘箴》云：「銘兼褒讚，故體貴弘潤。」又林琴南於《春覺齋論文‧流別論四》釋劉勰之「體貴弘潤」云：「弘潤非圓滑之謂也，辭高而識遠，故弘；文簡而句澤，故潤。」轉引自褚斌杰：《中國古代文體學》，頁436。

〔註139〕《文選》李善注云：「箴以譏刺得失，故頓挫清壯。」

〔註140〕以上俱見《全晉文》，頁1792。

〔註141〕《文心‧銘箴》云：「箴者，所以攻疾防患，喻鍼石也。」頁194。

四篇，其中只有〈杖箴〉是私箴，其餘皆為行之於公的官箴，其中最著名的是〈女史箴〉。〈女史箴〉的創作動機是由於西晉後期賈后專權，「華懼后族之盛，作女史箴以為諷」，〔註142〕此文語多駢儷，結合巧妙的用典技巧，以委婉含蓄的方式，成功達到諷諫的作用。文中以「樊姬感莊，不食鮮禽。衛女矯桓，耳忘和音。」藉樊姬不食鮮禽來感動楚莊王，使他不再沈湎於畋獵；衛姬不聽靡靡之音，來矯正齊桓公的愛好淫樂的正面歷史典故來勸喻，而不以直接諷刺的方法來苛斥。援古例以證今，含蓄深婉之中又不失勸諫之旨，其中「懽不可以瀆，寵不可以專，專實生慢，愛極則遷，致盈必損，理有固然」更表現出溫柔敦厚的風範，最後本傳記載「賈后雖凶妒，而知敬重」，應該與張華含蓄委婉的諷諫手法有關。此外，屬官箴的尚有〈大司農箴〉與〈尚書令箴〉兩篇。〈大司農箴〉的內容是以大司農官的立場箴戒，冀其克盡職責，務使國家「阜茂豐物」；〈尚書令箴〉則是警戒尚書令，願其善輔君王協調百官，務使家國承平，萬民均安。

〈杖箴〉是張華用以自惕的箴文，文中以杖喻己以正其身，其文云「杖道不正，陷墜傾危」，杖是扶持人正立的，也用來譬喻人心，張華在此以杖若不正則必遭險來警策自己，以端正立身行事之道。〈杖箴〉言語簡短又具警策性，和銘文的性質相似，也都在在表露出張華儒家正己持中的思想。

（三）奏議文

此類文體是古時臣下向君上陳說政務、進言議事的公文，為了使奏章更具說服力，不少章表寫得極富情感與具有文采。〔註143〕此類文體名稱多樣但體制相類，漢朝將此類公文分為章、奏、表、議四種，《晉書》本傳中云：「張華所為朝議表奏，多見施用」，〔註144〕可見得張華奏議文的價值非凡。

張華此類奏議文章今存表兩篇、議三篇。《文心・章表》對各類奏議文之功能有所描述：「章以謝恩，奏以按劾，表以陳情，議以執異。」說明章是用來謝恩的、奏是用來彈劾的、表是用來陳述衷情的、議是用來表示不同意見的。其又言「表」所應具有的特色云：「原夫章表之為用也，所以對揚王庭，昭明心曲。既其身文，且亦國華。……表以致禁，骨采宜耀。……表體多包，

〔註142〕以上引自《晉書・張華傳》，頁 1072。

〔註143〕可參陳飛：《中國古代散文研究》（福州：福建人民出版社，2005 年 6 月），頁 200。

〔註144〕引自《晉書・張華傳》，頁 1070。

情僞屢遷，必雅義以扇其風，清文以馳其麗。」〔註145〕由此得見「表」的確是用來陳述衷情、訴說心曲的，它雖是公文的一種，但它含有表志陳情的用意，與其他公文有別，也較能表現情質與文采。張華有〈移書太常薦成公綏表〉與〈王公上壽酒食舉樂歌詩表〉，前者爲張華向晉武帝薦舉處士成公綏的表文，文中對成公綏襃揚有加，可見其誘進不倦的熱忱；後者是西晉初樂府改制時，張華對於上壽酒食舉樂歌詩的作法與樂曲所提出的建議，對於西晉樂府雅樂的創制有著一定的貢獻。

　　「議」與表之不同，在於它是帶有論辯性質的文體，主要是向君上提出建言，以影響某些政治措施的實行。〔註146〕《典論・論文》言「議」之寫作法則云：「奏議宜雅」，〔註147〕即言奏議之文應當以雅正爲要，〈文賦〉亦云：「奏平徹以閒雅」，〔註148〕即是言奏議之文的創作，應具平徹之意，與閒雅之辭。張華的〈封禪議〉、〈晉文王諡議〉與〈廢楊太后議〉正是反映當時政治的內涵，尤其〈封禪議〉是在西晉平吳統一天下（西元 280 年）之際，張華等屢請封禪於東岳的翔實記載，文中反覆列述西晉一統天下的德業，並回溯西晉由建立至統一的歷史，多爲歌功頌德之言，文辭較爲樸質無華。

　　此外，張華尚有〈甲乙問〉，爲一篇帙短小之雜記，內容記載頗爲有趣，原爲討論當時禮制所舉之例，但獨立成篇，便成趣事。錢鍾書批曰：「兩頭大」，〔註149〕即指出當事者兩難之處境。

　　張華賦類以外的其他文類文章，雖然所存數量不多，但卻能反映出張華的思想和文學創作的特點，如其銘箴類作品都體現出深諳儒道及對儒家禮制規範的遵循，亦饒富研究價值。〔註150〕

第四節　張華文章之藝術特色

　　張華的文章創作與其詩歌相同，都著重於文學的審美特質。張華的文章

〔註145〕以上俱引自《文心・章表》，頁 406～408。
〔註146〕詳可參褚斌杰：《中國古代文體學》，頁 353～354。
〔註147〕引自《全三國文》，頁 1098。
〔註148〕引自《全晉文》，頁 2013。
〔註149〕見《全晉文》手批本，轉引自徐公持：《魏晉文學史》（北京：人民文學出版社，1999 年 9 月），頁 290。
〔註150〕以上各體文類之個別源流、義界與用途，可詳參褚斌杰《中國古代文體學》，頁 341～491。

作品中，以賦類最能展現其藝術特色，其他文體中，個人之藝術特質實不明顯，因而本節著重於探論張華賦作中的藝術特色，若其他文類有與之相近者，則一併論述之，若有與賦類不同特色，然單薄不甚顯明者，則略而不談。

　　抒情言志賦的傳統實自漢代已興，〔註151〕漢賦中的抒情寫志賦是從《楚辭》中借取大量辭藻及情韻，經過漢代賦家的努力以及文體的演變，致使其發展成在內容及形式上不同於漢大賦的「抒情小賦」。〔註152〕就語言藝術來說，抒情小賦以清新短小的風格，取代漢大賦磅礡的氣勢，從東漢張衡開始，賦作的抒情成分增加，對事物描寫的手法由誇飾鋪陳漸趨細緻描繪，語言的運用也由艱澀轉向平易，〔註153〕可說在以氣勢取勝的漢賦作品中，自出一脈清新細流。張華賦作繼承前人創作內涵，並加以延展創新，其藝術特色在「駢儷對偶」與「情景交融」上，展現出其特殊的風貌，以下依序論之：

一、駢儷對偶

　　漢魏六朝賦以「麗」為美的文體特徵，早在曹丕〈典論・論文〉對於各文體特色的比較，提出了「詩賦欲麗」的主張而彰顯出來。曹丕詩賦之「麗」是從語言風格上著論，〔註154〕陸機於〈文賦〉中云：「其為物也多姿，其為體也屢遷。其會意也尚巧，其遣言也貴妍；暨音聲之迭代，若五色之相宜。」〔註155〕提點出作品中所會之「意」應以「巧」為上，即是應別出心裁、匠心獨運，新意可見而不流於陳腐，外顯之「言」則應以「妍」為貴，著重文辭之麗，最後論及音聲迭代，即是在音韻上應要求具有和諧之美，反映出西晉文學發展趨向於「巧」與「妍」。對於賦作之特色，劉勰認為應「麗詞雅義，

〔註151〕漢代的賦，題材多以京殿游獵山川為主題，至於魏晉，賦的題材更為擴大，數量最多的就是詠物賦，舉凡飛禽走獸、奇花異草等皆可入賦，此階段正以篇幅短小、敘寫簡要且具有抒情成分的抒情小賦為賦體的創作主流。自荀子賦篇開始就有詠物小賦，至於漢末，大賦漸趨衰頹，賦家對於賦體的創作逐漸走向個人抒情的小賦形式，不再以大賦作為主要的創作目標。

〔註152〕見李翠瑛：《六朝賦論之創作理論與審美理論》（台北：萬卷樓圖書公司，2002年1月），頁40。

〔註153〕見曹道衡：《漢魏六朝辭賦》（上海：上海古籍出版社，1989年），頁89。

〔註154〕此外，皇甫謐亦於〈三都賦序〉有言：「然賦也者，所以因物造端，敷弘體理，欲人不能加也。引而申之，故文必極美；觸類而長之，故辭必盡麗。然則美麗之文，賦之作也。」（引自《全晉文》，頁1872）「因物造端」是說「體物」為賦之始，「文必極美」、「辭必盡麗」則說明賦在語言上的美感成分極高，賦作是以「美麗」為其最大特徵。

〔註155〕引自《全晉文》，頁2013。

符采相勝」，〔註156〕即注重形式和內容的配合，「麗詞」是語言形式的表現，「雅義」是內容的雅正，文辭的華麗與內容的雅正相稱，才是立賦的大體。

自揚雄、司馬相如、張衡、蔡邕以來，崇尚儷辭儷句，開啟了偶句的運用技巧。〔註157〕至於魏晉，文人們更是有意識地在駢偶對句上下工夫，「析句彌密，聯字合趣，剖毫析釐」，〔註158〕賦體風格由是更趨華麗。「文麗」在藝術技巧上可訴諸於形象的呈現，即顏色、形貌的綺麗描繪，在文辭上的表現方式，則可藉由辭句的駢偶、辭藻的誇飾、章句的鋪陳、聲律的講求與典故的運用等表現出來，在張華的賦作中，也呈顯出這樣的藝術特色。

駢賦與駢體文興起有關，〔註159〕駢文的發展始自東漢，時至建安，又以排偶一變東漢之奇偶相生的句法，開始以偶體創制華美的文章。〔註160〕而後至於南北朝時期，駢文大行，除章表奏疏外，其他各體文章幾乎皆用駢文，尤其至庾信、徐陵，駢文趨於鼎盛。

關於駢文的特點，歷來研究者有不同的看法，王瑤將駢文的特點歸結為裁對、隸事、敷藻和調聲四方面，〔註161〕曹道衡則認為：「一般地說，駢文的特點是講究對仗，句子的字數整齊，又要講究平仄。」〔註162〕依諸家之論觀

〔註156〕《文心·詮賦》云：「麗詞雅義，符采相勝，如組織之品朱紫，畫繪之著玄黃，文雖雜而有質，色雖糅而有儀，此立賦之大體也。」頁136。

〔註157〕《文心·麗辭》云：「自揚馬張蔡，崇盛麗辭，如宋畫吳冶，刻形鏤法，麗句與深采並流，偶意共逸韻俱發。」頁588。

〔註158〕引自《文心·麗辭》，頁588。

〔註159〕近代學者王闓運在《湘綺樓論文》中勾勒出駢體文的發展線索：「駢儷之文起於東漢，大抵書奏之用，舒緩其詞，經傳雖有偶對，未有通篇整齊者也。自劉宋以後，日加綿密；至齊梁純為排比，庾徐又加以抑揚，聲韻彌諧，意趣愈俗。唐人皆同律賦，宋體更入文心。自是遂有文賦二派，愈益俳矣。」

〔註160〕劉師培以為：「東京以降，論辯諸作，往往以單行之語，運排偶之詞，而奇偶相生，致文體迥殊於西漢。建安之世，七子繼興，偶有撰著，悉以排偶易單行；即非有韻之文，亦用偶文之體，而華靡之作，遂開四六之先，而文體復殊於東漢。」

〔註161〕其云：「駢文的第一要素就是裁對，……對偶所呈現的感覺是一種意態和感覺的均衡，是對稱的美」，「駢文的第二種工夫是隸事，這也是文字形式方面的多年累積的結果」，「駢文的第三四種工夫是敷藻和調聲。敷藻是指渲染色澤的『妃黃儷白』，向來是駢文工麗的要素，這也是由山水詩以來注重雕繪的累積」，「調聲是將永明聲律的避忌方法來由詩轉移到文上，以求和諧的音樂美。」引自氏著《中古文學史論》，（北京：北京大學出版社，1986年1月），頁291～293。

〔註162〕參曹道衡：〈關於魏晉南北朝的駢文和散文〉，《中古文學史論文集》，（北京：中華書局，2002年9月），頁31。

張華之賦，其賦作雖然不全爲駢賦，但實已具有成熟駢儷特色的作品，尤以〈歸田賦〉爲最。張衡的〈歸田賦〉在題材內容與創作特色上已表現不同於漢賦，劉勰稱美其「儷句與深采並流，偶意共逸韻俱發」，〔註163〕張華的〈歸田賦〉則更進一步表現出駢儷的特色，其云：

> 隨陰陽之開闔，從時宜以卷舒。冬奧處于城邑，春遊放于外廬。歸
> 郊鄽之舊里，託言靜以閑居。育草木之藹蔚，因地勢之誘壚。豐蔬
> 果之林錯，茂桑麻之紛敷。用天道以取資，行藥物以爲娛。時逍遙
> 于洛濱，聊相佯以縱意。目白沙與積礫，玩眾卉之同異。揚素波以
> 濯足，沂清瀾以蕩思。低徊佳楚，棲遲菴藹。存神忽微，遊精域外。
> 藉纖草以爲茵，援垂陰以爲蓋。瞻高鳥之陵風，臨儵魚于清瀨。眇
> 萬物而遠觀，脩自然之通會。以退足于一壑，故處否而忘泰。〔註164〕

全篇賦作句雙意偶、兩兩爲對，多使用「言對」之例，其中「隨陰陽之開闔，從時宜以卷舒」、「冬奧處于城邑，春遊放于外廬」、「育草木之藹蔚，因地勢之誘壚」、「豐蔬果之林錯，茂桑麻之紛敷」、「揚素波以濯足，沂清瀾以蕩思」、「藉纖草以爲茵，援垂陰以爲蓋」、「瞻高鳥之陵風，臨儵魚于清瀨」、「眇萬物而遠觀，脩自然之通會」等，都是爲整齊之駢偶句式，是西晉賦邁向駢化、律化發展的表現。此外，〈朽社賦〉中亦有駢偶儷句的運用：

> 伊茲槐之挺植，于京路之東隅。得託尊于田主，據爽塏以高居。垂
> 重陰于道周，臨大路之通衢。饗春秋之所報，應豐胙于無射。歷漢
> 京之康樂，踰喪亂之橫逆。朱夏當陽，翁藹蕭森。征夫雲會，行旅
> 歸心。軺軒停蓋，輕輿託陰。吉人向風而袪袂，王孫清嘯而啓襟。
> 晞甘棠之廣覆，褊喬木之無陰。〔註165〕

其中「垂重陰于道周，臨大路之通衢」、「歷漢京之康樂，踰喪亂之橫逆」、「軺軒停蓋，輕輿託陰」、「晞甘棠之廣覆，褊喬木之無陰」，都是爲兩兩相對之偶句呈現，「歷漢京之康樂」、「晞甘棠之廣覆」二句更使用了「反對」的技巧。

　　在句意的表現上，張華賦作多以句意「相偶」者爲主，〔註166〕如「隨陰陽之開闔，從時宜以卷舒」、「豐蔬果之林錯，茂桑麻之紛敷」等，也有句意

〔註163〕引自《文心・麗辭》，頁588。

〔註164〕引自《全晉文》，頁1789。

〔註165〕引自《全晉文》，頁1789。

〔註166〕此類偶對上下句意重複，常使得詞多義寡，劉勰於《文心・麗辭》中稱之爲「駢枝」。

「相向」者，如「瞻高鳥之陵風，臨鯈魚于清瀨」、「吉人向風而袪袂，王孫清嘯而啓襟」等，更有句意「相背」之例，如「歷漢京之康樂，蹈喪亂之橫逆」。其駢賦作品中，上下句對偶工整，使得聲律更爲圓轉流暢，駢句琅琅可誦，更加細緻精美，同時駢儷偶句的運用也增加了賦體華麗的程度，達到「詩賦欲麗」的寫作標準。

除賦作外，在張華其他文類的作品當中，亦有駢偶句式的運用，如其於〈魏劉驃騎誄〉中，「金剛玉潤，水潔冰清」、「志邈留侯，心邁二疏」俱爲句意相向之例，又有聯綿對之句式如「風凜凜以翼衡，雲霏霏以承蓋」等，凡此種種於句型與句意上的儷對，俱增顯作品的華美。

二、情景交融

《詩經》與《楚辭》對於外在自然景物的運用方式，主要是強調作者情感與景物之間那種自發的天機之趣，至於西晉，文人創作追求「巧構形似」，在選取景物的態度上有著自覺與匠心，著重於捕捉情感與景物交會的激盪，脫離了詩騷中素樸單純的取景模式。《文心雕龍》談到「比興」之義云：

> 詩文弘奧，包韞六義，毛公述傳，獨標興體，豈不以風通而賦同，
> 比顯而興隱哉！故比者，附也；興者，起也。附理者切類以指事，
> 起情者依微以擬議。起情故興體以立，附理故比例以生。〔註167〕

「比」者，「附」也，就是將所要表達的甲比擬於乙，而以乙爲主要闡述形容的對象。甲乙的取擇在於二者的類比，即二者有相同或相似的性質或特徵，因此說「附理者切類以指事」，又比是以切至爲貴，因此應充分掌握被比附之物的本質或特徵。「興」則是先言他物以引起所欲言者，也就是根據性質上或關係上的相同或相似，見及外物而觸發內在的感懷，因而行之於文。

賦體在形象的描繪上著重於寫物圖貌，漢末魏晉以來的抒情詠物之賦，常在詠物間運用「比」、「興」之法，如張華〈鷦鷯賦〉中，藉「色淺體陋，不爲人用」的小鳥鷦鷯，認爲牠雖「無玄黃以自貴，毛弗施于器用，肉弗登于俎味」，卻能所求甚微，「棲無所滯，游無所盤。匪陋荊棘，匪榮苣蘭。動翼而逸，投足而安。委命順理，與物無患。」作者認爲鷦鷯的生命哲學正如同自己抱樸守素的心志一般，故以鷦鷯比附自己；同時亦感嘆鵰鶚、鵠鷺、雉雞、孔翠「咸美羽而豐肌，故無罪而皆斃」，嘆息「蒼鷹鷙而受緤，鸚鵡惠

〔註167〕引自《文心·比興》，頁601。

而入籠」、「鷲鶚昆鴻，孔雀翡翠，或凌赤霄之際，或託絕垠之外，……然皆負矰嬰繳，羽毛入貢」，這些禽鳥之所以不得所終，正因爲「有用于人也」，此處以鵰鶚、鵠鷺、雉雞、孔翠比附爭逐名利的世人，終究會爲名利所害，此正是張華在目睹政治屠戮的現實後，心有所感的興發，雖在文中不明說，卻能例舉禽鳥興發情思，說明人世遇合的道理。此賦可說是「說理」與「起情」並重，能以人事與禽鳥之事類相附，相互說明以闡發意旨，並緣之起情，依禽鳥之得全與不得全而有所引發，興起「靜守約而不矜，動因循以簡易，任自然以爲資」的人事之感。

元代評論家祝堯於《古賦辨體》卷五張華〈鷦鷯賦注〉云：

> 比而賦也。凡詠物之賦，須兼比興之美，則所賦之情不專在物，特借物以見我之情爾。蓋物雖情，而我有情；物不能辭，而我能辭；要必以我之情推物之情，以我之辭代物之辭。因之以起興假之以成比，雖曰推物之情，而實言我之情，雖曰代物之辭，而實出我之辭。本于人情，盡于物理，其詞自工，其情自切，使讀者莫不感動然後爲佳。此賦蓋與〈鸚鵡〉、〈野鵝〉二賦同一比興，故皆有古意，但〈鸚鵡〉、〈野鵝〉二賦，尤覺情意纏綿，詞語淒惋，則其所以興情處異故也。〔註168〕

祝堯在此以〈鷦鷯賦〉爲比興之例，詳論物與我、情與辭之關係，「所賦之情不專在物，特借物以見我之情爾」，所詠之物中已有作者主觀之情，因而在觀物之情之際，實則物與我、景與情兩相融合，因而可以感受到主體之情。「雖曰推物之情，而實言我之情，雖曰代物之辭，而實出我之辭。」作者運用比興而賦，實爲間接抒發己意。

無論是登高興情或體物興情，情的「觸發」都是因物而起，換言之，「物色」即是引起情感動搖的因素，其所指涉的是外在一切的風物景貌。最早提出「物色」並加以理論闡釋的是劉勰的《文心雕龍・物色》，其云：

> 春秋代序，陰陽慘舒，物色之動，心亦搖焉。蓋陽氣萌而玄駒步，陰律凝而丹鳥羞，微蟲猶或入感，四時之動物深矣。若夫珪璋挺其惠心，英華秀其清氣，物色相召，人誰獲安！是以獻歲發春，悅豫之情暢；滔滔孟夏，鬱陶之心凝；天高氣清，陰沈之志遠；霰雪無垠，矜肅之慮深；歲有其物，物有其容；情以物遷，辭以情發。辭以情發。一葉

〔註168〕轉引自黃水雲：《六朝駢賦研究》（台北：文津出版社，1999年10月），頁329。

且或迎意，蟲聲有足引心。況清風與明月同夜，白日與春林共朝哉！
是以詩人感物，聯類不窮。流連萬象之際，沈吟視聽之區；寫氣圖貌，
既隨物以宛轉；屬采附聲，亦與心而徘徊。〔註169〕

四時之景物的變化引發作者創作的動機，「物色」引發「情感」的觸發進而引起創作的欲望，而創作的意義，就在於掌握、反映情感與外物相摩盪的種種境遇與啟悟。〔註170〕劉勰又論其寫作方法云：

是以四序紛迴，而入興貴閑；物色雖繁，而析辭尚簡；使味飄飄而輕舉，情曄曄而更新。古來辭人，異代接武，莫不參伍以相變，因革以為功，物色盡而情有餘者，曉會通也。〔註171〕

「四序紛迴，而入興貴閑；物色雖繁，而析辭尚簡」是劉勰寫作方法的裁斷標準，四季景物雖然變化遞迴，但詩人的起興必須著重在有意無意間神理湊合的境遇；自然物象的容貌風姿雖然繽紛繁複，但詩人必須用簡潔扼要的文辭完成對物貌的描摹，得以言有盡而意無窮，達到「物色盡而情有餘」的境界。〔註172〕在創作過程中，必須經由「心」與「物」之「交感」，方能達到「情景交融」的審美境界，劉勰云「觸興致情」，〔註173〕「興」是靈感的來源，「情」是情思，是明言了「由物至心」的感應過程。最後而能「含情而能達，會景而生心，體物而得神，則自有靈通之句、參化工之妙」，〔註174〕臻至情景交融的美感境界。自魏晉「緣情」觀念始發以來，文學創作理念往往固結在詩人情意與外在景物交會、含吐的現象，導生出中國文學批評傳統中「情景交融」的觀念與理論，〔註175〕魏晉以來的抒情小賦便是融「寫景」與「抒情」於一

〔註169〕引自《文心·物色》，頁693。
〔註170〕見蔡英俊：《比興物色與情景交融》（台北：大安出版社，1995年3月），頁172。
〔註171〕引自《文心·物色》，頁694。
〔註172〕此境界與劉勰所謂晉宋以後萌生的「形似」意義上有所不同，其於〈物色〉云：「自近代以來，文貴形似，窺情風景之上，鑽貌草木之中。吟詠所發，志惟深遠；體物為妙，功在密附。故巧言切狀，如印之印泥，不加雕削，而曲寫毫芥。故能瞻言而見貌，印字而知時也。」頁694。又，「物色」一詞在劉勰以後，蕭統、唐、宋時期，也與劉勰使用之義界有所不同，可詳參蔡英俊：《比興物色與情景交融》，頁180～186。
〔註173〕引自《文心·詮賦》，頁135。
〔註174〕見王夫之：〈夕堂永日緒論·內編〉《薑齋詩話箋注》（台北：木鐸出版社，1985年4月），頁95。
〔註175〕見蔡英俊：《比興物色與情景交融》，頁170。

體的創新嘗試，〔註176〕除詠懷爲主的賦以外，在張華的詠物賦中，也常可以看到作者融合抒情與寫景的藝術技巧，如其〈相風賦〉，看似純詠相風此物，然由詠讚相風終世謹慎特立，雖處淹滯而志愈新，恪立守德，甘於寂寞的品格，而聯想到人事上居高思危、戒險自箴與守正不淫的道理，其云：「既在高而思危，又戒險而自箴。雖迴易之無常，終守正而不淫。永恪立以彌世，志淹滯而愈新。超無返而特存，差偶景而爲鄰。」張華此賦明爲寫物，實則借物以自惕，從細寫相風之貌引伸至人事之理，可說是巧妙融合寫物與抒情的創作手法。

三、小結

　　張華「先情後辭」的詩學主張，也從其辭賦創作中體現出來，除詠懷賦外，其詠物賦亦均兼述懷：其〈鷦鷯賦〉申發「委命順理，與世無患」的處世胸懷；〈相風賦〉乃言居高思危、戒險自箴的道理；〈朽社賦〉則感嘆人世興衰與社會喪亂。在創作之際，張華注重外物對心靈的感發作用，以及情景交融創作技巧的運用，凡此種種，都說明了張華以爲文學創作的首要目的是爲了詠歎抒情。

　　張華的文學主張不是獨斷割裂的，而是相融相合的，他強調「情」的重要性，卻不忽視「辭」的作用，既主詩文之情又尙文辭之麗，可說是陸機「詩緣情而綺靡」的先聲。張華「先情後辭」、「發篇雖溫麗，無乃違其情」的表述是較早出現對於情文關係的探討，而後沈約《宋書・謝靈運傳論》「以情緯文，以文披質」，〔註177〕則是對情文關係的進一步論述，可說是張華文學理論的發展。

　　漢末至魏晉是文學自覺並逐步走向文人化的時期，此時辭賦創作轉向以篇幅短小、題材多樣，風格獨特、抒情性極強的小賦，體現出辭藻華美、聲韻和諧和對偶精工的藝術特色。張華是西晉尙繁縟、重技巧風氣的第一位代表，〔註178〕其賦作數量雖然不多，然則卻頗具時代意義：其〈鷦鷯賦〉主題

〔註176〕曹道衡於《漢魏六朝辭賦》中云：「晉代抒情小賦有一個現象值得注意，那就是由於抒情性加強，它與詩歌的關係就日益密切。於是有些作家開始寫作一些短小的雜言詩，其文體介於詩賦之間，這種題裁始於晉初傅玄，中經夏侯湛、湛方生的努力而有了明顯的發展，對後來南朝謝莊、沈約都頗有影響。這種介於詩賦間的文體的出現，爲後來唐初歌行的大量創作準備了必要的條件。」

〔註177〕語見《宋書・謝靈運傳論》，頁 1778。

〔註178〕引自徐公持：《魏晉文學史》，頁 291。

取材自《莊子》，下開後世禽鳥賦寓哲理意涵的新風貌；其〈詠懷賦〉與〈感婚賦〉，為當代僅有以敘述戀情為主題之賦作，自張華以後，直到東晉末年陶潛之〈閑情賦〉，才重現以描寫戀情為內容之賦；其〈相風賦〉，為累世賦相風之作中最有興寄者。

　　張華處於西晉之初，承先啓後，作為太康文學的前驅，他極注重文學中的審美特質，也由是開啓了西晉文壇的新風貌，其後太康文人受到很大的沾溉，其賦作展現駢儷排偶、情景交融與先情後辭之藝術特色，是為太康文學之先聲，而後更發展為太康文學整體之藝術風貌。

第三章　張載詩文析論

第一節　張載詩歌之題材內容

　　據逯欽立輯校《先秦漢魏晉南北朝詩》所載，張載現存詩作有十七題，共二十五首，〔註1〕試就其題材內容加以分類統計：屬友誼之求者有八首，佔詩作中 32%；為模擬古詩者有六首，佔 24%；以詠懷為主，或兼寫景物者有六首，佔 24%；屬純寫景詠物者有五首，佔 20%。以下依張載的詩歌作品，緣其創作內容，依序論述其內涵。

一、友誼之求

　　送贈詩在漢魏六朝時期大量湧現，檢視西晉文士們的詩作，可以發現非但詩集中普遍出現應詔應制之作，史傳中亦對其時文士攀附王室、結交權貴的情形多所記述。就出身背景而言，西晉的代表文士如三張、二陸、兩潘、一左等，幾乎都是出身寒素，在其時門閥制度下，寒素士人莫不希望廣才學美譽，樹立名聲，進而見賞於當朝，以謀仕進；就權貴言，廣招文學名士以收人望，文士間亦每每以文會友，並透過彼此間的往還贈答，顯現聯繫關係。其詩文酬贈之際，更免不了藉由大量的讚頌語詞，相互揄揚引重，內容包括對個人人品、文采、思致、事功的頌美。〔註2〕觀張載之送贈詩歌中，〈贈司隸傅咸詩〉屬於此類，茲見其二：

〔註 1〕此數包含數首形式較為完整之失題詩，與有題然內容闕漏之詩。
〔註 2〕參梅家玲：《漢魏六朝新論—擬代與贈答篇》（北京：北京大學出版社，2004年 11 月），頁 160～176。

佯蹤古昔，越軌曩朝。外駴方域，內冠皇僚。峨峨峻極，誰其能超。

出菑宰守，播化丞苗。入毗帝猷，翼讚均陶。道殊顏孔，勳擬伊皋。

（其二）

本詩首四句讚揚傅咸之德如高山般巍峨充美，超越古賢，舉國莫與倫比。其歷任官職播化萬民，所行之道雖不同於顏淵、孔子，然功勳卻可比之伊尹、皋陶一般。可說是對於傅玄其人之德行與功績推崇極致。再觀其五：

彼海湯湯，涓流所歸。鱗宗龍翔，鳥慕鳳飛。瞻顧高景，曷云能違。

未見君子，載渴載飢。（其五）（以上俱見逯本，頁 738～739）

此詩中「彼海湯湯」、「鱗宗龍翔」、「瞻顧高景」都是稱揚傅咸之聲望，言其如湯湯之海，爲眾望之所歸，其地位如鱗龍、鳳鳥一般，眾人欽慕，又具有識達之洞見，無人能違背其意，最後申寫引頸嚮往之情。觀此二詩，對於傅咸之人格、地位與識見均推崇至極，實有溢美之嫌。

此外，由〈送鍾參軍詩〉所存二句殘詩「善見理不拔，闓道播徽容」的描繪，〔註3〕亦可想見鍾參軍其人之雍容風範。張載又有〈贈虞顯度詩〉一詩，其與〈贈司隸傅咸詩〉不同之處，在於較爲細膩刻畫詩人與虞顯度之情誼，流露眞情：

疇昔協蘭芳，繾綣在華年。嘉好結平素，分著寮友前。謂得終遐日，

綢繆永周旋。吾子遭不造，遘閔丁憂艱。俾我失良朋，誰與吐話言。

一日爲三秋，歲況乃三年。離居一何闊，結思如迴川。（逯本，頁

740）

本詩前六句藉描述詩人與其友虞顯度終日朝夕相處，情意纏綿不忍分離之情，後四句敘寫因虞顯度之返鄉奔喪，彼此終究分離不得見的苦楚，詩末「一日爲三秋，歲況乃三年。離居一何闊，結思如迴川。」則深刻描繪出詩人對於摯友的深切懷念，極爲深切動人。

二、寫景詠物

張載詩歌中又有純然寫景詠物之作，可以〈登成都白菟樓詩〉爲代表：

重城結曲阿，飛宇起層樓。累棟出雲表，嶢櫱臨太虛。高軒啓朱扉，

迴望暢八隅。西瞻岷山嶺，嵯峨似荊巫。蹲鴟蔽地生，原隰殖嘉蔬。

雖遇堯湯世，民食恒有餘。鬱鬱小城中，岌岌百族居。街術紛綺錯，

〔註 3〕詩句見逯本，頁 743。

高薨夾長衢。借問楊子宅，想見長卿廬。程卓累千金，驕侈擬五侯。

門有連騎客，翠帶腰吳鉤。鼎食隨時進，百和妙且殊。披林採秋橘，

臨江釣春魚。黑子過龍醢，果饌踰蟹蝑。芳茶冠六清，溢味播九區。

人生苟安樂，茲土聊可娛。（見逯本，頁 739～740）

此詩描繪詩人至蜀，登上白菟樓眺望成都的景色，四周山勢峻險突兀，城內嘉蔬遍地，並歡詠城中建築壯偉、居宅市廛繁盛，「門有連騎客」至「溢味播九區」一段，描寫出民生富庶的繁華樣貌，及當地形成的飲食傳統，在遠來北人張載的感受與觀察中，蜀地成為了樂土。全詩洋溢喜愛之情，真摯而親切。本詩在寫作方法上，運用了大量的對偶句，如「鬱鬱小城中，岌岌百族居」、「借問楊子宅，想見長卿廬」、「披林採秋橘，臨江釣春魚」等，顯示出與當時詩歌賦化、駢化的一致趨勢。寫景詠物之作又有一首描繪多樣殊果之失題詩：

大谷石榴，木滋之最。膚如凝脂，汁如清瀨。江南都蔗，張掖豐柿。

三巴黃甘，瓜州素柰。凡此數品，殊美絕快。渴者所思，銘之裳帶。

（見逯本，頁 739）

此詩詠歡大谷之石榴光滑柔白，如凝固的油脂一般，其汁液豐沛如清湍，與江南之都蔗、張掖之豐柿、三巴之黃甘和瓜州之素柰數種豐美果實，都是為飢渴之人極欲所求的對象。張載詩歌中尚有二首失題詩，都是詠日之作：

白日隨天迴，曒曒圓如規。踊躍湯谷中，上登扶桑枝。（見逯本，頁

743）

十日出湯谷，弭節馳萬里。經天曜四海，倏忽潛濛汜。（見逯本，頁

743）

其中「湯谷」、「十日」、「扶桑」都源自於《山海經》之記載：「下有湯谷。湯谷上有扶桑，十日所浴，在黑齒北。」〔註4〕在黑齒國的北方，有一湯谷，是十日所浴之處，前詩描述白日的運轉方向及形狀，並點出湯谷為日之所在；第二首則云十日在出湯谷後，朗照天地，卻忽然潛入濛汜日落之處。

三、抒發情懷

張載詩歌中以敘寫情懷為主題的詩，又可分為二層次，一為單純敘寫因見某物或遇某事而興發之感懷，如其〈七哀詩〉中透顯之情感；二為轉向抒

〔註4〕語見《山海經‧海外東經卷九》。

發告歸鄉里的退隱之思，此項可以其〈招隱詩〉為代表。先讀其〈述懷詩〉：

> 跋涉山川，千里告辭。楊子哭歧，墨氏感絲。雲乖雨絕，心乎愴而。
>
> （見逯本，頁 742）

此詩是詩人在長途跋涉之際所生發的傷感之情，以楊朱遇歧路，不知如何選擇而哭之；墨翟見練絲可以黃可以黑，不知如何是好而哭之，二典故的鋪陳，〔註5〕表達內心的徬徨猶疑，又時逢天候的雲乖雨絕，此情此景，詩人心中哀傷悲痛之情不免油然而生。再讀〈霖雨詩〉：

> 霖雨餘旬朔，蒙昧日夜墜。何以解愁懷，置酒招親類。啾啾絲竹作，
>
> 伶人奏奇秘。悲歌結流風，逸響迴秋氣。（見逯本，頁 741）

此詩描寫經歷近一個月的霖雨，天色在昏暗不明之際，詩人心中滿是愁懷，於是呼喚親友一同來飲酒享樂的情景。中間二聯描寫宴飲之際的情態，一旁吹奏絲竹的伶人演奏著奇秘的樂曲，悲傷的歌聲隨著流動的風四處飄送，這樣高妙動人的聲響，在深秋時節蕭索的氣息間迴盪。詩末以「悲歌結流風，逸響迴秋氣。」作結，更顯餘韻不絕。接著是富含隱逸思想的〈招隱詩〉：

> 出處雖殊塗，居然有輕易。山林有悔吝，人間實多累。鵷雛翔穹冥，
>
> 蒲且不能視。鸛鷺遵夾渚，數為繒所繫。隱顯雖在心，彼我共一地。
>
> 不見巫山火，芝艾豈相離。去來捐時俗，超然辭世偽。得意在丘中，
>
> 安事愚與智。（見逯本，頁 740）

亟欲有所為的志向與官場黑暗、俗世繁亂的現實強烈反差，常使得歷代文人產生歸隱之思，身陷官場、心纏幾務的西晉文人，正是企求通過「思隱」之作，來實現一種超時空獨立人格的淨化與個體生命意義的昇華。因此，「思隱」之作大都是表現出飄逸的意緒、恬愉的心境，以及清新明麗的審美情趣。〔註6〕此詩作於張載晚年之際，於其時創製之詩歌中，可以明顯看到張載的退隱思想，比之早年所作〈權論〉，已不復見其時慷慨進取的志氣。張載與世俯仰的抉擇，見其世方亂，尋稱疾篤告歸鄉里，以〈七哀詩〉、〈招隱詩〉抒發遷逝之感，以明退隱之志，詩中「出處雖殊塗，居然有輕易。山林有悔吝，人間實多累」表達出詩人看透人事百態，有著不如歸去的喟嘆。「去來捐時俗，超然辭世偽。得意在丘中，安事愚與智。」則直接申明了思隱的緣由，

〔註5〕 此二典故出於《淮南子·說林訓》：「楊子見逵路而哭之，為其可以南可以北；墨子見練絲而泣之，為其可以黃可以黑。」

〔註6〕 見王師力堅：《魏晉詩歌的審美觀照》，頁153。

與子然遠颺世俗的決心，以及對於隱居生活的讚美。此外，又有一失題詩，
亦為詩人睹物興懷的申發：

> 靈象運天機，日月如激電。秋風兼夜戒，微霜淒舊院。嘉木殞蘭圃，
> 芳草悴芝苑。嚶嚶南翔鷃，翩翩辭歸燕。玉肌隨爪素，噓氣應口見。
> 斂襟思輕衣，出入忘葦扇。睹物識時移，顧已知節變。（見逯本，頁
> 743）

藉由日月激電、秋風、微霜等淒冷的意象，以及殞蘭圃之嘉木、悴芝苑之芳
草，與南翔之鷃、辭歸之燕等危惡的情狀，兼以衰敗景物的襯托，似乎代表
著詩人對於俗世的超脫與看透，詩末「睹物識時移，顧已知節變。」正是張
載現實生活的寫照，能夠因時適變的詩人，一如詩中所言，終究冷靜而識時
務地做出了最正確的人生抉擇，潛心棲隱在山水自然之間。

　　在張載之前，曹植、王粲、阮瑀等都曾創作〈七哀詩〉，〔註7〕西晉詩人
潘岳也曾悼其妻而為〈楊氏七哀詩〉。五臣李周翰注張載之〈七哀詩〉云：「此
詩哀人事遷化，後詩哀帝室漸衰。」〔註8〕可說是具體點出了二詩之寓意，茲
分述之：

> 北芒何壘壘，高陵有四五。借問誰家墳，皆云漢世主。恭文遙相望，
> 原陵鬱膴膴。季世喪亂起，賊盜如豺虎。毀壞過一抔，便房啟幽戶。
> 珠柙離玉體，珍寶見剽虜。園寢化為墟，周墉無遺堵。蒙蘢荊棘生，
> 蹊逕登童豎。狐兔窟其中，蕪穢不復掃。頹隴並墾發，萌隸營農圃。
> 昔為萬乘君，今為丘中土。感彼雍門言，悽愴哀今古。

> （見逯本，頁 741）

張載這兩首詩作於八王之亂期間，處處圍繞著「哀」字著筆，第一首描寫陵
墓遭劫後之景，第二首則著重抒情，欲藉由漢代的教訓警誡當世。其一首先
透過東漢末長期喪亂，以東漢帝王陵寢荒廢被盜入題，說明亡者亦不能倖免
於難，而哀嘆人事的變遷，其後刻畫戰亂後頹圮荒蕪之景，襯托出詩人悲哀
之情。結尾四句「昔為萬乘君，今為丘中土。感彼雍門言，悽愴哀今古。」
藉昔雍門周與孟嘗君故事，〔註9〕抒發詩人憂歎人生無常的感慨，詩人自眼前

〔註7〕　《文選》呂向注詩題「七哀」云：「七哀謂『痛而哀』、『義而哀』、『感而哀』、
　　　　『怨而哀』、『耳目聞見而哀』、『口歎而哀』、『鼻酸而哀』也。」見《六臣註
　　　　文選》，頁 410。
〔註8〕　見《六臣註文選》，頁 411。
〔註9〕　雍門周，戰國齊人，居雍門，故稱。曾以琴見孟嘗君，孟嘗君曰：「先生鼓琴

陵墓所引起之悲，擴大到生前尊貴死後淒涼的普遍人生現象的悲哀，並影射西晉統治階層爭權奪利的紛亂樣態，可說既為詠史，亦寫時事，是為悼古而傷今之作。接著讀其二：

> 秋風吐商氣，蕭瑟掃前林。陽鳥收和響，寒蟬無餘音。白露中夜結，木落柯條森。朱光馳北陸，浮景忽西沈。顧望無所見，唯睹松柏陰。肅肅高桐枝，翩翩棲孤禽。仰聽離鴻鳴，俯聞蜻蚴吟。哀人易感傷，觸物增悲心。丘壠日已遠，纏綿彌思深。憂來令髮白，誰云愁可任。徘徊向長風，淚下沾衣襟。（見逯本，頁 741）

此詩側重描寫蕭颯之景，藉由「吐商氣」、「掃前林」、「收和響」、「無餘音」、「中夜結」、「柯條森」、「馳北陸」、「忽西沈」、「松柏陰」等層層堆疊的蕭條意象，營造出全然淒清的氛圍。秋色蕭瑟，透過淒涼之眼，吐露詩人「見世事方亂」然無可作為的苦悶情懷，「哀人易感傷，觸物增悲心。丘壠日已遠，纏綿彌思深」，寫出了詩人悠遠綿長的哀思。全詩寓情於景，情景交融，寓意深刻，其間隱含之情思頗耐人尋味。感時憂世的詩人，抒發深切的憂患意識，悲歎著國運盛衰與世道人心，詩末「憂來令髮白，誰云愁可任。徘徊向長風，淚下沾衣襟。」道出了自身終究無法解脫的愁情。在西晉亂局中，文士憂世之作極少，憂生之嗟亦不多，此為時代文風使然，然張載此詩繼承建安諸子傳統，憂憫世道，譴責喪亂，與王粲「羈旅無終極，憂思壯難任」的精神遙相呼應，〔註10〕身處戰亂時代，張載這樣的精神在西晉文士中相當突出，在在表現出其嚴肅的態度及社會責任感。

四、擬古新製

擬古之風首興於西晉，〔註11〕然在辭賦方面，漢代已有擬作之風。〔註12〕所謂擬古，乃泛指模擬前代作品的「體裁」、「主題」、「風格」、「語言特色」

亦能令文悲乎？」雍門周曰：「臣何獨令足下悲哉！臣之所能悲者，有先貴而後賤，有先富而後貧者也……。」周引琴而鼓，於是孟嘗君涕泫增哀，下而就之曰：「先生之鼓琴，令文立若破國亡邑之人也。」詳見劉向《說苑·善說》，又桓譚《新論·琴道》、《淮南子·覽冥訓》等亦載此事。

〔註10〕引自王粲〈七哀詩〉其二，見逯本《魏詩》，頁 366。

〔註11〕王師力堅云：「在中國詩歌發展史上，首興擬古之風的，當是西晉文人，而陸機正肇其端倪。」語見其《魏晉詩歌的審美觀照》，頁 175。

〔註12〕如揚雄之擬〈離騷〉作〈廣騷〉，其眾多賦作（〈甘泉賦〉、〈羽獵賦〉、〈長揚賦〉、〈河東賦〉等）中可見擬仿司馬相如之跡；枚乘之〈七發〉更為後世競相擬作之對象。

等，詳究擬古詩文的創作動機，王瑤認爲：「這本來是一種主要的學習屬文的方法，正如我們現在臨帖學書一樣。前人的詩文是標準的範本，要用心地從裡面揣摹，模仿，以求得其神似。」〔註13〕除此之外，擬古詩的成因，尚有「同題擬作」的應詔、應令作品，或出於「共同情感」，抑或爲「逞才爭勝」。〔註14〕

　　張載的詩歌作品中，屬擬古之作爲〈擬四愁詩〉四首，《昭明文選》亦收錄張載之〈擬四愁詩〉四首於「雜擬」一體，據五臣劉良注「雜擬」云：「雜，謂非一類；擬，比也，比古志以明今情。」〔註15〕駱鴻凱言：「雜擬一類，乃作者取往昔名篇，句句仿依，無異臨摹書畫。」〔註16〕可說具體點出了擬作詩的最大特色。張載〈擬四愁詩〉是緣漢代張衡之〈四愁詩〉並序而作，晉初傅玄亦有〈擬四愁詩〉並序，茲以表格羅列三人之作，自其間可對照出原作與擬作在形式與句型上的異同，並進一步探究其主題、內容與情境。於詩序而言，三詩各有所別：

詩　序	
張　衡	張衡不樂久處機密，陽嘉中，出爲河間相。時國王驕奢，不遵法度，又多豪右并兼之家。衡下車，治威嚴，能內察屬縣，姦猾行巧，皆密知名，下吏收捕，盡服擒。諸豪俠遊客，悉惶懼逃出境，郡中大治，爭訟息，獄無繫囚。時天下漸弊，鬱鬱不得志，爲四愁詩。效屈原以美人爲君子，以珍寶爲仁義，以水深雪雰爲小人，思以道術爲報。貽於時君，而懼讒邪不得以通。其辭曰。
傅　玄	昔張平子作四愁詩，體小而俗，七言類也。聊擬而作之，名曰擬四愁詩。其辭曰。
張　載	無

　　張衡〈四愁詩〉的序言，或實爲後人僞託，非出自張衡之手，〔註17〕因而序中揭示其處境遭遇及創作動機，並透顯抑鬱不得志的文人，在面臨理想抱負不得伸的現實，只得效法屈原香草美人的託喻方式以抒發情感之論說，未註記說解此詩之價值。傅玄的擬作並非以屈原爲主要的學習對象，其詩序說明了因〈四愁詩〉「體小而俗，七言類也」，益以處於百無聊賴之際，故作

〔註13〕見王瑤：〈擬古與作僞〉《中古文學史論》（北京：北京大學出版社，1986 年 1
　　　　月），頁 200。
〔註14〕以上可參馮秀娟：《魏晉六朝擬古詩研究》（台北：國立臺灣大學中文所碩士
　　　　論文，2003 年），頁 1。
〔註15〕引自《六臣註文選》，頁 556。
〔註16〕見駱鴻凱《文選學》（台北：華正書局，2004 年 10 月），頁 332。
〔註17〕逯欽立於〈四愁詩〉之序後注云：「此序乃後人僞託。非張衡所作。王觀國學
　　　　林辨之甚詳。」見氏著《先秦漢魏晉南北朝詩》，頁 180。

此擬詩。「體小而俗」是傅玄對張衡詩的簡短評價,「七言」則涉及了此類詩歌的體制與風格特點,傅玄在創作擬詩時將體製擴大,並以細膩之筆法與意象之構築改善了張衡詩「俗」的風格。張載詩則無詩序,因此較難判斷其擬作的動機與目的,也是張載擬作與原詩、傅詩的一大差異。以下續就三詩內容討論:

其　一	
張　衡	一思曰。我所思兮在太山。欲往從之梁父艱,側身東望涕霑翰。美人贈我金錯刀,何以報之英瓊瑤。路遠莫致倚逍遙,何爲懷憂心煩勞。
傅　玄	我所思兮在瀛洲,願爲雙鵠戲中流。牽牛織女期在秋,山高水深路無由。愍予不遘嬰殷憂,佳人貽我明月珠。何以要之比目魚,海廣無舟悵勞劬。寄言飛龍天馬駒,風起雲披飛龍逝。驚波滔天馬不屬,何爲多念心憂泄。
張　載	我所思兮在南巢,欲往從之巫山高。登崖遠望涕泗交,我之懷矣心傷勞。佳人遺我筒中布,何以贈之流黃素。願因飄風超遠路,終然莫致增永慕。

其　二	
張　衡	二思曰。我所思兮在桂林。欲往從之湘水深,側身南望涕霑襟。美人贈我金琅玕,何以報之雙玉盤。路遠莫致倚惆悵,何爲懷憂心煩傷。
傅　玄	我所思兮在珠崖,願爲比翼浮清池。剛柔合德配二儀,形影一絕長別離。愍予不遘情如攜,佳人貽我蘭蕙草。何以要之同心鳥,火熱水深憂盈抱。申以琬琰夜光寶,卞和既沒玉不察。存若流光忽電滅,何爲多念獨蘊結。
張　載	我所思兮在朔湄,欲往從之白雪霏。登崖永眺涕泗頹,我之懷矣心傷悲。佳人遺我雲中翮,何以贈之連城璧。願因歸鴻超遐隔,終然莫致增永積。

其　三	
張　衡	三思曰。我所思兮在漢陽。欲往從之隴阪長,側身西望涕霑裳。美人贈我貂襜褕,何以報之明月珠。路遠莫致倚踟躕,何爲懷憂心煩紆。
傅　玄	我所思兮在崑山,願爲鹿蜀窺虞淵。日月回耀照景天,參辰曠隔會無緣。愍予不遘罹百艱,佳人贈我蘇合香。何以要之翠鴛鴦,懸度弱水川無梁。申以錦衣文繡裳,三光騁邁景不留。鮮矣民生忽如浮,何爲多念祗自愁。
張　載	我所思兮在隴原,欲往從之隔秦山。登崖遠望涕泗連,我之懷矣心傷煩。佳人遺我雙角端,何以贈之雕玉環。願因行雲超重巒,終然莫致增永嘆。

其　四	
張　衡	四思曰。我所思兮在雁門。欲往從之雪雰雰,側身北望涕霑巾。美人贈我錦繡段,何以報之青玉案。路遠莫致倚增歎,何爲懷憂心煩惋。〔註18〕

〔註18〕以上張衡之〈四愁詩〉四首,俱見遺本,頁 180～181。

傅　玄	我所思兮在朔方，願爲飛燕俱南翔。煥乎人道著三光，胡越殊心生異鄉。愍予不遘罹百殃，佳人貽我羽葆纓。何以要之影與形，永增憂結繁華零。申以日月指明星，星辰有翳日月移。駑馬哀鳴顅不馳，何爲多念徒自虧。〔註19〕
張　載	我所思兮在營州，欲往從之路阻修。登崖遠望涕泗流，我之懷矣心傷憂。佳人遺我綠綺琴，何以贈之雙南金。願因流波超重深，終然莫致增永吟。〔註20〕

　　在句式安排、主題內容與遙思懸念的情感上，三詩差別都不大，惟於抒發愁思的表現手法上有所不同。原作與擬作皆爲七言四章之體，每章第一句皆是「我所思兮在□□」，以第一人稱、楚辭體揭示所思之地理位置，此外，每一思發展到「美人與我相贈」，傅玄與張載擬作皆保留原詩意象，只是彼此傳達的信物有所不同，凡此爲〈四愁詩〉的共同特色。

　　張載之〈擬四愁詩〉每章八句，將原詩第三句衍爲三、四兩句，內容上與原詩最大的不同，即在於其詩中只云登崖遠眺的興寄，不若原詩有東、西、南、北不同方位之望，且原詩將鬱積的愁思，鋪陳到最末，以「煩勞」、「煩傷」、「煩紆」、「煩惋」釋放出來，顯得較爲哀傷淒婉；張載擬作則將傷感上提至第四句申發，最末以「永慕」、「永積」、「永嘆」、「永吟」作結，增添了喟嘆之情，然哀傷的宣洩程度則不如原詩。「相思」爲中國文學中的一大主題，王力云：「相思，並非都要，也並非都能達到目的，重要的不是在這裡，而是在相思情態、過程的訴說，其既宣洩又充實強化了追求的渴慕之忱。」〔註21〕在這裡，張載擬作較之原作，在意象的運用上，以「願因」之句引介「飄風」、「歸鴻」、「行雲」、「流波」以寄情，更加延伸、拓展了詩作的意境，再與詩末的哀嘆相和，相思之情顯得更爲餘韻不絕。

　　張衡全詩以四章寫四思，一思後又一思，以疊章方式將愁思反覆詠歎，四愁藉由四思來抒發，每思後便有一愁，張載之作繼承此一寫作特點，亦使「四思—四愁」成爲後世〈四愁詩〉寫作的主要範式。張衡詩每章皆以第一人稱口吻開端，藉由東、西、南、北不同的方位，與所思者現實空間的距離，使得詩人對於所思者的想念，隨著時空的阻隔，愈顯眞切情深，此是原作的特色之一。除此之外，藉由美人對詩人之贈：金錯刀、金琅玕、貂襜褕與錦繡段，引發詩人如何回贈英瓊瑤、雙玉盤、明月珠與青玉案的焦慮，互贈信物乃二人情感傳遞的媒介，然而卻因爲現實情狀的「路遠莫致」，詩人陷入了

〔註19〕以上傅玄之〈擬四愁詩〉四首，俱見遠本，頁573～574。

〔註20〕以上張載之〈擬四愁詩〉四首，俱見遠本，頁741～742。

〔註21〕語見王力：《中國古代文學十大主題》（台北：文史哲出版社，1994年7月），頁77。

無解的反覆徘徊惆悵，與綿延不盡的愁思中，最終只得藉由一連四章的宣洩，為自己尋覓出路。張載之擬作繼承以「信物」象徵「情感」的寫作手法，亦因「莫致」而有所「愁」，不同的是在「愁」之外，在尾聯更進一步地「懷想傾慕」。

相較於張衡詩中每章四句，表現睹物而傷情，極少對於景物著墨，傅玄之擬作每章則由十二句組成，以細膩的筆法描繪、鋪排景物，並體現出太康文風「繁縟」的特色，同時變革張衡詩「體小」的創作風貌。傅詩中寫景雖繁，卻不雜亂，眾多的意象，皆隱喻著同一思想的主題，情思的抒發更顯得起伏跌宕而婉轉曲折。〔註 22〕其將原作二、三兩句「欲往從之」之情擴充為四句，並將遙不可至的空間隔閡，以「雙鵠」、「比翼」、「鹿蹲」、「飛燕」的美好意象，表達出詩人內心的嚮往，但卻缺少了原詩思而不及、煢獨其身的滄桑無助之悲。張載作品則回歸原詩的簡約風格，其能兼取二詩之長，在情思上由哀傷進一步拓展到喟嘆的餘韻繚繞，是其〈擬四愁詩〉創作的成功之處。

第二節　張載詩歌之藝術特色

一、慷慨激切，辭露情顯

在「結藻清英，流韻綺靡」的創作主潮外，〔註23〕西晉詩風中獨樹一格的一脈，捨棄了華美技巧的追求，而側重在表現內心的世界。這一支脈，實上承建安而來，〔註24〕而在西晉的出現，實為特殊的現實處境所致：這批以寒素為主體的文人，他們缺乏了家族的祐蔭，只得戮力進益遵行儒道，修德求仁以獲時譽，抑或應薦舉、策試以入仕途，在朝時思想行為必須與當政者一致，克謹守禮、善於處世，方能致位通顯。在仕途上經歷了矛盾，受到了壓抑之後，由於他們自身處境的變化，因而能較早感受到時局的悲哀，所以在其文學作品中並沒有完全失去漢魏的慷慨感激之氣。他們在主觀上仍在積極追求文學中的某種感發力，自覺地體驗著詩歌辭賦的抒情本質，不像其時多數士人一樣，從娛

〔註22〕見王師力堅：《魏晉詩歌的審美觀照》，頁 181。
〔註23〕語出《文心・時序》，頁 674。
〔註24〕羅宗強稱此別脈詩人為「重真情，西晉詩歌思想的別一支」，代表詩人有左思、二張（張載、張協）與劉琨，可詳參其《魏晉南北朝文學思想史》（北京：中華書局，2002 年 10 月），頁 116～124。

樂的角度以求華美，而是從發抒情懷的角度以求適情。〔註25〕

　　在張載的詩歌中，正能清晰地彰顯出這樣的特色，如他在看到戰亂即將來臨，眼見世風不競，油然而生一種「歸隱」的渴求，與擺脫世俗的願望：

　　　　出處雖殊塗，居然有輕易。山林有悔吝，人間實多累。……去來捐
　　　　時俗，超然辭世儒。得意在丘中，安事愚與智。（見逯本，頁740）

在此〈招隱詩〉中，洋溢著詩人不經藻飾的眞情，與人生無常的喟嘆，雖其在「招隱」的主題上並無創新，但顯然而見的是詩歌中傳達出直接而濃烈的感傷，頗爲眞切動人。再讀〈七哀詩〉其一：

　　　　季世喪亂起，賊盜如豺虎。毀壞過一抔，便房啓幽戶。珠柙離玉體，
　　　　珍寶見剽虜。園寢化爲墟，周墉無遺堵。蒙蘢荊棘生，蹊逕登童豎。
　　　　狐兔窟其中，蕪穢不復掃。頹隴並墾發，萌隸營農圃。昔爲萬乘君，
　　　　今爲丘中土。感彼雍門言，悽愴哀今古。（逯本，頁741）

全詩平鋪直敘，細述了漢末喪亂的現實情狀，並將帝墳被盜的衰敗景象客觀描述，使人倍感蒼涼。詩末「昔爲萬乘君，今爲丘中土。感彼雍門言，悽愴哀今古。」則道出了值此情景，詩人念及當年雍門周指出孟嘗君的處境與隱伏的危機，及描述其國破家亡後的情景，正如同自己借東漢亂亡之鑑，看到當時八王將亂，國家將亡之兆，怎能不興發感懷與哀痛之情呢？故而詩人不禁悽愴，同悼古今。此外，在〈述懷詩〉中，張載也有這樣的痛心吶喊：

　　　　跋涉山川，千里告辭。楊子哭歧，墨氏感絲。雲乖雨絕，心乎愴而。
　　　　（見逯本，頁742）

哭歧路、悲染絲的感愴，是張載無所適從、與世乖離的心緒表現。他和楊子、墨子一樣面臨莫衷一是的處境，直言慷慨卻仍然改變不了現實的困境，其內心的煎熬可想而知，直到戰亂日起，張載便捨棄仕途，托疾歸隱了。臧榮緒《晉書》論載與協謂：「兄弟并守道不競，以屬詠自娛」。他們所守的「道」，正是這種儒、道合一的理想，然而這樣的理想，是很難與現實統一的，於是詩人最終抉擇「歸隱」的人生道路，成就了貞潔的信念，保全了亂世中如草菅般的性命。

　　鄧仕樑曾云：「張載詩往往有述情太露之弊」，〔註26〕如其〈招隱詩〉：「隱顯雖在心，彼我共一地。不見巫山火，芝艾豈相離。去來捐時俗，超然辭世

〔註25〕參錢志熙：《魏晉詩歌藝術原論》，頁165～174。
〔註26〕見鄧仕樑：《兩晉詩論》，頁53。

僑。得意在丘中，安事愚與智。」〔註27〕詩中明白道出自己欲遁世棄俗、悠處山林的願望，詞句間不經矯飾，鄧仕樑認為這是張載詩歌的缺憾。然而也正因其中的不迴環枉曲，方能抒發詩人直接而真實的情感，一如其決然遠遁的意念，而具有明快朗暢的風格。另如其〈七哀詩〉之二：

> 哀人易感傷，觸物增悲心。丘隴日已遠，纏綿彌思深。憂來令髮白，
>
> 誰云愁可任。徘徊向長風，淚下沾衣襟。（見逯本，頁 741）

讀詩的同時，眼前宛若佇立著因憂傷而滿頭華髮的詩人，為家國的現實處境憂慮無解，迎著長風不知所以，徘徊哀愁到了盡頭，只得徒然淚下沾襟的圖像，用筆是那麼的生動自然，卻讓人從詩人直言的自白中，同感其悲。

二、巧擇意象，駢對隸事

張載詩歌中「辭露情顯」的寫作特色，除了因辭語直敘明白而能易顯其情之外，也是因為其善於使用「意象」，而使得詩歌中的情意得以彰顯。所謂「意象」，乃合「意」與「象」來說。黃永武認為這種「意象」是作者的意識與外界物象的交會，經過觀察、審思與美的釀造，成為有意境的景象。從「意象」的形成與表現來看，是都與形象思維有關的，因為形象思維所涉及的，是「意」（情、理）與「象」（事、景）之結合及其表現。由是可知，「情意」可以透過「言語」與「形象」來表現，並且能夠表現得很具體。葉朗從另一角度，將《易傳》所言之「象」與「意」，闡釋得相當扼要明白：

> 「象」是具體的，切近的，顯露的，變化多端的，而「意」則是深
>
> 遠的，幽隱的。〈繫辭傳〉的這段話，接觸到了藝術形象以個別表現
>
> 一般，以單純表現豐富，以有限表現無限的特點。〔註28〕

所謂「單純」（象）與「豐富」（意）、「有限」（象）與「無限」（意），說的就是「象」與「意」之關係。〔註29〕

劉勰是第一個明確提出「意象」這個概念的文論家，其於《文心・神思》云：「是以陶鈞文思，貴在虛靜，疏瀹五藏，澡雪精神；積學以儲寶，酌理以

〔註27〕引自逯本，頁 741。
〔註28〕詳參葉朗：《中國美學史大綱》，頁 26。
〔註29〕關於意象的論述，尚可參考陳滿銘：〈辭章意象論〉，《師大學報》人文與社會類，2005 年，頁 17～39、陳劍寧：〈試論中國古代寫景詩的意象建構〉，《寫實》，2003 年 6 月、胡敏：〈論中國古典詩歌情景交融的意象美〉，《江西社會科學》，2003 年 4 月、陳順智：《魏晉玄學與六朝文學》（湖北：武漢大學出版社，1993 年 7 月），頁 157～166。

富才，研閱以窮照，馴致以繹辭。然後使玄解之宰，尋聲律而定墨；獨照之匠，闚意象而運斤；此蓋馭文之首術，謀篇之大端。」〔註30〕在劉勰看來，「意象」是成為「馭文之首術，謀篇之大端」的重要內容，詩歌簡鍊的文字語言無法表達詩人全部的思想內容，因而需要藉由「藝術形象」的經營來表達、象徵與暗示。「意象」的經營即是「擬容取心」的工夫，〔註31〕「容」即是外在的物象；「心」即是創作主體的思想感情，由外在物象與詩人思想情感的相互融合，便創造出具有藝術審美的「意象」。《文心・物色》更進一步申論了這樣心（情）物（景）交融的過程：「是以詩人感物，聯類不窮。流連萬象之際，沈吟視聽之區；寫氣圖貌，既隨物以宛轉；屬采附聲，亦與心而徘徊。」〔註32〕所謂「物」，就是外在的客體物象，即貌、采、聲；所謂「氣」、「心」，就是詩人內在的主體情性，詩人要進行藝術創造，就必須經內心與外物相互交融，以創造出藝術形象。張載詩歌中在意象的使用上非常精準與適切，如其失題詩（靈象運天機）：

> 靈象運天機，日月如激電。秋風兼夜戒，微霜凄舊院。嘉木殞蘭圃，芳草悴芝菀。嚶嚶南翔鴈，翩翩辭歸燕。玉肌隨爪素，噓氣應口見。斂襟思輕衣，出入忘葦扇。睹物識時移，顧已知節變。（見逯本，頁743）

此詩藉由「秋風」、「微霜」、「嘉木殞」、「芳草悴」、「南翔鴈」、「辭歸燕」，這樣凋零萎落的意象，營造出殘破落寞的氛圍，一切的美好就如過眼雲煙，使得詩人因為「識時移」，心中自然「知節變」。如此情景相生、相融的創作方法，一如外在衰敗的景物般，將詩人內心的枯索襯顯了出來，也源於自然界的蕭颯變幻，使得詩人能夠得識其理，而有所應變。如此巧用意象的特色，在〈七哀詩〉之二中也表現得淋漓盡致：

> 秋風吐商氣，蕭瑟掃前林。陽鳥收和響，寒蟬無餘音。白露中夜結，木落柯條森。朱光馳北陸，浮景忽西沈。顧望無所見，唯睹松柏陰。蕭蕭高桐枝，翩翩棲孤禽。仰聽離鴻鳴，俯聞蜻蛚吟。哀人易感傷，觸物增悲心。丘隴日已遠，纏綿彌思深。憂來令髮白，誰云愁可任。徘徊向長風，淚下沾衣襟。（見逯本，頁741）

〔註30〕引自《文心・神思》，頁493。
〔註31〕引自《文心・比興》，頁603。
〔註32〕引自《文心・物色》，頁693。

本詩自「秋風吐商氣」至「俯聞蜻蜊吟」，作者著重景物的描繪，其間一句一個意象：「吐商氣」、「掃前林」、「收和響」、「無餘音」、「中夜結」、「柯條森」、「馳北陸」、「忽西沈」、「無所見」、「松柏陰」、「高桐枝」、「棲孤禽」、「離鴻鳴」、「蜻蜊吟」的細寫，運用豐富的意象群，自景物到禽蟲，累累疊加的枯寂意象，使得景色顯得淒清秀美，與後半「哀人易感傷，觸物增悲心。丘隴日已遠，纏綿彌思深。憂來令髮白，誰云愁可任。徘徊向長風，淚下沾衣襟。」專寫其情，實則寓情於景，達到情景相融之效，詩歌也更具有深刻撼人的感染力。

三、擬古創新，質實凝重

　　歷來詩評家對張載的擬古詩評價甚高，《文選》錄詩，擇取張載詩者，正是〈七哀詩〉二首與〈擬四愁詩〉四首，更可見在張載眾詩作中，擬古詩的成就與重要性。陳延傑注詩品「孟陽詩乃遠慚厥弟」下云：「孟陽學王粲，所作七哀詩，亦驚絕矣。」〔註33〕由「驚絕」二字，可知張載〈七哀詩〉之特出，茲將其與王粲〈七哀詩〉並觀，試看其一：

> 北芒何壘壘，高陵有四五。借問誰家墳，皆云漢世主。恭文遙相望，原陵鬱膴膴。季世喪亂起，賊盜如豺虎。毀壞過一抔，便房啓幽戶。珠柙離玉體，珍寶見剽虜。園寢化爲墟，周墉無遺堵。蒙蘢荊棘生，蹊逕登童豎。狐兔窟其中，蕪穢不復掃。頹隴並墾發，萌隸營農圃。昔爲萬乘君，今爲丘中土。感彼雍門言，悽愴哀今古。（載詩其一）（見逯本，頁741）

> 西京亂無象，豺虎方遘患。複棄中國去，遠身適荊蠻。親戚對我悲，朋友相追攀。出門無所見，白骨蔽平原。路有饑婦人，抱子棄草間。顧聞號泣聲，揮涕獨不還。未知身死處，何能兩相完。驅馬棄之去，不忍聽此言。南登霸陵岸，回首望長安。悟彼下泉人，喟然傷心肝。（粲詩其一）（見逯本，頁365）

在〈七哀詩〉其一中，張載詩與王粲詩之題旨內容並無二致，都是詩人抒發親見喪亂之景的喟嘆，不同的是王粲詩中猶可見詩人親歷其間的生動刻畫，在「複棄中國去，遠身適荊蠻」、「親戚對我悲，朋友相追攀」、「顧聞號泣聲，揮涕獨不還」、「驅馬棄之去，不忍聽此言」等句的串連中，我們可以感受到

〔註33〕語見陳延傑：《詩品注》，頁33。

詩人逃離京邑時的沈痛感受；在張載詩中，詩人則爲旁觀者，借眼前所見景物的今昔對比，懷想東漢喪亂的流離景象，並以古雍門周之故事與自身遙相呼應，以申發其悲。雖張載詩風不若其他太康詩人綺靡藻繪，卻仍帶有太康詩歌的風格，實有別於東漢詩：其一、用字遣詞較爲繁富，如「何壘壘」「鬱膴膴」，與以「悽愴哀今古」代「喟然傷心肝」。其二、善用儷句及句眼，如「毀壞過一抔，便房啓幽戶」，其「過」與「啓」二字，可見其煉字之工。其三、已見隸事用典，如「雍門言」等。通篇觀之，可見詩人渲染描繪之衰敗景象，其形象刻畫有如圖繪之細緻，都具太康詩的特色。再並讀二人〈七哀詩〉之後半：

> 秋風吐商氣，蕭瑟掃前林。陽鳥收和響，寒蟬無餘音。白露中夜結，木落柯條森。朱光馳北陸，浮景忽西沈。顧望無所見，唯睹松柏陰。蕭蕭高桐枝，翩翩棲孤禽。仰聽離鴻鳴，俯聞蜻蜓吟。哀人易感傷，觸物增悲心。丘隴日已遠，纏綿彌思深。憂來令髮白，誰云愁可任。徘徊向長風，淚下沾衣襟。（載詩其二）（見逯本，頁 741）

> 荊蠻非我鄉，何爲久滯淫。方舟泝大江，日暮愁我心。山岡有餘映，岩阿增重陰。狐狸馳赴穴，飛鳥翔故林。流波激清響，猴猿臨岸吟。迅風拂裳袂，白露沾衣襟。獨夜不能寐，攝衣起撫琴。絲桐感人情，爲我發悲音。羈旅無終極，憂思壯難任。（粲詩其二）（見逯本，頁 366）

> 邊城使心悲，昔吾親更之。冰雪截肌膚。風飄無止期。百里不見人。草木誰當遲。登城望亭燧，翩翩飛戍旗。行者不顧反。出門與家辭。子弟多俘虜。哭泣無已時。天下盡樂土，何爲久留茲。蓼蟲不知辛，去來勿與諮。（粲詩其三）（見逯本，頁 366）

在詩歌後半，張載與王粲都藉由外在之景物烘托詩人內在的傷感，張載詩其二含括了王粲詩其二與其三，「秋風吐商氣」至「俯聞蜻蜓吟」，是由殘敗之意象推疊，覩物興情，主體情感受到外在物象之憾化，使得詩人最終落入悲不可抑的愁思中。王粲詩則是將景與情合寫，藉由「景—情—景—情」的反覆吟詠，彰顯哀愁之綿延不絕。

　　干師力堅認爲西晉擬古詩的創新體現於表現手法和語言風格上，在表現手法方面，西晉擬古詩加強了景物與形象的描寫，並以之與情感的抒發結合。

因此，擬古的情思表達，較之原作更爲含蓄、婉轉而細膩。〔註34〕如張載〈七哀詩〉其二中，藉由「孤禽」、「離鴻」等意象的揀擇，對蕭瑟景物鋪陳描繪，較王粲詩中的「飛鳥」、「猴猿」更具有感染力。語言風格方面，西晉詩人則具體表現在儷對的修辭手法上，在張載與王粲二人詩中可明顯體察。

第三節　張載文章之題材內容

　　據嚴可均《全晉文》所載，張載文章今存十三篇，賦七篇、文六篇，文體集中賦、頌、論、銘四類，其中以〈權論〉、〈劍閣銘〉及〈濛汜池賦〉最爲人所稱道。〔註35〕由史傳中記載張載以〈劍閣銘〉與〈濛汜池賦〉受到益州刺使張敏及司隸校尉傅玄的賞識，甚至爲之延譽，因而步入仕途的史實看來，〔註36〕張載擅於爲文的功力，自是不言可喻。以下將張載文章以文體大別爲「賦」類及「其他」（含括「論」、「頌」與「銘」三類），緣以探論其題材內容。

一、賦類

　　張載賦作據嚴可均《全晉文》所輯凡七篇，其中〈髀舞賦〉爲殘篇，自題材內容觀之，其賦作依主題可大別爲「詠物」與「詠懷」兩類。

（一）詠物賦

　　張載賦多爲詠物之作，此類賦作又以〈濛汜池賦〉最爲著名，〔註37〕此賦想像日入之所，寫來清麗有壯采：

　　　麗華池之湛澹，開重壤以停源，激通渠于千金，承瀍洛之長川，挹洪流之汪濊，包素瀨之寒泉，既乃北通醴泉，東入紫宮，左面九市，右帶閶風，周塘建乎其表，洋波迴乎其中，幽潰傍集，潛流獨注，仰承河漢，吐納雲霧，緣以採石，菹以嘉樹，水禽育而萬品，珍魚產而無數，蒼苔汎濫。修條無幹，綠葉覆水，玄陰峽岸，紅蓮煒而

〔註34〕見王師力堅：《魏晉詩歌的審美觀照》，頁179。

〔註35〕《晉書‧張載傳》稱〈濛汜池賦〉作〈濛汜賦〉，此依嚴可均《全晉文》所輯以稱之。

〔註36〕見《晉書》本傳記載，〈劍閣銘〉文下云：「益州刺使張敏見而奇之，乃表上其文」，與「載又爲〈濛汜賦〉，司隸校尉傅玄見而嗟歎，以車迎之，言談盡日，爲之延譽，遂知名。」頁1516～1518。

〔註37〕張載此賦是爲詠池之作，魏晉詠池賦尚有郭璞之〈鹽池賦〉。

秀出，繁葩蒞以煥爛，遊龍躍翼而上征，翔鳳因儀而下觀，想白日
之納光，覿洪暉之皓旰，於是天子乘玉輦，時遨遊，排金門，出千
秋，造綠池，鏡清流，翳華蓋以逍遙，攬魚釣之所收，纖緒掛而鱣
鮪來，芳餌沉而鯤鯉浮，豐彩踰於巨壑，信可樂以忘憂。（見嚴本，
頁 1949）

濛汜為傳說中日入之處，全賦為作者憑想像所構築，〈濛汜池賦〉可說是一篇
天子游觀賦，從內容來看，這篇賦詳述天子游觀之所見，賦首描摹濛汜之身
廣無邊，而後敘述濛汜池之所在，東入神仙居住之紫宮，左面九市，右帶崑
崙山巔神仙所居之閬風，充滿了神仙色彩，極力誇飾濛汜之神妙，其中「幽
瀆傍集」至「繁葩蒞以煥爛」，逞力鋪述濛汜之水的來源與功用，敘述草木蟲
魚之繁盛與池沼景色之美好，最後敘寫池邊景物，刻畫細密，嘉美之景更突
顯出景中之人，時而遨遊、逍遙忘憂，是人人欽羨的美好境界，也間接表現
出西晉之初社會繁榮，熙然而樂的社會景象。全賦從天上寫到地下，自神話
述至人間，層層鋪敘渲染，淋漓盡致地表現出濛汜池的浩渺、宏闊與神異的
現象，行文工巧，辭藻華美，實具有漢大賦的特徵，無怪乎傅玄見及此賦，
亦不免嗟歎延譽了。〔註38〕

　　其他如〈瓜賦〉、〈安石榴賦〉與〈羽扇賦〉，皆為客觀詠物之作，主旨在
於描繪其物之型態、顏色、功用等。〔註39〕以〈安石榴賦〉為例：「有石榴之
奇樹，肇結根于西海，仰青春以啓萌。晞朱夏以發采，揮光垂綠，擢榦曜鮮，
熠若群翡俱棲，爛若百枝並然。煥乎郁郁，焜乎煌煌，仰映青霄，俯燭蘭堂。
侔西極之若木，譬東谷之扶桑。」此段為敘寫安石榴樹之奇美樣態，就如同
傳說中長在日落地方的樹木，與東海外日出之處的扶桑一般。賦之後半「于

<hr />

〔註38〕事見《晉書》本傳，頁 1518。
〔註39〕魏晉詠瓜之賦，除張載〈瓜賦〉外，今尚見四首，分別為魏劉楨、晉傅玄、
　　　陸機、嵇含所作，其中劉楨作品有序。諸篇〈瓜賦〉內容以敘述瓜之成長、
　　　描寫其形態、顏色、芳香及形容其滋味甘甜清涼為主。魏晉詠石榴之賦今存
　　　十二篇，分別為應貞、庾儵、傅玄、夏侯湛、潘岳、潘尼、張載、張協、范
　　　堅、陳玢、殷允與羊氏所作，諸賦之創作動機，率多為純然欣賞石榴之美而
　　　作。詠扇之作始於漢班婕妤〈扇詩〉（一作怨歌行），今存東漢詠扇賦五篇，
　　　分別為班固〈竹扇賦〉、〈白綺扇賦〉、傅毅〈扇賦〉、蔡邕〈圓扇賦〉；時至魏
　　　晉，詠扇賦激增，今可見者凡十六篇：魏徐幹〈圓扇賦〉、曹植〈九華扇賦〉、
　　　〈扇賦〉、閔鴻〈羽扇賦〉、晉傅玄〈團扇賦〉、傅咸〈羽扇賦〉、〈扇賦〉、〈狗
　　　脊扇賦〉、潘岳〈扇賦〉、陸機〈羽扇賦〉、嵇含〈羽扇賦〉、潘尼〈扇賦〉、張
　　　載〈羽扇賦〉、司馬無忌〈圓竹扇賦〉、江逌〈羽扇賦〉、袁崧〈圓扇賦〉。

是天迴節移，龍火西夕，流風晨激，行露朝白。紫房既熟，蹎膚自拆。剖之則珠散，含之則冰釋，充嘉味于庖籠，極醉酸之滋液。上薦清廟之靈，下羞玉堂之客。」〔註40〕則說明在時光的推移中，安石榴果實逐漸完熟，果皮隨著果實的成熟而崩裂，一剖開果實，其中晶瑩剔透的果粒，就如同珍珠般飛散開來，若將果粒仔細品嚐，入口則化醉酸的滋味，香氣四溢。最後說明安石榴果實的用途，是獻給祖先神靈，與宴會上招待賓客最美好的珍品。

「酒」自古與日常生活息息相關，尤在禮儀、祭祀中更不可或缺，故周禮天官設有「酒正」以掌酒之政令。魏晉詠酒之賦大增，〔註41〕張載〈酃酒賦〉為晉代四篇詠酒賦中唯一完整可誦者，其主旨在於頌美酒德，賦首先贊康狄應天順人，造酒以怡悅神明，而酒性居舊彌新，愈久而見其珍貴。其次頌美大晉統一天下而得至美之醴酒，而後從醴酒的釀造、滋味、顏色，及其「宣御神志，導氣養形，遣憂消患，適性順情」，得以怡情消憂諸功能著筆，並言宴飲之間、禮儀獻酬之際，酒扮演著不可或缺的重要角色。最後引舉史例「覽前聖之典謨，感夏禹之防微，悟儀氏之見疏。鑒往事而作戒，罔非酒而惟愆。哀秦穆之既醉，殲良人而棄賢。嘉衛武之能悔，著屢舞于初筵」，藉以說明酒之應戒，末以「察成敗于往古，垂將來于茲篇」兩句，點明此賦之創作動機來總結全篇。

（二）詠懷賦

〈敘行賦〉為張載的詠懷賦作，此賦為太康年間張載赴蜀省父時所作，記敘行程沿途所見，並兼抒感慨。賦首「歲大荒之孟夏，余將往乎蜀都。脂輕車而秣馬，循路軌以西徂。朝發軔於京宇兮，夕予宿於穀洛。」即點出此賦乃作於大荒之年，〔註42〕「京宇」則言明此行的出發地為洛陽，「蜀都」則是其目的地。賦中寫及劍閣一帶，別有一番景象：

> 超陽平而越白水，稍幽薆以迴深。秉重巒之百層，轉木末于九岑。
> 浮雲起于轂下，零雨集于麓林。上昭晰以清陽，下杳冥而晝陰。聞

〔註40〕以上俱引自《全晉文》，頁1950。

〔註41〕今可見之詠酒賦作，屬漢代者僅揚雄〈酒賦〉一篇，屬魏晉之詠酒賦今存七篇：魏王粲曹植、嵇康都撰有〈酒賦〉，晉傅玄有〈敘酒賦〉、嵇含有〈酒賦〉、張載有〈酃酒賦〉、袁崧有〈酒賦〉。

〔註42〕「大荒」乃「大荒落」，《爾雅·釋天》云：「（太歲）在巳曰大荒落。」據曹道衡、沈玉成之《中古文學史料叢考》，此「大荒」當指泰始九年（西元273年），是為癸巳年。詳可參氏著，頁165。

> 山鳥之晨鳴，聽玄猿之夜吟。雖處者之所樂，嗟寂寞而愁予心。造
> 劍閣之崇關，路盤曲以晻藹。山崢嶸以峻狹，仰青天其如帶。（嚴本，
> 頁 1949）

作者從山巔高處俯瞰重巒木末，雲雨陰晴，而後轉換角度，仰望青天崇關，並描繪山高谷幽、鳥鳴猿吟之景致，格外引人入勝，蜀道劍閣種種景色均攝筆下，氣韻流暢，意象鮮明，讀之令人有如身歷其境之感。張載此賦除敘寫景致之外，更敘寫情懷，「雖處者之所樂，嗟寂寞而愁予心」，表達出內心深處倍感寂寞的嗟歎。

二、其他文類

（一）論

　　張載是爲寒素士人，〈榷論〉是其早年尚未仕進時所作，賦中充滿思欲立功有爲的強烈意識，與後期詩作相較，更可襯顯出其進仕功名之心亟熾。在西晉初政治勢力重整之後，其時權貴門族各擁其政治力量，阻撓了寒素士人上進的機會，張載藉〈榷論〉申發了他們面臨當時政治情勢的無奈與不平，表現出深刻的社會思想。〈榷論〉，即「商榷辯論」，賦首「夫賢人君子，將立天下之功，成天下之名，非遇其時，曷由致之哉！」將文章的中心議題「遇時」提點出來，接著他援引史事，反覆例證論說，闡明了「時平則才伏，世亂則奇用」的歷史現象，他認爲伊尹、呂尚、劉邦、劉秀，位極人臣，貴爲帝王，都是因爲他們遭遇了政治上風雲變幻的時機，否則他們也只不過是匹夫、釣翁、健吏、俠客這樣的角色而已。所以張載認爲：

> 故當其有事也，則足非千里，不入于輿；刃非斬鴻，不韜于鞘。是
> 以駑蹇望風而退，頑鈍未試而廢。及其無事也，則牛驥共牢，利鈍
> 齊列，而無長塗犀革以決之。此離朱與瞽者同眼之說也。處守平之
> 世，而欲建殊常之勳；居太平之際，而吐違俗之謀，此猶卻步而登
> 山，驂章甫于越也。（見嚴本，頁 1950）

在此，作者對於人才興衰的規律有所揭示：即只有在「能有所爲」的時代，真正的人才才能脫穎而出，庸碌之輩才能被淘汰，否則情況就會相反。接下來，其云：

> 漢文帝見李廣而歎曰：惜子不遇！當高祖時，萬戶侯豈足道哉？故
> 智無所運其籌，勇無所奮其氣，則勇、怯一也。才無所騁其能，辯

> 無所展其說，則頑、慧均也。是以吳榜越船，不能無水而浮，青虹
> 赤螭，不能無雲而飛。故和璧之在荊山，隋珠之潛重川，非遇其人，
> 焉有連城之價，照車之名乎？（見嚴本，頁 1950～1951）

作者在此讚美了太平盛世，企求自己得以遇時騁能，同時也申述了渴慕伯樂
的迫切之情。最後，作者直接慷慨激昂的抨擊了現實政治的態勢，及其所存
之弊端：

> 今士循常習故，規行矩步，積階級，累閥閱，碌碌然以取世資。若
> 夫魁梧儁傑，卓躒俶儻之徒，直將伏死嶔岑之下，安能與步驟共爭
> 道里乎！至於軒冕黻班之士，苟不能匡化輔政，佐時益世，而徒俯
> 仰取容，要榮求利，厚自封之資，豐私家之積，此沐猴而冠耳，尚
> 焉足道哉！（見嚴本，頁 1951）

張載筆下的西晉政壇，是政治利益被瓜分殆盡，才士無所可為之世，他並抒
發了對於此類爭名奪利士人的蔑視。不僅是張載〈榷論〉，左思的〈詠史詩〉、
王沈的〈釋時論〉與蔡洪的〈孤奮論〉，都表達出其時士人面臨如此政治世代
的憤慨不平。

（二）頌

《文心‧頌贊》云：「頌者，容也，所以美盛德而述形容也。」[註43]「頌」
之為文，乃用於揄揚功德，張載的頌贊文中，有〈平吳頌〉與〈元康頌〉二
文，皆為殘篇，其中〈元康頌〉僅存二句。〈平吳頌〉描繪的是西晉平吳之役
的場景，其文前有序，曰：

> 聞之前志，堯有丹水之陣，舜有三苗之誅，此聖帝明王，平暴靜亂，
> 未有不用兵而制之也。夫大上成功，非頌不顯，情動于中，非言不
> 彰，玁狁既攘，出車以興。淮夷既平，江漢用作，斯故先典之明志，
> 不刊之美事，烏可闕歟！（見嚴本，頁 1950）

序文中以堯舜等聖人，平定暴亂皆不可不用兵，辯說西晉平吳之正當性。其
後「夫大上成功，非頌不顯，情動于中，非言不彰」則道出此頌的創作動機，
在於自己對於平吳壯舉的讚嘆，而欲將之形於言。頌云：

> 上哉仁聖，曰惟皇晉，光澤四表，繼天垂胤。帝道煥于唐堯，義聲
> 邁乎虞舜。蠢爾鯨吳，憑山阻水，肆虐播毒，而作豺虺。菁茅闕而

[註43] 語見《文心‧頌贊》，頁 156。

不貢，越裳替其白雉，正九伐之明典，申號令之舊章。布互地之長
羅，振天網之脩綱，制征期于一朝，並箕驅而慕張。爾乃拔丹陽之
峻壁，屠西陵之高墉。日不移晷，群醜率從望會稽而振鐸，臨吳地
而奮旅。眾軍競趣，烽颷具舉挫其輕銳，走其守禦。（見嚴本，頁
1950）

頌文首先將西晉與堯舜並提，申明自己的正統性，而後將吳國譬若荊蠻，並
說明由於其不歸順於大晉，因而晉乃行義討之。其後「布互地之長羅，振天
網之脩綱，制征期于一朝，並箕驅而慕張」描寫伐吳之際，晉軍東西綿延數
千里，水陸各軍二十多萬人馬的態勢，在這壯闊的背景中，作者突顯出「拔
丹陽之峻壁，屠西陵之高墉」的特寫，氣勢場面壯盛浩大，「日不移晷」則點
出晉軍滅吳的迅速確實，因而得以順利完成統一全國之大業。

（三）銘

　　張載的銘文作品，有〈劍閣銘〉、〈洪池陂銘〉與〈匕首銘〉，其中以〈劍
閣銘〉最為人所稱道。張載父張牧，〔註44〕為蜀郡太守，〈劍閣銘〉的創作動
機，即是太康初張載至蜀省父，道經劍閣，「以蜀人恃險好亂，因著銘以作誡」，
〔註45〕因而有此銘文之作。其云：

嚴嚴梁山，積石峨峨。遠屬荊衡，近綴岷嶓。南通邛僰，北達褒斜。
狹過彭碣，高踰嵩華。惟蜀之門，作固作鎮。是曰劍閣，壁立千仞。
窮地之險，極路之峻。世濁則逆，道清斯順。閉由往漢，開自有晉。
秦得百二，併吞諸侯。齊得十二，田生獻籌。矧茲狹隘，土之外區。
一人荷戟，萬夫趑趄。形勝之地，非親勿居。昔在武侯，中流而喜。
山河之固，見屈吳起。興實在德，險亦難恃。洞庭孟門，二國不祀。
自古迄今，天命匪易。憑阻作昏，鮮不敗績。公孫既滅，劉氏銜璧。
覆車之軌，無或重跡。勒銘山阿，敢告梁益。

（以上俱見嚴本，頁1951）

此銘首先敘寫劍閣的形勢與地理位置，顯示其為蜀地的門戶地位。「壁立千

〔註44〕唐修《晉書》本傳及臧榮緒本《晉書》均載張載之父名「收」，然《太平御覽》
　　　卷五百九十所引晉王隱《晉書》則作「牧」。姜劍雲於〈三張父名問題新解〉
　　　（《山西大學學報》，2001年第一期）中詳細論證，認為王隱《晉書》作「牧」
　　　方為正確記載，可詳參之，又此篇論文亦收錄於其《太康文學研究》一書中，
　　　頁227～232。
〔註45〕見《晉書》本傳，頁1516。

仞」、「窮地之險，極路之峻」，描繪其形勢險要，「秦得百二，併吞諸侯。齊得十二，田生獻籌」則以史例襯托出蜀地之險固。其後「昔在武侯，中流而喜」至「洞庭孟門，二國不祀」則羅列歷代史實，藉三苗氏有洞庭之險，然不修德，亦被禹所滅；殷紂有孟門之險，然暴虐，終究為武王所滅的例子，說明「興實在德，險亦難恃」的道理。並總結其教訓，期冀國家得以統一昌泰，並說明應以前代史實為戒，於是將此銘勒刻於劍閣山邊，勸誡後梁、益二州的人們切勿重蹈覆轍的用心。其後益州刺使張敏見此銘奇之，便表上其文，博得武帝的青睞，於是遣使鐫刻於劍閣山岩。

劉勰曾評此銘云：「唯張載劍閣，其才清采。迅足駸駸，後發前至，勒銘岷漢，得其宜矣。」〔註46〕劉勰認為〈劍閣銘〉中，具有清新的風格和優美的文采，並稱賞此銘文作品超邁前賢。可知此銘不但超越一般銘文「正名審用」的規範，並能在勉人「戒慎」的用意之餘，藉由對於景物的描繪與典故的運用，使得勸誡的含意拓展得更加深遠。

第四節　張載文章之藝術特色

張載文章含括賦、頌、論、銘四體，若以其藝術特色論其文章，則可體現出三種不同的面貌，其一為呈顯太康時期明雅巧麗的藝術特色，此特色又可以文章的內容主題，別為詠物為主者，及寫景詠懷為主者兩類；其二為文章內容以論述為主、著重內在義理的特質，如〈榷論〉與〈劍閣銘〉；其三為承繼漢賦之特質，表現出漢大賦的寫作特色，如〈濛汜池賦〉。以下分別探論張載文章中三類不同之藝術特色：

一、明雅巧麗

張載作品中，有與時代清綺風格相符、體現出太康詩文「明雅巧麗」的一面，惟因描寫主題略為相異，而有不同的表現方式：

（一）以詠物為主題者

《文心‧詮賦》云：「至於草區禽族，庶品雜類，則觸興致情，因變取會，擬諸形容，則言務纖密；象其物宜，則理貴側附；斯又小制之區畛，奇巧之機要也。」〔註47〕此言魏晉詠物小賦中，作家皆能觸物起興，引發情懷，在

〔註46〕引自《文心‧銘箴》，頁194。
〔註47〕引自《文心‧詮賦》，頁135。

擬寫各種事物的型態樣貌上，言辭務求纖細綿密，表象事物需切當，喻理宜重視切合物象，整體呈顯出辭句巧麗的風格。張載此類詠物賦之主題甚夥，如〈酃酒賦〉、〈瓜賦〉、〈羽扇賦〉、〈安石榴賦〉等，賦中將其物之形態、顏色、功用等細加描述。

如〈酃酒賦〉中，首先仔細敘述酒的歷史，以及釀造、收成的季節，「醰味滋和，體倡色清」言酒的滋味和顏色，「宣御神志，導氣養形，遣憂消患，適性順情」說明了酒具有怡情消憂的功能，其後自「言之者嘉其美志，味之者棄事忘榮」始，說明酒在宴飲之間、禮儀獻酬之際，扮演著不可或缺的重要角色，最後「覽前聖之典謨，感夏禹之防微，悟儀氏之見疏。鑒往事而作戒，罔非酒而惟愆。哀秦穆之既醉，殲良人而棄賢。嘉衛武之能悔，著屢舞于初筵。察成敗于往古，垂將來于茲篇」，以史事爲例，告誡不可以酒廢事，並頌美「酒德」的重要。此外，又如〈瓜賦〉中，一開始即描寫瓜之顏色樣貌，「或玄表丹裏，呈素含紅，豐膚外偉，綠瓤內醲甘相夏熟」，而後藉由列舉檳榔、椰實、龍眼、荔枝等數種難得一見之水果，點出「難致爲奇」的珍貴，就如同「德」之於人一般，是美好而難得的，也正因如此而更顯珍貴。作者於本文中，藉由難得之瓜的美好，述寫「難致爲奇」的道理，再「論實比德」，申發「德」的崇高地位，通篇看似歌詠美好的瓜，但卻由詠物延伸而論修身存德的人生道理，可說立意極爲巧妙。

（二）以寫景、詠懷為主題者

魏晉以降的抒情小賦，多以自然景物烘托現實，寄寓作者內心感受，作者以比、興的手法，借由景物的描繪來抒發眞實的情感，具有強烈的感染力，也因此格外動人。

《文心・詮賦》云：「原夫登高之旨，蓋覩物興情。情以物興，故義必明雅；物以情觀，故詞必巧麗。麗詞雅義，符采相勝，如組織之品朱紫，畫繪之著玄黃，文雖新而有質，色雖糅而有本，此立賦之大體也。」〔註48〕「情以物興」，即是作者內在的情思，受到外在景物的牽引而有所生發；「物以情觀」則是從文中景物的描述之際，得見主體內在的情思反映，主體之情與客體之景二者是相生相榮的。在張載文章中，其〈敘行賦〉主要是表達前往蜀地途中的寂寞心情：

〔註48〕引自《文心・詮賦》，頁136。

舍予車以步趾，玩卉木之璀錯。翳青青之長松，蔭肅肅之高柞。緣
阻岑之絕崖，蹈偏梁之懸閣。石壁立以切天，岌嵬隗其欲落。超陽
平而越白水，稍幽藹以迴深。秉重巒之百層，轉木末于九岑。浮雲
起于轂下，零雨集于麓林。上昭晰以清陽，下杳冥而晝陰。聞山鳥
之晨鳴，聽玄猿之夜吟。雖處者之所樂，嗟寂寞而愁予心。造劍閣
之崇關，路盤曲以捷薈。山崢嶸以峻狹，仰青天其如帶。兼習坎之
重固，形束隘以要害。豈乾坤之分域，將隔絕乎內外。（見嚴本，頁
1949）

此賦中作者鋪陳敘寫沿途的景物風光，在遍踏遺址懷想古事之際，仰見絕崖
懸閣的峻險景致；聽聞林中動物的鳴吟聲之際，益增山谷林野間的寂靜，與
自己孤寂的身影。值此情景，正如同蜀地之與外隔絕一般，縈繞作者心頭的
是滿懷的悵漠，因之不禁感嘆「雖處者之所樂，嗟寂寞而愁予心」了。

二、簡耇體潤

　　西晉寒素士人無門第、勢位可恃，多以自身才華與獨善其身的高尚清節，
作為超拔於世俗的憑藉。〔註49〕對於入世尚有寄望者，則常因現實的門第之
隔與黑暗的政治，而有「鬱鬱不得志」之憾。〔註50〕當時胸懷抱負仕進無門
的張載，於〈榷論〉一文中吐露了這樣的不平之鳴，「夫賢人君子，將立天下
之功，成天下之名，非遇其時曷由致之哉！」文首直接點出「遇時」乃是君
子是否得償實踐抱負的關鍵所在。全文中，張載採用了大量援引史事的手法，
以伊尹、呂尚、劉邦、劉秀為例，說明他們乃因遭遇了政治上風雲變幻的時
機，而得以位極人臣、貴為帝王，再將漢文帝歎息李廣之不遇時為反面史證，
兩相對比，突顯其所論證君子立功成名與「遇時」的關連性，是現實中正確
的道理，就連和氏璧與隋珠這樣的寶物也不例外，必要有能識寶物者的出現，
寶物才能彰顯其價值，在在申發世有伯樂才有千里馬的道理，以襯顯自身不
遇時的抑鬱滿懷。此外，對於當時黑暗的政治現況，他也有所抨擊，其云：

今士循常習故，規行矩步，積階級，累閥閱，碌碌然以取世資。若

〔註49〕晉宋之際多以隱逸為終之士人，除陶潛外，尚有如袁孝尼、魯褒、鄭豐、張
　　　　載、張協、張叔之、孫綽、劉遺民、周續之、王素、沈驎士、漁父等。
〔註50〕「鬱鬱不得志」一語，出自《晉書‧王沈傳》，原文云：「王沈字彥伯，高平
　　　　人也。少有俊才，出於寒素，不能隨俗沈浮，為時豪所抑。仕郡文學掾，鬱
　　　　鬱不得志，乃作〈釋時論〉。」頁2381。

夫魁梧雋傑，卓躒俶儻之徒，直將伏死嶽岑之下，安能與步驟共爭
道里乎！至於軒冕黻班之士，苟不能匡化輔政，佐時益世，而徒俯
仰取容，要榮求利，厚自封之資，豐私家之積，此沐猴而冠耳，尚
焉足道哉！（見嚴本，頁 1951）

張載直言指當朝文士「徒俯仰取容，要榮求利，厚自封之資，豐私家之積」
的醜惡行徑，針砭當時當政者的黑暗弊端，鄧仕樑云：「大抵孟陽眾作，稍乏
麗采，而頗見磊落之懷。……俯仰取容，要求榮利，蓋言王衍王戎之徒也。
此論時之弊，殊近二傅奏章，故知傅玄賞歎，引為同道，不獨在濛汜一賦也。」
〔註51〕其直抒胸臆的「磊落之懷」，從〈榷論〉當中一覽無遺，也正因張載有
這樣直陳其弊的道德勇氣，與傅玄、傅咸在當時所上陳之奏章主旨相合，無
怪乎傅玄對他大為讚賞，進而為其延譽了。

　　除〈榷論〉外，張載也在〈劍閣銘〉中有慨嘆之論。《晉書》本傳中記載了
〈劍閣銘〉的創作動機，乃是張載至蜀省父途中，道經劍閣，「以蜀人恃險好亂，
因著銘以作誡」，〔註52〕因而寓含此銘中的勸戒用心，在作者描寫劍閣的景物中
突顯了出來。此銘前半首先描寫劍閣地形石立切天、壁立千仞的險峻，其云：「惟
蜀之門，作固作鎮。是曰劍閣，壁立千仞。窮地之險，極路之峻。世濁則逆，
道清斯順。」而後與〈榷論〉相同，利用歷數史實的隸事手法申論：「興實在德，
險亦難恃。洞庭孟門，二國不祀。自古迄今，天命匪易。憑阻作昏，鮮不敗績。」
〔註53〕在此張載藉由三苗氏不修德而被禹所夷、殷紂暴虐終究為武王所滅的例
子，說明「興實在德，險亦難恃」的道理，縱然再如劍閣之險，亦得有德之化，
可見出張載以史實鑒戒蜀人的用心，藉由史例使理論有據，增益其說服力。同
時張載在對於蜀地劍閣山險的鋪敘之後，揭示「興實在德，險亦難恃」，則道理
更顯妥切自然。劉勰曾盛讚此銘云：「唯張載劍閣，其才清采。迅足駸駸，後發
前至，勒銘岷漢，得其宜矣。」〔註54〕張載以景物描述結合勸誡慎德的創作手
法，不但將銘文應具有的正大義理表述出來，更增添了其中的辭采，呈現創新
自然的風格，因而得以「古今榮遇」。〔註55〕

〔註51〕見鄧仕樑：《兩晉詩論》，頁 52。

〔註52〕見《晉書》本傳，頁 1516。

〔註53〕引自《全晉文》，頁 1951。

〔註54〕引自《文心・銘箴》，頁 194。

〔註55〕張溥於《漢魏六朝百三家集題辭注・張孟陽景陽集題辭注》云：「孟陽〈濛汜〉，
　　　　司隸延譽，……〈劍閣〉一銘，文章典則，礱石蜀山，古今榮遇。」頁 140。

西晉文學素以清綺著稱，在張載此類作品中，卻時常流露內心的憂憤之情，此獨幟一格的顯明風格，尤其具體彰顯在此類作品的藝術特色上，進而別開西晉太康文學的特殊風貌。

三、鋪張華侈

漢賦在帝王的提倡之下，大部分是以反映宮廷生活為主，描述京殿苑獵之事，偶兼有歌功頌德之作。賦中鋪陳講究聲貌的細膩形容，尤多誇張的描寫，具有「情少而辭多」的缺點。〔註56〕時至魏晉，賦作內容轉向抒情，主題趨於多元，形制漸趨短小，在張載的賦作中，〈濛汜池賦〉是其中較為特別的一篇，與其他賦作相較，此篇較為具有漢賦的寫作特徵，尤其在主題情境上，〈濛汜池賦〉可說是一篇天子遊觀賦，文句中大量鋪陳天子遊觀即目所見之景象，其云：

> 麗華池之湛澹，開重壤以停源，激通渠于千金，承瀍洛之長川，挹洪流之汪濊，包素瀨之寒泉，既乃北通醴泉，東入紫宮，左面九市，右帶閶風，周塘建乎其表，洋波迴乎其中，幽瀆傍集，潛流獨注，仰承河漢，吐納雲霧，緣以採石，莅以嘉樹，水禽育而萬品，珍魚產而無數，蒼苔汎濫，修條無幹，綠葉覆水，玄陰峽岸，紅蓮煒而秀出，繁葩葩以煥爛，遊龍躍翼而上征，翔鳳因儀而下觀，想白日之納光，覿洪暉之皓旰，於是天子乘玉輦，時遨遊，排金門，出千秋，造綠池，鏡清流，翳華蓋以逍遙，攬魚釣之所收，纖緒掛而鱣鮪來，芳餌沉而鯤鯉浮，豐夥踰於巨壑，信可樂以忘憂。

（見嚴本，頁 1949）

賦首將濛汜池之來源作了詳細的考述，並將其所在之地理位置誇張敘述，極言濛汜池的浩渺無垠，其中「幽瀆傍集，潛流獨注」至「紅蓮煒而秀出，繁葩葩以煥爛」，盡力鋪陳濛汜之水的用途，並敘述池中草木蟲魚之繁盛與池沼景色之美好。此文作者以通篇駢化的文句，整齊偶對的語詞，如「緣以採石，莅以嘉樹，水禽育而萬品，珍魚產而無數」、「紅蓮煒而秀出，繁葩葩以煥爛，遊龍躍翼而上征，翔鳳因儀而下觀，想白日之納光，覿洪暉之皓旰」、「翳華蓋以逍遙，攬魚釣之所收，纖緒掛而鱣鮪來，芳餌沉而鯤鯉浮，豐夥踰於巨壑，信可樂以忘憂」等，增添文章的華美風格，並與神話主題相結合，渲染

〔註56〕可參馬積高《賦史》，頁 52～53。

出濛汜池的神異氛圍，將濛汜池周遭與其中作了詳細的描繪，而後敘述天子遨遊其間，最終達到了悠然自適、樂而忘憂的心靈境界。此文以帝王遊觀爲主題，至於對濛汜池四周與池中豔麗華侈的形容，保有漢大賦富麗輝煌的藝術特色，雖然此類作品無法感受到作者之情致，但也可視爲張載作品中另一特出風格的展現。

第四章　張協詩文析論

第一節　張協詩歌之題材內容

　　據逯欽立輯校《先秦漢魏晉南北朝詩》所載，張協現存詩作有十五題，共十三首，[註1] 其題材內容有雜詩、詠史與游仙三類，其中以雜詩一類最多，共有十一首，詠史、游仙詩則各一首。以下依張協的詩歌作品，緣其創作主題，依序論述其內涵，以顯其詩歌風貌之梗概。

一、雜詩

　　張協〈雜詩〉十首屬於後期之五言詩創作，十首產生時間不一，自內容觀之，大部分作於晚年。葛曉音認為〈雜詩〉十首結構與左思〈詠史〉類似，都是用詠懷的方式將自己一生仕隱出處的經過串成組詩。[註2] 就寫法觀之，第一首「秋夜涼風起」為傳統思婦詩詞的寫作手法，其他九首則直抒己意，整體而言，則為一系列抒情述懷作品。就其所感懷之性質而言，大約可區分為五類：一為感時勸志，如第二、四首；二為申述人格理想，如第三、六、九、十首；三為諷刺流俗，如第五首；四為感斥戰亂，如第七首；五為羈旅思鄉，如第八首。其中以第二類以申述人格理想為主題者為最多，可知詩人對於品格操守之重視。如其第九：

> 結宇窮岡曲，耦耕幽藪陰。荒庭寂以閴，幽岫峭且深。淒風起東谷，
> 有渰興南岑。雖無箕畢期，膚寸自成霖。澤雉登龍雊，寒猿擁條吟。

〔註 1〕 此數不計二首僅存二句之詩，其詩題為〈詩〉與〈采菱歌〉，詳見逯本，頁 748。
〔註 2〕 見葛曉音：《八代詩史》（西安：陝西人民出版社，1989 年 2 月），頁 130。

溪壑無人跡，荒楚鬱蕭森。投竿循岸垂，時聞樵採音。重基可擬志，
迴淵可比心。養眞尚無爲，道勝貴陸沈。游思竹素園，寄辭翰墨林。
（其九）（見逯本，頁747）

此詩在語言上極爲典雅，使用許多經傳語，如「有渰」指雲，是用《詩經》「有
渰淒淒，興雨祁祁」句；「箕畢」是星宿名，是用《尚書》孔傳「月經於箕則
多風，離於畢則多雨」；「膚寸」也指雲，是用公羊傳語；「重基」則指山，《春
秋運斗樞》云：「山者地基」，「重基」即重山之意。〔註3〕詩中大部分篇幅描
寫隱居之地的自然環境，突顯出「窮」、「幽」、「閑」、「深」、「淒」、「荒」等
意境。「重基可擬志，迴淵可比心」二句，爲全篇之關鍵，自此詩歌重心由寫
景轉入敘志抒情，「重基可擬志，迴淵可比心」句，作者以重山喻己志高，以
深水喻己志清，其後末四句即其心志內容，「養眞」、「無爲」、「道勝」，乃進
入老莊哲理的境界。張協在此詩中反映了眞實的隱居生活，表現歸隱的情緒
與隱居躬耕的情趣，更可說是陶詩的先聲。〔註4〕

此組詩其十敘寫隱居草澤之士，遭逢霖雨，赤貧之際仍固窮守節。詩的
前半鋪敘苦雨之狀，後半描述連日雨後的景象：

墨蜧躍重淵，商羊儛野庭。飛廉應南箕，豐隆迎號屏。雲根臨八極，
雨足灑四溟。霖瀝過二旬，散漫亞九齡。階下伏泉涌，堂上水衣生。
洪潦浩方割，人懷昏墊情。沈液漱陳根，綠葉腐秋莖。里無曲突煙，
路無行輪聲。環堵自頹毀，垣闔不隱形。尺燼重尋桂，紅粒貴瑤瓊。
君子守固窮，在約不爽貞。雖榮田方贈，慚爲溝壑名。取志於陵子，
比足黔婁生。（其十）（見逯本，頁747）

此詩描寫兼旬大雨，詩人以「墨蜧」、「商羊」此二致雨之神怪，益以「飛廉」、
「豐隆」風雲之師，掀起漫天沈淪之暴雨。此外，詩人還想起《尚書・堯典》
中「洪水九年，萬國不粒」與「湯湯洪水方割，浩浩懷山襄陵，下民昏墊」
可怖的歷史記載。其時暴雨已然成災，故詩人頗爲所苦，自然抑鬱沮喪。「雖
榮」二句以劉向《說苑》中，子思辭田子方贈物的典故，於陵子（即陳仲子）
與黔婁辭謝了君王賞賜的高祿，過著食不充虛、衣不蓋形的艱困生活。詩人
極寫霖雨之苦，以彰顯君子固窮、約不爽貞之氣節，非僅徒然記事寫景而已。
張協以這些高士作爲人格上的典範以自勉，在此類詩中，這樣的創作傾向顯

〔註3〕 以上註解據《六臣註文選》卷二十九該詩注文，頁539～540。
〔註4〕 見錢志熙：《魏晉詩歌藝術原論》，頁239。

然易見，如其三「高尚遺王侯，道積自成基。至人不嬰物，餘風足染時」等，「道基」、「至人」、「不嬰物」、「無爲」之類，都是出自道家義理，同時這類詩中所標舉仰慕的人格典範，如長沮、桀溺、陳仲子、黔婁等，亦皆前代知名之遁世逸民，在在體現出其清貞廉直、獨善其身的精神，由是可見張協之人格理想，具有濃厚的道家色彩。

在感時勵志類詩歌，其中寓含之思想與前述略有差異，如其二與其四：

> 大火流坤維，白日馳西陸。浮陽映翠林，迴飆扇綠竹。飛雨灑朝蘭，
> 輕露棲叢菊。龍蟄暄氣凝，天高萬物肅。弱條不重結，芳蕤豈再馥。
> 人生瀛海內，忽如鳥過目。川上之歎逝，前修以自勗。（其二）

> 朝霞迎白日，丹氣臨暘谷。翳翳結繁雲，森森散雨足。輕風摧勁草，
> 凝霜竦高木。密葉日夜疏，叢林森如束。疇昔歎時遲，晚節悲年促。
> 歲暮懷百憂，將從季主卜。（其四）

> （以上二詩分見遠本，頁 745、746）

詩中描寫秋意蕭索、時光難再，一面感嘆韶光飛逝「忽如鳥過目」、「歲暮懷百憂」，展現老年遲暮心情；一方面卻仍表示要以孔子及賈誼等人爲榜樣，自我勉勵，展現出積極的人生態度。這一類詩歌反映出張協的人格理想中，除了道家思想之外，尚受儒家學說之影響。兩種思想在先後不同時期相互消長，與其現實人生相對照，則前期應以積極入世之心態爲主，後期則轉爲消極出世爲主。由「晚節悲年促」、「歲暮懷百憂」等句中可知此二詩作於後期，詩人在感慨韶光流逝之際，實則尚未全然忘情於功名榮利，也隱約說明張協晚年歸隱鄉里，實出於現實情狀之不得已。

至於張協對於世事的是非評斷，在其感斥流俗一類詩歌中，表現得最爲明確：

> 昔我資章甫，聊以適諸越。行行入幽荒，甌駱從祝髮。窮年非所用，
> 此貨將安設。瓴甋夸璵璠，魚目笑明月。不見郢中歌，能否居然別。

> 陽春無和者，巴人皆下節。流俗多昏迷，此理誰能察。（其五）

詩中充滿對於流俗昏迷、是非顛倒狀況的抱怨與抨擊，並引《莊子》中「宋人資章甫而適諸越，越人敦髮文身，無所用之」之典故，﹝註5﹞說明自己與流俗是非觀念的扞格，但卻無可辨察的沈痛與無奈，徒有賢智莫用的喟歎，卻只能黯然自傷，不覺增益其懷歸之思。

────────────────

﹝註 5﹞詳見王先謙：《莊子集釋》，頁 31。

〈雜詩〉十首中「朝登魯陽關」、「此鄉非吾地」、「投職述邊城」，大多是回憶其補華陽令征北大將軍從事中郎期間的經歷，當時關中頗多戰亂，因而詩中多畏途之感。此組詩主要敘寫詩人身處世亂中沈重而複雜的心境，他既憂世道沈淪，又憂生命之不永，無盡的憂思，反映憂患之世情。此組詩為太康、元康浮華風氣瀰漫之後，西晉文壇難得的清新警策之作。〔註6〕

張協〈雜詩‧太昊啟東節〉是〈雜詩〉十首之外的另一篇雜詩，它完全是演寫天人觀念的：

> 太昊啟東節，春郊禮青祇。鷹化日夜分，雷動寒暑離。飛澤洗冬條，
> 浮飆解春澌。采虹纓高雲，文虬鳴陰池。沖氣扇九垠，蒼生衍四垂。
> 時至萬實成，化周天地移。（見逯本，頁747）

詩中讚美天道生生之大德，也歌頌君主的化成天下，與組詩風格判然二別。景陽之詩，內容極為廣泛，非僅以靡嫚語詞巧構雨景而已，時見深意含寓詩中：或寄閨中懷人之情、或寫遠宦思鄉之感，或傷懷才莫展之鬱，或歎世途之艱，或高歌困窮守志，或自勉及時努力。

二、詠史

詠史詩的發端很早，追溯其源，可上溯至《詩》、《騷》。《詩經》中的雅、頌部分，亦有詠史詩。屈原之《離騷》徵引古史，歷數先王得失，以表達自己的政治主張，書寫自己的胸臆與抱負，亦屬以史詠懷，〔註7〕而後班固〈詠史〉正式立體，期間經過相當的孕育發展，但都不脫以詩句對歷史故實的吟詠。

詠史詩是抒發對歷史事件的感悟，是化史為詩的創作，所詠之史必能激發詩人情感方能為詩以詠之；所為之詩又必然帶有由史興發之情，方能感動撼人。個人的窮通隱達、仕途利鈍，是為詩歌的永恆主題之一，因而在詠史詩中，通過對史實的吟詠，寄託詩人之情也是常見的現象，因之在詠史詩中，

〔註6〕參徐公持：《魏晉文學史》，頁415。
〔註7〕參郭丹：〈論昭明文選中的詠史詩〉，《福建師範大學學報》哲社版，1994年第3期，頁73。此外，關於詠史詩之相關論述，尚可參考孫立：〈論詠史詩的寄託〉，《廣州：中山大學學報》社科版，1997年第1期；胡大雷：〈詠史：個體抒情在時間上的擴張──中古詠史詩抒情分析〉，《廣西師範大學學報》哲社版，卷33，1997年3月；韋春喜：〈文選詠史詩的類型與選錄標準探討〉，《寧夏大學學報》人社版，第26卷，2004年第2期；韋春喜：〈漢魏六朝詠史詩探論〉，《中國韻文學刊》，2004年第2期等專書或專文之探討。

「情感」成爲重要元素之一。張協的〈詠史詩〉也不例外，其詩內容以歌詠漢代疏廣、疏受叔侄功成身退、辭官歸里娛樂晚年之事，〔註8〕抒發張協對二人「知足不辱，知止不殆」的達士之觀的讚揚。試看其詩：

> 昔在西京時，朝野多歡娛。藹藹東都門，群公祖二疏。朱軒曜金城，
> 供帳臨長衢。達人知止足，遺榮忽如無。抽簪解朝衣，散髮歸海隅。
> 行人爲隕涕，賢哉此大夫。揮金樂當年，歲暮不留儲。顧謂四座賓，
> 多財爲累愚。清風激萬代，名與天壤俱。咄此蟬冕客，君紳宜見書。
> （見逯本，頁 744～745）

詩中細寫二疏之明智與曠達，其意在「達人知止足，遺榮忽如無」二句，亦寫出張協之理想人格。疏廣與疏受二人嘗爲太子太傅及家令，以兩千石辭官歸老故鄉，「公卿大夫、故人邑子，爲設祖道，供帳東都門外，送車數百輛，辭決而去。」李善注張協此詩題下云：「協見朝廷貪祿位者眾，故詠此詩以刺之。」〔註9〕是對於張協創製此詩的動機加以說明。詩人對現實風氣不滿，故藉由捨棄榮位、功成身退的二疏譏諷當時「貪祿位者」，並表達自己的心之所向。本詩議敘結合、感慨激切，鋪排渲染間不忘寓情於其中。據《晉書》張協本傳記載，張協於元康末年世亂之時，「於時天下已亂，所在寇盜，協遂棄絕人事，屏居草澤，守道不競，以屬詠自娛。」〔註 10〕張協知道在政治環境逐漸險惡之際，最好的處身之道就是急流勇退，「抽簪解朝衣，散髮歸海隅」二句，除了是詠二疏，也是自戒之辭。〈雜詩〉其九：「游思竹素園，寄辭翰墨林」中的恬退心境，與本詩所流露的情感是一致的，這樣的意願，也藉由張協屏居草澤的實際行動，得到了實踐的可能。對於張協之〈詠史詩〉，何焯評其曰：「胸次之高，言語之妙，景陽與元亮之在兩晉，蓋猶長庚啓明之麗天矣！」〔註 11〕稱譽或過，但就此詩而言，確有「胸次高」、「言語妙」之個性特點。

三、游仙

　　山水寫景的詩句在游仙詩以前，如《詩經》、《楚辭》的時代就已然出現，然而早期山水詩句都是作爲陪襯詩歌內容─感情思想的附屬存在而已。時至

〔註 8〕二疏其事詳見《漢書》本傳，頁 3039～3040。
〔註 9〕見《六臣註文選》，頁 371。
〔註 10〕見《晉書》本傳，頁 1519。
〔註 11〕見何焯《義門讀書記》文選卷三評張景陽詠史詩。

漢魏，世亂時離之際，老莊思想成為新的信仰，於是「詩雜仙心」，〔註12〕此時曹植、嵇康、阮籍的游仙之作中，都可見仙人仙境之跡，而嵇康之詩，也首先以「游仙詩」命名。起先文士逃離現實隱居山林，只為保全性命而已，然徜徉山林日久，卻也在無意間發現了大自然的美妙，於是，詩人在歌詠黃老松喬之際，也就有意或無意地將對山水的讚美含寓其間。日後，詩人將視角轉移到綺麗柔美的風物之上，對於大自然的態度遂由引遁的實用目的，而轉為感嘆的欣賞與讚頌了。〔註13〕目前張協所存之〈游仙詩〉為殘篇，然仍可見其敘寫景物之工：

> 崢嶸玄圃深，嵯峨天嶺崤。亭館籠雲構，脩梁流三曜。蘭葩蓋嶺披，
>
> 清風綠隟嘯。（見逸本，頁747）

張協游仙詩中對「仙境」的描寫，與實際隱逸的山林環境無異，是為「地仙」的描寫範疇，其詩中表現的風景，誠可視為隱士棲身的佳境。首四句描寫的是仙境之遙峻及不與俗同的幻妙景致，「蘭葩蓋嶺披，清風綠隟嘯」的山水描繪，呈現清新明麗的特色，藉由對於仙境風光的著力描述，抒發張協自己對於思隱的想望。

張協作品有一大優點，即不論詩文，皆與自身行事經歷相為表裡，文如其人，詩如其人。這在文學精神上，見出其真誠的特色，此種真誠，在西晉一代文士中亦頗罕見。〔註14〕總體來說，張協身在末世，而能在面對戰亂現實之際，在詩歌中抒發切身的感受，詩風清新雅淨，對於西晉浮靡文風，有所扭轉，此為其主要貢獻。〔註15〕

第二節　張協詩歌之藝術特色

張協的詩歌受到了《文心雕龍》與《詩品》的推崇與重視，劉勰與鍾嶸論張協之詩歌，不約而同地留意到他的辭采與音韻之美。〔註16〕與張協同時

〔註12〕語見《文心·明詩》，頁67。
〔註13〕可參林文月：《山水與古典》，頁1～21。
〔註14〕見徐公持：《魏晉文學史》，頁416～417。
〔註15〕見徐公持：《魏晉文學史》，頁417。又錢志熙亦有此論點，其於《魏晉詩歌藝術原論》中云：「西晉後期一些作家拋棄了溫雅高華的審美趣味和采縟力柔的風格，追求在文學中表達自己真實的思想，訴說自身的遭遇，成功地用文學表現自身的精神。這就是西晉後期的諷刺文和左思、張協、劉琨、郭璞諸人的五言詩。這些作品反映了西晉後期文學的新精神。」頁227。
〔註16〕《文心·明詩》云：「景陽振其麗」、〈時序〉云其：「結藻清英，流韻綺靡」；

及其後之詩評家們對於張華詩歌亦多所評騭，藉由歷來多方面的評論，我們得以領略其詩歌內容的多樣風貌與創作特色。爬梳前人對於張協詩歌的評論，可歸納出其詩歌的藝術特色：

一、巧構形似

「巧構形似之言」是鍾嶸對張協詩歌的評語，其所指涉爲「善制形狀寫物之詞」，〔註17〕即狀物寫景貴尚巧似。「巧構形似」的詩歌特色，原是源自於漢賦，漢賦之所以能夠蓬勃發展，正是在內容和形式上不斷有所創造，他們具體描繪景物並富有文采，在「體物」上下工夫，力求做到「形似」，這是漢賦的一項重要成就。〔註18〕文賦云：「詩緣情而綺靡，賦體物而瀏亮。」是將詩歌與賦作的本質清楚作了分述，時至西晉，詩賦產生合流的現象，詩取賦的表現手法、賦則融入詩的情思，彼此交流影響的結果，促進了此二種文體藝術的發展。自此，詩歌中逐漸帶有賦體「體物」的特色，產生「巧構形似」的詩歌美學特徵。〔註19〕《文心·物色》論及「體物」與「巧構形似」云：「體物爲妙，功在密附。故巧言切狀，如印之印泥，不加雕削，而曲寫毫芥。」〔註20〕「巧構形似」作爲一種藝術表現手法，其基本的審美取向是以自然景物作爲主要表現對象，詩人創作時應具體掌握幽微細膩之物狀、物情、物理與人情，致力追求作品中的景色與自然型態的景色高度的相似，以達到形容寫物如目之所見的境界。

張協詩現存十三首，寫景狀物的部分佔了極大的比重，其詩工於寫景體

鍾嶸論協詩云：「其源出於王粲，文體華淨，少病累，又巧構形似之言……風流調達，實曠代之高手。詞采蔥蒨，音韻鏗鏘，使人味之亹亹不倦。」

〔註17〕 見鍾嶸評鮑照之語：「其源出於二張，善制形狀寫物之詞，得景陽之跅詭，含茂先之靡嫚。……然貴尚巧似。」頁27。

〔註18〕 〈宋書·謝靈運傳論〉論述文學流變云：「自漢至魏，四百餘年，辭人才子，文體三變，相如工爲形似之言，二班長於情理之說。」劉勰亦云：「相如巧構形似之言。」司馬相如之賦長於形似，而西晉開始詩賦特徵互相滲透交流，詩歌便逐漸傳承賦體「巧構形似」的創作特徵。漢賦與巧構形似的相關論述，可參馬積高：《賦史》（上海：上海古籍出版社，1987年7月），頁137～138。

〔註19〕 六朝詩賦合流現象，與賦語言功能之轉變有關，益以賦至於魏晉，抒情成分增加，篇幅縮短，與詩之功能特徵趨於相類，詩歌中也逐漸出現賦體駢枝的特徵。詩賦合流之相關論述可參徐公持之文〈詩之賦化與賦之詩化〉，《文學遺產》第一期，頁16，與高莉芬之〈六朝詩賦合流現象之一考察——賦語言功能之轉變〉，《第三屆國際辭賦學術研討會論文集》，頁187～206。

〔註20〕 引自《文心·物色》，頁694。

物，長於巧妙地組織形象、準確生動地描寫景物，且多別出心裁之喻。其〈雜詩〉十首中，都呈現出體物入微、遣詞切當之寫景麗句，可謂極盡工巧。試觀下列詩句：

> 輕風摧勁草，凝霜竦高木。密葉日夜疏，叢林森如束。（其四）

> 借問此何時，胡蝶飛南園。流波戀舊浦，行雲思故山。（其八）

> 澤雉登壟雊，寒猿擁條吟。溪壑無人跡，荒楚鬱蕭森。（其九）

> 飛澤洗冬條，浮飆解春澌。采虹纓高雲，文虹鳴陰池。（〈雜詩〉）

其四中寫勁草凝霜，如眼見秋氣，實屬形似之類；王湘綺以爲其八中流波二句秀絕古今，實因其情深而喻新。由上列引述詩句，可觀張協詩寫景之體物入微與設景如畫，再讀其六：

> 朝登魯陽關，狹路峭且深。流澗萬餘丈，圍木數千尋。咆虎響窮山，
> 鳴鶴聒空林。凄風爲我嘯，百籟坐自吟。（其六）

篇首言狹路深峭，然未見其深峭之狀，而以流澗萬丈極言其峭、以圍木千尋極言其深，益以咆虎鳴鶴之聲窮其險致，凄風、百籟更助其氣，使讀者有如親歷其境，可謂眞得形似之妙。除純然敘寫景物之句外，張協詩歌又有描寫「雨景」者，其中描繪之技巧各有不同，計〈雜詩〉十首中有五首寫到雨，其中第二、三、四、九首，寫雨景之際並無苦厭之情，其十則與前四首不同，以下依序觀之：

> 浮陽映翠林，迴飆扇綠竹。飛雨灑朝蘭，輕露棲叢菊。龍蟄暄氣凝，
> 天高萬物肅。（其二）

> 金風扇素節，丹霞啓陰期。騰雲似涌煙，密雨如散絲。寒花發黃采，
> 秋草含綠滋。（其三）

> 朝霞迎白日，丹氣臨暘谷。翳翳結繁雲，森森散雨足。輕風摧勁草，
> 凝霜竦高木。（其四）

> 雖無箕畢期，膚寸自成霖。澤雉登壟雊，寒猿擁條吟。溪壑無人跡，
> 荒楚鬱蕭森。（其九）

其二「浮陽映翠林」寫出了陽光在綠樹上的閃爍光影，「迴飆扇綠竹」、「飛雨灑朝蘭」描寫的是迴風灑過的疏雨；其三之「騰雲似涌煙，密雨如散絲」捕捉的是騰雲灑下的細雨，摹寫如絲細雨的神態；其四「翳翳結繁雲，森森散雨足」是描繪陰雲聚成的大雨。何焯《義門讀書記》言此詩云：「張景陽〈雜

詩〉『朝霞』首，『叢林森如束』，鍾記室所謂『巧構形似之言』。」〔註21〕特別標舉出此詩摹景的技巧。前三例調采清藹，觀其用字率多淺綺，可得見張協詩雖綺麗，然氣韻實高。其九極寫霖雨，言澤雉登壟、寒猿擁條，取意超奇，實非泛泛之筆。

對同樣是雨景的主題，張協卻能展現四種不同的描寫方法，顯現詩人在景物的觀察上細緻入微，用筆也十分工巧綺密。以〈雜詩〉之四而言，「雨足」形容雨絲之長、雨點之密；以「竦」字刻畫高木經霜後的聳立之狀；以「森如束」比喻密葉凋落後枝條盡露、輕而上舉之貌，凡此皆得見詩人的巧思。陳祚明稱張協云：「風氣微開康樂，寫景生動，而語蒼蔚，自魏以來未有是也。」〔註22〕實可用以概括他在隨物賦形技巧上對晉詩的貢獻。

除上述之例，張協寫雨景又有另一種風貌，鍾嶸於〈詩品序〉標舉眾詩人之五言篇章云：「景陽苦雨……斯皆五言之警策者也。」〔註23〕劉熙載云：「張景陽詩開鮑明遠。明遠遒警絕人。然練不傷氣，必推景陽獨步。『苦雨』諸詩尤為高作，故鍾嶸《詩品》獨稱之。《文心雕龍・明詩》云：『景陽振其麗』，麗何足以盡景陽哉？」〔註24〕其中二人所指「苦雨」者，乃體現於其〈雜詩〉其十中：

> 墨蜧躍重淵，商羊儛野庭。飛廉應南箕，豐隆迎號屏。雲根臨八極，
> 雨足灑四溟。霖瀝過二旬，散漫亞九齡。階下伏泉涌，堂上水衣生。
> 洪潦浩方割，人懷昏墊情。沈液漱陳根，綠葉腐秋莖。里無曲突煙，
> 路無行輪聲。環堵自頹毀，垣閭不隱形。尺爐重尋桂，紅粒貴瑤瓊。
> 君子守固窮，在約不爽貞。雖榮田方贈，慚為溝壑名。取志於陵子，
> 比足黔婁生。（見逯本，頁 747）

此詩共二十六句，前二十句都在描述久雨的情形。與前述寫雨之方法有所不同，此詩描寫兼旬大雨，著力取象、用典、寓意，因而顯得格外深邃。詩人使用更多的鋪陳手法，張協之雨，在別處寫得優美細緻，在此處則顯得極為奇肆。這些突出的創作技巧，造就了「苦雨」的審美藝術，更超越了張協詩

〔註21〕語見何焯《義門讀書記》文選卷三評張景陽雜詩（上海：上海古籍出版社，
　　　　1992 年），頁 932。
〔註22〕語出陳祚明：《采菽堂古詩選》卷十二。
〔註23〕見陳延傑：《詩品注》，頁 9～10。
〔註24〕語見劉熙載著、龔鵬程撰述：《藝概・詩概》（台北：金楓出版社，1986 年 12
　　　　月），頁 83。

歌「麗」的創作特色，無怪乎《詩品》稱景陽詩風有「詭」的一面，〔註25〕
而劉熙載「麗何足以盡景陽哉」之評，實為確切允當。

　　張協〈雜詩〉十首的前四首，是著重於季候的推移，所取用之景物意象，
與西晉〈雜詩〉常見的取材相同，然而這些自然景物在張協詩中得到很細緻
生動的展現，與一般鋪陳寫物不同，而是有意識地捕捉景物的動態變化，甚
至光影明暗的對比。如其二中「大火流坤維，白日馳西陸。浮陽映翠林，迴
飆扇綠竹。飛雨灑朝蘭，輕露棲叢菊」一段，張協以「流」、「馳」、「映」、「扇」、
「灑」與「棲」這些動詞，巧妙地賦予了景物活躍的生命力。同樣的創作方
法，也出現在其四：「朝霞迎白日，丹氣臨暘谷。翳翳結繁雲，森森散雨足。
輕風摧勁草，凝霜竦高木」一段的「迎」、「臨」、「結」、「散」、「摧」與「竦」
中。在整段詩句中，詩人著力於描繪自然景物的變化，景象與景象間則以遞
嬗變換的方式相連結，使得自然景色產生躍然紙上、靈動延展的藝術效果。
這樣雕琢景語的工巧，正是張協詩歌的特色，何焯《義門讀書記》云：「詩家
鍊字琢句，始於景陽，而極於鮑明遠。」〔註26〕由是可知，南朝山水詩之巧
構形似，得力於景陽者甚多。

　　「巧構形似」基本上可視為突破言意阻礙所嘗試的一種傳神達意的言語
表達方式，詩歌若欲達到「巧構形似」的境界，則除了物象外在樣貌的「形
似」之外，更應注意到創作過程當中，進一步把握到「神似」的工夫。文字
描述的「寫形」並非文學創作的最高層次，能夠深入物象之內，把握其內在
精神而加以妥切描繪，進而達到「寫意」、「寫神」的境界，方能臻至「神似」
的巧妙境地。

　　文學作品中欲求得「神似」，應注重其對於事物外在形象的描繪與內在精
神意蘊的體察，二者細膩的關連呼應能夠達到和諧統一的境界，從而創造出
「形神不離」的藝術形象。是以詩人巧構的藝術形象，是物貌的「窮形盡相」，
同時也是作者的情思傳神，這「彷彿可見」、「若盈心目」的意境感召，正是
「巧構形似」傳神的效果。在張協詩歌中，自其取境、攝象與結構層次的安
排上，都可感受到詩人的情思，藉由景物的細膩刻畫而傳遞開來。此後，畫
家與畫評家也受「形似」論述的影響，〔註27〕注意到了繪畫中「形似」（神似）

〔註25〕《詩品》云鮑照詩「得景陽之詭」，見陳延傑《詩品注》，頁27。
〔註26〕語見何焯《義門讀書記》文選卷三評張景陽雜詩，頁932。
〔註27〕在藝術史中，文學的發展演變，往往先於美術，而且常常影響於美術。詳可

的工夫。〔註28〕東晉顧愷之提出「以形寫神」的繪畫論點，將形神融合爲一；其後南齊謝赫受到他的影響，其於《古畫品錄》「六法」中首標「氣韻生動」，氣韻即爲「神韻」，亦即注重神韻的流暢自然；在宗炳與王微的山水畫作中，亦體現出神似的工夫。〔註29〕至於唐代，張彥遠更認爲「形似」不必然等於「氣韻」，但有「氣韻」，則必然「形似在其間矣」。〔註30〕

　　詩文繪畫等藝術最高境界之「形似」，乃是以「神」爲中心，寫形只是爲了達到「傳神」的目的，〔註31〕在張協詩歌當中，能夠超越前人詩文中所謂之「形似」，進而體現出「神似」的境界，更是爲當代難得的創舉，影響後世文藝創作理論極爲深遠。

二、情景交融

　　在詩歌創作的句法及意境當中，應能使得內「情」和外「景」融合無間，此爲天然有機的妙化，而非語言文字上的工巧。在創作方法的訣竅之上，應當以「情景相生」爲始，情和景是在雙方的相互融合中生成，從客觀的物到藝術的景，從日常的情到審美的情，這是一個複雜的轉換過程，在這個過程中，情與景之間的關係是共生的，也就是說，情與景的生成就是審美意象的本體生成。情緣景而生，在生成的過程中，情始終結合著景的感性形象，因而能超越內在的封閉狀態而昇華爲審美意象的主觀因素；景含情而生，在生成的過程中始終含攝著情的躍然活力，因而能超越自然狀態昇華爲審美意象的客觀因素。

　　第二層次是「情景交融」，情景交融揭示了審美意象的構成方式，文學藝

　　　　參葛路：《中國古代繪畫理論發展史》（上海：上海人民美術出版，1983 年 9
　　　　月），頁 36。

〔註28〕西晉時陸機首論繪畫的特點在於「存形莫善於畫」，可說是對於詩文創作與文
　　　　藝繪畫上有「形似」最先的共同體認。

〔註29〕其中宗炳更云：「山水以形媚道」，是爲知言。以上六朝畫論之相關論述，詳
　　　　可參陳傳席：《六朝畫論研究》，台北：學生書局，1999 年 9 月、《中國繪畫理
　　　　論史》（台北：三民書局，2005 年 3 月），及樊波：《中國書畫美學史綱》（長
　　　　春：吉林美術出版社，1998 年 7 月）、李亮：《詩畫同源與山水文化》（北京：
　　　　中華書局，2004 年 12 月）、鍾躍英：《氣韻論》（上海：上海人民美術出版社，
　　　　2000 年 5 月）、葛路：《中國古代繪畫理論發展史》（上海：上海人民美術出版，
　　　　1983 年 9 月）等書。

〔註30〕其云：「今之畫縱得形似，而氣韻不生，以氣韻求其畫，則形似在其間矣。」

〔註31〕時至東晉，人倫鑒識本由政治上的實用性質漸漸轉變爲對人的欣賞，其時名
　　　　士論人言必神情風貌，這樣的例子在《世說新語》中隨處得見。

術不是孤立地寫景或抒情，情景若不能相互比附，是無法構成審美意象的。
在情景交融之際，情會因景的融入而有了形象外觀；景會因情的融入，而有
了精神生命，如此，情與景都突破了自身的界限，相互含攝，交融滲化。想
要達到詩作當中能夠情景交融，首要應當要能自然應化，將自身內在與景物
之間的交流充分掌握，方能眞正表現出作者的眞實情感，使之傾洩流露與凝
注簡鍊，而當在於神理相爲湊合之際，藉由情意和意象間的比附滲透，自然
能在詩句中表現出情景的思理與意象的投合，彼此之間相生相融的妙趣。如
此的美學內容，在具體落實之後，顯現出「情景交融」所呈顯出的美感意境，
這就進入了第三層次，也正是最高意境，即「情景合一」的「化境」。所謂情
景合一，較情景交融又更進一層，若言情景交融是情中有景、景中含情，那
麼，情景合一則是意指著情即景、景即情，情景合而爲一的境界。

　　張協在寫景狀物之際，極爲重視情感的流注，寫景之際亦抒情懷，我們
能從其詩句間探察出情景交融的軌跡。如其〈雜詩〉之一中，以「房櫳無行
跡，庭草萋以綠。青苔依空牆，蜘蛛網四屋」四句敘寫景物，來襯托出思婦
孤獨寂寞的感受，以描寫景物來反映人物的心情。思婦感時懷遠之情，是自
漢代以來詩人們反覆吟詠的重要主題，在此詩中，藉由此四詩句反映出思婦
眼中的蕭索景象，可體會她感時而思、感物變異的心理，進一步反襯出思婦
長久沈浸在孤獨憂思中的精神狀態。再觀其敘寫秋霖苦雨之詩，每寫秋霖苦
雨，以此比興託寓。如其十：

　　　雲根臨八極，雨足瀝四溟。霖瀝過二旬，散漫亞九齡。階下伏泉涌，
　　　堂上水衣生。洪潦浩方割，人懷昏墊情。（其十）

先狀久雨洪潦，人懷昏墊之情，其下又云：「君子守固窮，在約不爽貞。雖榮
田方贈，慚爲溝壑名。取志於陵子，比足黔婁生。」此詩中情與景實則交相
融合，詩人以窮秋苦雨暗譬世事艱危、處境易心，以申詩人君子固窮、堅貞
不移之志。又如其二、三、四：

　　　飛雨瀝朝蘭，輕露棲叢菊。……人生瀛海內，忽如鳥過目。川上之
　　　歎逝，前修以自勗。（其二）

　　　騰雲似涌煙，密雨如散絲。……閒居玩萬物，離群戀所思。……高
　　　尚遺王侯，道積自成基。至人不嬰物，餘風足染時。（其三）

　　　翳翳結繁雲，森森散雨足。……疇昔歎時遲，晚節悲年促。歲暮懷
　　　百憂，將從季主卜。（其四）

或以「飛雨」觸蘭之狀，傷歎人生輕倏易逝；或藉「密雨」之景，以述秋懷隱居而有所悟；或藉「散雨」肆虐之迅疾，悲其歲暮年促，壯志未酬。凡此諸詩，狀似巧構霖雨物色之景，實則極寫內心悲苦之懷，眼前之景藉由詩人之眼加以投射，與詩人內在之心境相爲應合，而達到情景交融之樣態。

　　張協〈雜詩〉組詩既是詩人生活經歷的實錄，又雜有比興和象徵。如「昔我資章甫」一詩藉越荒蠻俗象徵周圍愚昧寂寞的環境；「朝登魯陽關」一詩藉山路的險峭隱喻世路的險惡等，這類表現方法顯然由阮籍詠懷發展而來，但更爲寫實，抽象的象徵意味便相應地減弱了。〔註32〕其詩歌能用樸質的語言，寫出細微眞實的景色，是爲張協詩歌創作功力之所在，如其九：

　　　　澤雉登壟雎，寒猿擁條吟。溪壑無人跡，荒楚鬱蕭森。投耒循岸垂，
　　　　時聞樵採音。（見遼本，頁747）

此詩將自己的心境與周圍的聲音、景致與氛圍全都點染出來了，沒有刻意的形容，全都是本然的面目，然而藉由自然意象的巧思鋪陳，卻又襯托出詩人的情懷，於寫景之際將感思和盤托出，使得情與景得以相容無間，呈顯出自然的高致，是爲張協詩歌情景交融的特色所在，正是如此情景相通、體物密附的講求，使得詩歌得以將「體物」、「寫物」與「感物吟志」三要素，巧妙地融合無間。張協詩歌的最大特點便是「眞」，眞情、眞實。鍾嶸說他「巧構形似之言」，正是從他寫得眞實這一點上說的。〔註33〕

三、音韻鏗鏘

　　鍾嶸評張協詩云：「詞采葱蒨，音韻鏗鏘，使人味之亹亹不倦。」〔註34〕是言其詩歌音韻動聽響亮，令人讀來一點也不厭倦。察《詩品》中列舉一百二十三位詩人，歷觀眾評，論及詩歌音韻者，除評謝靈運「麗典新聲，絡繹奔會」及評沈約「見重閭里，誦詠成音」外，屬評張協「音韻鏗鏘」最爲切至。〔註35〕

　　今不能確知鍾嶸評張協詩歌「音韻鏗鏘」之標準，然歸納其詩歌音律，可得見其特色。以〈雜詩〉爲例，第一、二、四、五首，皆以入聲爲韻：〔註36〕

〔註32〕見葛曉音《八代詩史》，頁131。
〔註33〕參羅宗強：《魏晉南北朝文學思想史》（北京：中華書局，2002年10月），頁120～121。
〔註34〕見陳延傑：《詩品注》，頁16。
〔註35〕以上分見陳延傑：《詩品注》，頁17、30、16。
〔註36〕張協喜用入聲爲韻，或許是源於作品主體情思的考量，入聲字有著急促、壓

秋夜涼風起，清氣蕩暄濁。蜻蛚吟階下，飛蛾拂明燭。君子從遠役，

佳人守煢獨。離居幾何時，鑽燧忽改木。房櫳無行跡，庭草萋以綠。

青苔依空牆，蜘蛛網四屋。感物多所懷，沈憂結心曲。（其一）

大火流坤維，白日馳西陸。浮陽映翠林，迴飆扇綠竹。飛雨灑朝蘭，

輕露棲叢菊。龍蟄暄氣凝，天高萬物肅。弱條不重結，芳蕤豈再馥。

人生瀛海內，忽如鳥過目。川上之歎逝，前修以自勖。（其二）

朝霞迎白日，丹氣臨暘谷。翳翳結繁雲，森森散雨足。輕風摧勁草，

凝霜竦高木。密葉日夜疏，叢林森如束。疇昔歎時遲，晚節悲年促。

歲暮懷百憂，將從季主卜。（其四）

昔我資章甫，聊以適諸越。行行入幽荒，甌駱從祝髮。窮年非所用，

此貨將安設。瓵甄夸璵璠，魚目笑明月。不見郢中歌，能否居然別。

陽春無和者，巴人皆下節。流俗多昏迷，此理誰能察。（其五）

再如其三、六、七、八、九、十首，皆用平聲韻。如：

朝登魯陽關，狹路峭且深。流澗萬餘丈，圍木數千尋。呴虎響窮山，

鳴鶴聒空林。淒風為我嘯，百籟坐自吟。感物多思情，在險易常心。

抑的特性，有助於其詩歌中此類「促而急迫」情感的抒發。

揭來戒不虞，挺彎越飛岑。王陽驅九折，周文走岑崟。經阻貴勿遲，

此理著來今。（其六）

此鄉非吾地，此郭非吾城。羈旅無定心，翩翩如懸旌。出睹軍馬陣，

入聞鞞鼓聲。常懼羽檄飛，神武一朝征。長鋏鳴鞘中，烽火列邊亭。

捨我衡門衣，更被縵胡纓。疇昔懷微志，帷幕竊所經。何必操干戈，

堂上有奇兵。折衝樽俎間，制勝在兩楹。巧遲不足稱，拙速乃垂名。

（其七）

述職投邊城，羈束戎旅間。下車如昨日，望舒四五圓。借問此何時，

胡蝶飛南園。流波戀舊浦，行雲思故山。閩越衣文蛇，胡馬顧度燕。

風土安所習，由來有固然。（其八）

張協〈雜詩〉十首中，非用平聲韻，即用入聲韻。此外，張協詩歌又有一大特色—即好用平聲字。其詩每每有一句五字中，四字用平聲者，如：

昔在西京時，朝野多歡娛。……朱軒曜金城，供帳臨長衢。……遺

榮忽如無。抽簪解朝衣，……揮金樂當年。（〈詠史詩〉）

另如其他詩作中：「離居幾何時」（〈雜詩〉之一）、「丹霞啟陰期」（之三）、「行行入幽荒」（之五）、「朝登魯陽關」、「周文走岑崟」（之六）、「此郭非吾城」、「何必操干戈」（之七）、「雖無箕畢期」、「寒猿擁條吟」、「時聞樵採音」（之九）、「豐隆迎號屏」、「路無行輪聲」、「雖榮田方贈」（之十）、「春郊禮青祇」、「文虹鳴陰池」（〈雜詩〉）、「崢嶸玄圃深」、「脩梁流三曜」（〈游仙詩〉）等句，皆一句中有四字為平聲之例。此類平仄句式以「平平仄平平」為主，又兼有

「仄平平平平」、「平仄平平平」、「平平平仄平」與「平平平平仄」的變化。
張協詩中甚至更有五字全為平聲之句，〔註37〕如：

> 青苔依空牆，蜘蛛網四屋。（〈雜詩〉之一）
>
> ▲▲▲▲▲
>
> 羈旅無定心，翩翩如懸旌。（〈雜詩〉之七）
>
> ▲▲▲▲▲

古詩聲律尚無嚴謹技法，然眾多古詩作法之書籍文章，俱以運用詩歌聲調「平
仄迭用」的變化，為尋求聲律美之原則。〔註38〕張協詩中以大量平聲字的鋪
排運用，似不符「平仄迭用」之準則，卻得「音韻鏗鏘」之致，或可推斷與
清·江永於《音學辨微大意》中云：「平聲長空，如擊鼓鐘；上去入短實，如
擊土木石。」的聲韻特色有關，即以連串平聲字的鋪陳達到聲若鼓鐘的效果。
其詩歌雖大量使用平聲字，卻極為注重其間聲調的對立安排，其於平聲之中，
細將陰平聲與陽平聲相互匹配，因而詩歌中實然存在著語調升降的對立。語
調升降的對立即是相對的平與仄，在平聲字中，陰平字朗誦出來的語調是平
直調，陽平字朗誦出來的語調是高升調，兩相對比之下，陰平字的語調就是
相對的仄聲、陽平字的語調就是相對的平聲，〔註39〕因而詩歌中藉由陰平字
與陽平字的的交互安排，得以產生錯落有致的音韻變化。這樣的語調配置亦
可從張協詩中，鮮少有連用三陰平（四陰平）或三陽平（四陽平）之狀況得
知，在陰平與陽平的聲調起伏之中，其詩歌得以傳達出和諧悅耳的音樂性，
或許因而「使人味之亹亹不倦」，得以達到鍾嶸評詩「清濁通流，口吻調利」
的標準。〔註40〕

此外，張協寫景喜用偶句，其詩每以偶筆起結。起句如：

> 大火流坤維，白日馳西陸。（其二）
>
> 金風扇素節，丹霞啓陰期。（其三）

〔註37〕古詩歌的聲調節奏，常以四字平引為長聲，無甚高下緩急之節，如《詩經》〈關
雎〉之章，「關關雎鳩」句四字俱為陰平聲，於音調上較無變化。

〔註38〕可參考臺靜農：《百種詩話類編·作法類·聲律》（台北：藝文印書館，1974
年5月）、徐青：《古典詩律史》（西寧：青海人民出版社，1982年4月）、柳
村：《漢語詩歌的形式》（開封：河南大學出版社，1990年12月）、王子武：《中
國詩律研究》（台北：文津出版社，1987年8月）與王力：《古代漢語》（台北：
藍燈文化事業，1989年1月）等。

〔註39〕詳可參柳村：《漢語詩歌的形式》，頁198。

〔註40〕以上俱見陳延傑：《詩品注》，頁9。

此鄉非吾地，此郭非吾城。（其七）

結宇窮岡曲，耦耕幽藪陰。（其九）

墨蜧躍重淵，商羊儛野庭。（其十）

太昊啟東節，春郊禮青祇。（雜詩）

崢嶸玄圃深，嵯峨天嶺峭。（游仙詩）

結句用偶者，如：

至人不嬰物，餘風足染時。（其三）

巧遲不足稱，拙速乃垂名。（其七）

游思竹素園，寄辭翰墨林。（其九）

取志於陵子，比足黔婁生。（其十）

時至萬實成，化周天地移。（雜詩）

〈雜詩〉其四全詩十二句中，竟有十句呈現對偶之姿：

朝霞迎白日，丹氣臨暘谷。翳翳結繁雲，森森散雨足。輕風摧勁草，
凝霜竦高木。密葉日夜疏，叢林森如束。疇昔歎時遲，晚節悲年促。
歲暮懷百憂，將從季主卜。（見逯本，頁 746）

《文心・麗辭》言：「是以言對為美，貴在精巧。」〔註41〕從創作的角度來看，言對顯示出作者的巧思精工；從欣賞的角度看，言對則給人以工整的視覺形式美感，和抑揚的聽覺節奏美感。〔註42〕

此外，張協詩歌句中用偶者甚夥，如「蜻蚓吟階下，飛蛾拂明燭」、「君子從遠役，佳人守煢獨」、「青苔依空牆，蜘蛛網四屋」（其一）、「浮陽映翠林，迴飆扇綠竹」、「飛雨灑朝蘭，輕露棲叢菊」、「弱條不重結，芳蕤豈再馥」（其二）、「騰雲似涌煙，密雨如散絲」、「寒花發黃采，秋草含綠滋」、「案無蕭氏牘，庭無貢公綦」（其三）、「輕風摧勁草，凝霜竦高木」、「疇昔歎時遲，晚節悲年促」（其四）、「流澗萬餘丈，圍木數千尋」、「咆虎響窮山，鳴鶴聒空林」（其六）、「出睹軍馬陣，入聞鞞鼓聲」、「長鋏鳴鞘中，烽火列邊亭」（其七）、「流波戀舊浦，行雲思故山」（其八）、「荒庭寂以閒，幽岫峭且深」、「淒風起東谷，有渰興南岑」、「澤雉登壟雊，寒猿擁條吟」、「重基可擬志，迴淵可比心」（其九）、「飛廉應南箕，豐隆迎號屏」、「雲根臨八極，雨足灑四溟」、「霖瀝過二旬，散漫亞九齡」、「階下伏泉涌，堂上水衣生」、「沈液漱陳根，綠葉

〔註41〕語見《文心・麗辭》，頁 589。

〔註42〕見王師力堅：〈西晉詩人──張協、陸機對藝術形式美的追求〉，《中國文化月刊》197 期，1996 年 3 月，頁 82。

腐秋莖」、「里無曲突煙，路無行輪聲」（其十）、「鷹化日夜分，雷動寒暑離」、「飛澤洗多條，浮飆解春澌」、「采虹縐高雲，文虹鳴陰池」、「沖氣扇九垠，蒼生衍四垂」（〈雜詩〉）、「朱軒曜金城，供帳臨長衢」、「抽簪解朝衣，散髮歸海隅」（〈詠史詩〉）等，均為偶句，處處可見張協的悉心巧構。

第三節　張協文章之題材內容

　　據嚴可均《全晉文》所載，張協文章今存十五篇，文體集中賦六篇、銘七篇、七與頌則各為一篇，文章作品中以〈七命〉最為人所稱道，並收錄於《文選》中。以下將張載文章以文體大別為「賦」類及「其他」（含括「七」、「頌」與「銘」三類），緣以探論其題材內容。

一、賦類

　　張協賦作據嚴可均《全晉文》所輯凡六篇，其中〈歸舊賦〉僅存二句，〈玄武館賦〉是為殘篇，〈都蔗賦〉疑有佚文，其餘文章形式內容完整，自題材內容觀之，其賦作依其主題可大別為「詠物」與「其他」兩類。

（一）詠物賦

　　張協賦以詠物為主題者，可以〈玄武館賦〉、〈安石榴賦〉與〈都蔗賦〉為代表，〈玄武館賦〉屬宮殿賦之範疇，宮殿臺闕本為漢賦主要題材之一，賦家藉其宏偉堂皇之建築，以鋪張誇耀漢帝國之輝煌成就，滿足天子之好大心理。京都賦中，宮殿臺闕尤為不可或缺之景物，班固〈兩都賦〉、張衡〈二京賦〉，對於宮室之壯麗，皆有炫人耳目、動人心魄之摹寫。〔註43〕時至魏晉，吟詠建築賦作今可見者凡十三篇，〔註44〕主題仍以宮殿為大宗。魏代多描寫

〔註43〕漢代專以宮殿臺闕等建築為全賦之主體者，今存可見王褒〈甘泉賦〉、劉歆〈甘泉宮賦〉、李尤〈德陽殿賦〉、〈東觀賦〉、〈平樂觀賦〉、王延壽〈魯靈光殿賦〉、馬融〈梁大將軍西第賦〉與邊讓〈章華臺賦〉等八篇，其中王延壽〈魯靈光殿賦〉收錄於《文選》中，堪為上述賦作之代表。此外，揚雄有〈甘泉賦〉，以敘郊祀為主，《文選》列為「郊祀賦」，然其中形容甘泉宮室壯麗之貌，亦可稱獨步古今。

〔註44〕此十三篇作品為：魏繁欽〈建章鳳闕賦〉、楊修〈許昌宮賦〉、卞蘭〈許昌宮賦〉、繆襲〈許昌宮賦〉、何晏〈景福殿賦〉、韋誕〈景福殿賦〉、夏侯惠〈景福殿賦〉、孫該〈三公山下神祠賦〉；晉孫楚〈韓王臺賦〉、潘岳〈狹室賦〉、潘尼〈東武館賦〉、庾闡〈狹室賦〉與張協〈玄武館賦〉。以上分類記目可參廖國棟：《魏晉詠物賦研究》，頁365。

宮殿之賦，至於西晉則逐漸轉爲以臺館及私人室宇爲主。張協〈玄武館賦〉
爲殘篇，一共四十句，觀其文「天子翱翔郊甸，順時巡省龍駟騰鑣，羽騎游
騁，顧流光以按轡，迴鸞旗而時幸」，可知此賦所描述者，爲天子之離宮別館，
其所描寫內容及技巧大體承繼漢代宮殿賦作。

　　張協〈安石榴賦〉乃詠安石榴果，《歷代賦彙》將之列於花果賦類。〔註45〕
文學創作中出現「詠果」之詩句，可上溯至《詩經》，如「摽有梅，其實七兮。
求我庶士，迨其吉兮。」（〈召南・摽有梅〉）、「投我以木瓜，報之以瓊琚。匪報
也，永以爲好也。投我以木桃，報之以瓊瑤。匪報也，永以爲好也。投我以
木李，報之以瓊玖。匪報也，永以爲好也。」（〈衛風・木瓜〉）、「園有桃，其
實之殽。心之憂矣，我歌且謠……園有棘，其實之食。心之憂矣，聊以行國。」
（〈魏風・園有桃〉）以上諸詩，或諷女子遲婚，或爲贈答，或憂時有感，然
僅以瓜果爲陪襯，至於屈原〈橘頌〉，方可稱爲詠果賦之首作。〔註46〕時至漢
代，以詠果爲主題之賦共有五篇，〔註47〕魏晉詠果賦日益增多，約有三十篇，
種類也趨於繁多，主要以詠果、詠柑橘、詠蒲萄、詠石榴爲主，〔註48〕其中
詠石榴一類皆爲晉代作品，有應貞〈安石榴賦〉、庾儵〈石榴賦〉、傅玄〈安
石榴賦〉、夏侯湛〈石榴賦〉、潘岳〈河陽庭前安石榴賦〉、潘尼〈安石榴賦〉、
張載〈安石榴賦〉、張協〈安石榴賦〉、范堅〈安石榴賦〉、陳玢〈石榴賦〉、
殷允〈石榴賦〉與羊氏〈安石榴賦〉。此類作品之創作動機，率多爲純然欣賞
石榴之美而作，張協〈安石榴賦〉亦不例外，就其賦文觀之，全篇由描述安
石榴生長之環境著手，「傾柯遠擢，沈根下盤繁莖篠密。豐幹林攢，揮長枝以
揚綠，披翠葉以吐丹」描述安石榴樹之姿態，接著致力於石榴果實之刻畫與
馳騁想像，並將其人格化，其云：

　　……流暉俯散，迴葩仰照，爛若百枝並燃，赫如烽燧俱燎。皦如朝
　　日，晃若龍燭，晞絳采于扶桑，接朱光于若木。爾乃頹萼挺蒂，金

〔註45〕此賦見於《歷代賦彙》卷一二七花果，冊9，頁150。
〔註46〕參廖國棟《魏晉詠物賦研究》，頁173。
〔註47〕今存漢代五篇詠果賦作爲：司馬相如〈梨賦〉、王充〈果賦〉、李尤〈果賦〉、
　　　王逸〈荔枝賦〉與蔡邕〈胡果賦〉。
〔註48〕今可見魏晉賦以詠果爲主題者有郭太機〈果賦〉、陸機〈果賦〉；詠柑橘者有
　　　魏徐幹〈橘賦〉、曹植〈橘賦〉、晉傅玄〈橘賦〉、孫楚〈橘賦〉、潘岳〈橘賦〉、
　　　胡濟〈黃甘賦〉、劉瑾〈甘樹賦〉；詠蒲萄之賦有魏鍾會〈蒲萄賦〉、晉應貞〈蒲
　　　萄賦〉、傅玄〈蒲萄賦〉、茍勗〈蒲萄賦〉；其他零星之詠果賦作，如傅玄〈李
　　　賦〉、〈桃賦〉、〈棗賦〉、〈桑椹賦〉、孫楚〈枝杜賦〉、周祇〈枇杷賦〉等。

> 牙承蕤，蔭佳人之玄髻，發窈窕之素姿。遊女一顧傾城，無鹽化爲
> 南威。于是天漢西流，辰角南傾。芳實壘落，月滿虧盈。爰采爰收，
> 乃剖乃拆。素粒紅液，金房緗隔。內憐幽以含紫，外滴瀝以霞赤。
> 柔膚冰潔，凝光玉瑩。潅如冰碎，泫若珠迸。含清冷之溫潤，信和
> 神以理性。（見嚴本，頁 1952）

作者運用誇飾，「爛若百枝並燃，赫如烽燧俱燎」句，將石榴果實赤紅如焰的
顏色與形貌生動地表現出來，接著馳騁浪漫想像，此時石榴化作姿容柔窈的
美人，果實赤紅的顏色就如美人雙頰的緋紅，果萼仿若佳人之髮髻，石榴飽
滿的汁液正有如美人凝脂的柔膚般晶瑩剔透，這樣傾城傾國的美人，就如同
歷史上的南威一般，怎能令人不爲之動容哪！此賦一連串用詞精準的秀句，
將石榴與美人相聯繫，運用了比興的手法，構成了辭藻豔富之美文，正可表
現出張協巧構形似的創作特徵。

張協〈都蔗賦〉也是詠物賦之一，其云：

> 若乃九秋良朝，玄酎初出。黃華浮觴，酣飲累日。挫斯蔗而療渴，
> 若嗽醴而含蜜。清津滋于紫黎，流液豐于朱橘。擇蘇妙而不逮，何
> 況沙棠與椰實。〔註49〕

本賦以「若乃」起首，疑上有佚文。首四句敘述秋日暢快痛飲菊花酒之事，
五六句敘以都蔗汁液解渴，其味甜美，如嗽醴含蜜一般。最後，「清津滋于紫
黎」以下，將都蔗與紫黎、朱橘、沙棠、椰實相較，極力襯托出都蔗之甜蜜
多汁。

（二）其他賦作

張協賦作除詠物賦外，尚有〈洛禊賦〉、〔註50〕〈登北芒賦〉與〈歸舊賦〉
三篇作品，〈洛禊賦〉敘寫權貴之家於洛水濱禊飲之事，其描述場面相當生動：

> ……若夫權戚之家，豪侈之族，采騎齊鑣，華輪方轂，青蓋雲浮，
> 參差相屬，集乎長洲之浦，曜乎洛川之曲。遂乃停輿蕙渚，稅駕蘭

〔註49〕「黃華浮觴，酣飲累日」八字，嚴可均《全晉文》原作「觴浮華黃，酒飲累
白」，《藝文類聚》與《太平御覽》卷 974 之引文俱作「黃華浮觴，酣飲累日」。
以押韻觀之，「出」、「蜜」、「橘」、「實」皆列於廣韻「質」部，「白」爲廣韻
「陌」韻，屬「藥」部，「日」爲廣韻「質」韻，與「出、蜜、橘、實」同部，
故而本文此八字從《藝文類聚》刊載爲是。
〔註50〕據《文選》卷二八〈結客少年場行〉注，本賦尚有「車馬胶葛，川流波亂」
兩句未爲嚴本所載，詳可參《六臣註文選》，頁 511。

田，朱幔虹舒，翠幨蜿連，羅樽列爵，周以長筵。于是布椒醑，薦
柔嘉，祈休吉，躅百疴，漱清源以滌穢兮，攬綠藻之纖柯。浮素卵
以蔽水，灑玄醪于中河。……（見嚴本，頁 1951）

賦中描述春光明媚的時節，林木蓊鬱、百花爭妍競放，萬物欣欣向榮，縉紳
之士攜友朋同遊，宴飲於洛水之濱，相互酬唱行樂。其中敘寫權貴豪門華奢
的享樂場面尤爲深刻，也客觀反映出當時權貴世族的驕奢淫逸。這樣的內容
與寫法，使我們聯想起唐代詩人杜甫的樂府詩〈麗人行〉與白居易的諷刺詩
〈輕肥〉，唐代敘事詩的發展，多少或受張協此賦的影響。〔註51〕

再觀其〈登北芒賦〉，此賦看似一篇歌詠山水之小賦，事實上是借物詠懷，
抒發作者心中所感，其云：

陟巒丘之麗迤，升逶迤之脩岅。迴余車于峻嶺，聊送目於四遠。靈
嶽鬱以造天，連岡巖以寒產。伊洛混而東流，帝居赫以崇顯。山川
汩其常弓，萬物化而代轉。何天地之難窮，悼人生之危淺。歎白日
之西頹兮，哀世路之多蹇。于是徘徊絕嶺，跼躇步趾。前瞻南山，
卻闚大岯。東眺虎牢，西睨熊耳。邪互天際，旁極萬里。荂眩眼以
芒昧，諒群形之難紀。臨千仞而俯看，侶遊身于雲霓。撫長風以延
佇，想凌天而舉翮。瞻冠蓋之悠悠，覿商旅之接柂。爾乃地勢宏隆，
丘墟陂陁，墳壟隗疊，基布星羅。松林摻映以攢列，玄木搜寥而振
柯。壯漢氏之所營，望五陵之巋嶬。喪亂起而啓壞，僮豎登而作歌。

（見嚴本，頁 1951～1952）

此賦敘寫作者登北芒山之所見所感。北芒山位於洛陽城外，漢魏王公貴族死
後多葬於此。作者於此山登高遠眺，丘巒逶迤，伊洛東流，在如此廣闊的宇
宙空間下，面對王公貴族的墳塚，生命危淺、人生短暫之悲不禁油然而生。
前段作者由游觀望遠之際，描寫帝王陵園之毀廢，而感悟到朝代的更替與社
會的變遷，引發萬物輪替之思，其後「何天地之難窮，悼人生之危淺。歎白
日之西頹兮，哀世路之多蹇」句，表現出此自然遷化之理，更啓引了張協對
自身的反思：自己正陷溺於其中的人生濁世，不免對眼前頹敗之景產生喟嘆，
並興起對喪亂現實的激憤之情。思慮至此，不由得步履跼躇，再登上更高處，
徘徊於絕嶺之上，「臨千仞而俯看，侶遊身于雲霓。撫長風以延佇，想凌天而

〔註51〕參畢萬忱、何沛雄、羅忼烈：《中國歷代賦選》（江蘇教育出版社，1994 年 12
月），頁 356。

舉翮」,「俯看」的動作道出了不只是當時所身處居高臨下之境、與風雲相偕的幻然自若,更是張協心中生起欲孤高無求,自外於俗世紛亂的寫照。

其〈歸舊賦〉今僅存「若辭既接,歡言乃周」兩句,〔註 52〕無法具體觀出其賦之主旨,故可略而不提。

二、其他文類

(一)七

以「七」名篇,始於枚乘〈七發〉,〔註 53〕後人相繼仿作,乃蔚爲大觀。〔註 54〕在摯虞〈文章流別論〉與任昉《文章始》中,已以「七」自成一文類,〔註 55〕於《文選》中,「七」是安排在「賦」、「詩」、「騷」三類之後,收錄枚

〔註 52〕《全晉文》作「苦辭既接,歡言乃周」,二句後註明其出自《文選》陶潛〈讀山海經〉之注,查對《文選》出處,其注原文作「若辭既接,歡言乃周」,故本文從之。

〔註 53〕曹植、傅玄、劉勰等人皆認爲枚乘〈七發〉爲以七名篇之首,分別於〈七啟〉序、〈七謨〉序與《文心·雜文》中述及此觀點,後代如南宋洪邁《容齋隨筆》與明代吳訥《文章辨體序說》等著作中亦可見到同樣的看法。此外,亦有不認同此一觀點者,如近代學者章學誠,其於《文史通義·詩教上》中持反對看法,云:「孟子問齊王之欲,歷舉輕煖、肥甘、聲音、采色,七林之所也;而或以創之枚乘,忘其祖矣。」本文以前項歷代評論家共同之看法爲主。

〔註 54〕據嚴可均《全上古三代秦漢三國六朝文》輯錄,「七」體系列文章現存三十餘篇,且多爲殘文。自枚乘以後文人相繼仿作七體文學之盛況,曹植於〈七啟〉序中已有明言,傅玄〈七謨〉序與劉勰《文心·雜文》中更有詳細的論述。〈七謨〉序云:「昔枚乘作七發,而屬文之士,若傅毅、劉廣世、崔駰、李尤、桓麟、崔琦、劉梁、桓彬之徒,相承而作之者紛焉:七激、七興、七依、七款、七說、七舉、七設之篇。於是通儒大才馬季長、張平子亦引其源而廣之;馬作七屬,張造七辯,或以黜瑰而託諷詠。揚輝播烈,垂於後世者凡十有餘篇。」《文心·雜文》云:「及枚乘摛豔,首製七發,腴辭雲搆,夸麗風駭。蓋七竅所發,發乎嗜欲,始邪末正,所以戒膏粱之子也。……自七發以下,作者繼踵。觀枚氏首唱,信獨拔而偉麗矣。及傅毅七激,會清要之工;崔駰七依,入博雅之巧;張衡七辨,結采綿靡;崔瑗七屬,植義純正;陳思七啟,取美於宏壯;仲宣七釋,致辨於事理。自桓麟七說以下,左思七諷以上,枝附影從,十有餘家。或文麗而義暌,或理粹而辭駁。觀其大抵所歸,莫不高談宮館,壯語畋獵。窮瑰奇之服饌,極蠱媚之聲色。甘意搖骨體,豔詞動魂識,雖始之以淫侈,而終之以居正。然諷一勸百,勢不自反。子雲所謂先騁鄭衛之聲,曲終而奏雅者也。唯七屬賢,歸以儒道,雖文非拔群,而意實卓爾矣。」

〔註 55〕以「七」名篇之因,向來有多種說法,劉勰、李善、徐師增認爲是源於篇章中所言七竅、七事而來;李治認爲其與〈七哀詩〉之「七」同爲抽象意義,表「一」、「全」之意;周榮則認爲與《七修類稿》之「七」相同,爲「綜諸

乘〈七發〉、曹植〈七啓〉、張協〈七命〉三篇文章。〔註 56〕〈七發〉雖不以賦名，但其實還是一篇賦，以其結構模式、內容與藝術表現手法來看，都具備了漢散體大賦的基本特徵。它和〈子虛〉、〈上林〉不僅在主題、結構、修辭上類似，還可能有影響二賦的淵源關係。〔註 57〕李日剛認爲〈七發〉已脫離《楚辭》的羈絆，爲漢賦正式形成的第一篇作品。〔註 58〕前人雖以「七」「賦」分立，但以今日標準來看，「七」與「賦」實渾然無別，而其自成一類之因，乃在於仿製之文眾多。今以《文選》與《全漢賦》所收七類之文及殘篇作一簡單之試析：

篇　　名	作　　者	答問主客	主　　旨
七發	枚乘	楚太子、吳客	欲望與德行的衝突
七啓	曹植	玄微子、鏡機子	出世和入世的衝突
七命	張協	沖漠公子、殉華大夫	出世和入世的衝突
七激	傅毅	徒華公子、玄通子	出世和入世的衝突
七辯	張衡	無爲先生、虛然子	出世和入世的衝突
七喻	徐幹	逸俗先生、賓客	出世和入世的衝突
七釋	王粲	潛虛丈人、大夫	出世和入世的衝突

枚乘創作〈七發〉目的是爲了諷諫統治者戒除奢靡的生活，告誡他們應厚招人才以爲輔佐，還要在思想上根治諸侯王的頹靡之病。至於曹植，則藉由鏡機子最終說服玄微子由出世轉而入世，表達了自己欲仕的雄心壯志，其後王粲〈七釋〉與徐幹〈七喻〉主題也大致相仿。至此，「七」體文「出世」與「入世」的主題在建安時代固定下來。兩晉「七」體文如陸機〈七微〉與

家所長」之抽象意義；又有自神話思維觀點來詮釋「七」者，如葉舒憲，認爲數字「七」是神話中的原型意義。以上諸家說法，可詳參張福政：〈試論《文選》的「七」類〉，《勤益學報》第十四期，頁 353～355 與熊良智：〈「七體」文三說〉，《西南民族學院學報》（哲社版），2002 年 9 月，頁 50～52。

〔註 56〕對於以「七」自成一類的選文分類方法，除摯虞、任昉與蕭統外，西晉傅玄與梁代卞景、無名氏，都有七類作品─《七林》的編集，可說明這樣的選文觀點，在當時是普遍被認同和接受的。但對於這樣的分類法，章學誠提出了懷疑與責難，其於《文史通義・詩教下》云：「《七林》之文，皆設問也。今以枚生發問有七，而遂標爲『七』；則〈九歌〉、〈九章〉、〈九辯〉亦可標爲『九』乎？〈難蜀父老〉亦設問也，今以篇名爲『難』，而別爲『難』體。而〈答客難〉當與同編，而〈解嘲〉當別爲『嘲』體，〈賓戲〉當別爲『戲』體矣。」

〔註 57〕詳可見何沛雄〈子虛、上林與七發之關係〉，《漢魏六朝賦論集》。

〔註 58〕見李日剛：《辭賦流變史》，頁 106。

張協〈七命〉等延續著此一方面繼續發展。由以上表格可見〈七啓〉以降各篇之主旨完全相同，都陳述出世（道）與入世（儒）的衝突，而結果皆爲入世之儒家觀點佔了上風，文中在答問主客的身份安排上，及鋪陳七事的寫法，也近乎雷同，再加上作品以「發」、「啓」、「命」、「激」、「喻」、「釋」等詞名篇，其義也多爲同質。自古以來，知識份子往往在仕與隱之間徬徨，卻又不得不在二者間作抉擇，據「七」體文類內容的寫作特徵推測，這類文章的內容均與政治有關，至少與作者個人的政治觀點相繫，或者是消極地自我表態，或者是爲了宣示更上層樓的志向。

在文章的結構方面，後世七體文章多以〈七發〉爲仿擬的對象：全篇包含八段文字，第一段是序曲，介紹緣起；其後七段是爲正文，鋪陳七事，依次敘寫。這種結構的創制可稱匠心獨具，清代何焯曾評曰：「數千言之賦，讀者厭倦，裁而爲七，移形換步，處處足以回易耳目。」〔註59〕七體的體制，較於大賦來說，顯得清新凝練，讀者也更能夠接受；就內容而言，偏重於描摹飲食、聲色、逸遊等滿足人類心理生理需要的事物，其用意在於以這些世俗的好尚來引誘恬靜寡欲的隱士。從表意來看，七事呈現「六正」「一反」的佈局，前六項主題立場相同，最後則翻案，否定了前六項而肯定末一項，前六者都只是鋪墊，強調聖人「要言妙道」的重要性，最終否定貪懶淫靡才是文章的目的。摯虞〈文章流別論〉亦認爲〈七發〉「雖有甚泰之辭，而不沒其諷諭之義也。」〔註60〕由是可見，「七體」文的創作，除了表象的內容體制之外，潛藏於其中的思想內涵也是值得注意的部分。

〈七命〉是張協擬〈七發〉、〈七啓〉等的一篇賦作。「命」，「召」也，乃以七體的形式，鋪寫事物以召之。陸侃如《中古文學繫年》將張協創作〈七命〉繫於西晉惠帝永康元年（西元300年），《晉書》本傳記載此事云：「於時天下已亂，所在寇盜。協遂棄絕人事，屏居草澤，守道不競，以屬詠自娛。擬諸文士作〈七命〉，其辭曰……世以爲工。」〔註61〕據本傳可知，張協屏居草澤，乃因八王之亂起，西晉國勢日蹙，外有北方戎狄侵擾不斷，內則王室殺戮愈烈，「天下荒亂，百姓餓死」、「權在群下，政出多門」，〔註62〕先是賈后恃寵逞惡，毒死太子，後則趙王司馬倫專權篡位，在統治階級內部傾軋之

〔註59〕語見何焯《義門讀書記》卷四十九，頁947。
〔註60〕語見《全晉文》，頁1905～1906。
〔註61〕見《晉書》本傳，頁1518～1519。
〔註62〕語見《晉書・孝惠帝紀》，頁108。

間，許多文士皆成為犧牲品。〔註63〕值此之際，張協選擇遠蹈山林，棄離禍端，隱居後創寫〈七命〉，於其中設「沖漠公子」與「徇華大夫」二人物，〔註64〕沖漠公子「嘉遁龍盤，玩世高蹈」，是一位隱者；徇華大夫則持世俗觀念，對沖漠公子「陳辨惑之辭」。

　　〈七發〉為「七」體體製之首，〈七命〉在結構上與〈七發〉大同小異，試比較如下：

　　第一段交代人物與問題：〈七命〉中藉由沖漠公子與徇華大夫的一番出世之辯作鋪敘，乃承繼〈七發〉藉楚太子有疾而吳客前來探問為發端，說明楚太子的病因起於安逸享樂，而後引出正文的寫作方法。

　　後面七段是正文，鋪陳七件事，藉由主客問答將各段加以連綴：〈七命〉在正文次序與敘事重點方面，與〈七發〉有所不同，其所陳共七事，為「音曲之呈妙」、「晏居之浩麗」、「田游之壯觀」、「稀世之神兵」、「天下之雋乘」、「六禽珍珠、四膳異肴」、「有晉之融皇風」，前六事皆不能使公子心動，每事之間亦以「余病，未能也」連綴，而末尾以「公子蹷然而興……余雖不敏，請尋後塵」收束；〈七發〉中吳客分述七事以啟發誘導太子，每事之間都以「太子曰：『僕病，未能也。』」連綴，七事成線性結構分佈，逐層遞進，到最後以「渙乎若一聽聖人辯士之言，涊然汗出，霍然病已」結束全文。

　　在內容方面，〈七命〉多承自〈七啟〉，而與〈七發〉有異。〈七命〉中敘事描摹極盡鋪張誇飾之致，更有超越前人七體文的表現，茲舉數例以觀，如敘寫聲色之美的部分，〈七啟〉於琴瑟鐘鼓齊鳴中，描繪佼人舞姿之曼妙；本文則集中寫琴，其云：

> 大夫曰：「寒山之桐，出自太冥。含黃鐘以吐幹，據蒼岑而孤生。既乃瓊爢增峻，金岸崥崹。右當風谷，左臨雲谿。上無陵虛之巢，下無跙實之蹊。搖則峻挺，茗邈苕嶤，晞三春之溢露，溯九秋之鳴飂。雰雪寫其根，霏霜封其條。木既繁而後綠，草未素而先凋。於是構雲梯，陟崢嶸，翦蕤賓之陽柯，剖大呂之陰莖。營匠斲其樸，伶倫均其聲。器舉樂奏，促調高張。音朗號鐘，韻清繞梁。追逸響于八風，采奇律于歸昌。啟中黃之少宮，發蓐收之變商。……（見嚴本，頁1952～1953）

〔註63〕如張華、裴頠、石崇、潘岳、歐陽建、陸機、陸雲等文士於此時先後被害。
〔註64〕「沖漠公子」與「徇華大夫」俱為虛擬之人名。沖漠，沖虛淡漠之意；徇華，《文選》李善注云：「徇，營也；華，浮華」，為營求浮華之意。

此段前半自「寒山之桐」至「草未素而先凋」，詳細鋪述此一孤絕而生的梧桐樹，其險峻風霜的生長環境與習性特徵，「於是構雲梯」至「發蕤收之變商」則敘寫梧桐經由巧匠精良斲削而製成琴器，其聲清韻昂揚，如八方之風與鳳凰齊鳴一般。其後更述及琴音的功能：

> ……若乃龍火西頹，暄氣初收，飛霜迎節，高風送秋。羈旅懷土之徒，流宕百罹之疇。撫促柱則酸鼻，揮危弦則涕流。若乃追清哇，赴嚴節。奏綠水，吐白雪。激楚迴，流風結。悲蒦莢之朝露，悼望舒之夕缺。煢嫠為之擗摽，嬬老為之鳴咽。王子拂纓而傾耳，六馬噓天而仰秣。此蓋音曲之至妙。子豈能從我而聽之乎？」公子曰：「余病，未能也。」（見嚴本，頁 1953）

作者極力騁述琴聲妙曼，羈旅之徒、寡婦、老嫗、仙人王子喬、六馬等，聆聽此至妙之樂，都悸動感泣。再如敘寫寶劍之美，〈七啟〉是以之作為佩飾之物加以描述的，突出其綴珠錯玉、符采流景的外部特徵；〈七命〉則突出鑄劍以神工、服劍得神力，寶劍本身的神通靈性，其云：

> 大夫曰：「楚之陽劍，歐冶所營。邪谿之鋌，赤山之精。銷踰羊頭，鏷鋘鍛成。乃鍊乃鑠，萬辟千灌。豐隆奮椎，飛廉扇炭。神器化成，陽文陰縵。既乃流綺星連，浮彩豔發。光如散電，質如耀雪。霜鍔水凝，冰刃露潔。形冠豪曹，名珍巨闕。指鄭則三軍白首，麾晉則千里流血。豈徒水截蛟鴻，陸灑奔駒，斷浮翮以為工，絕重甲而稱利云爾而已哉！若其靈寶，則舒辟無方，奇鋒異模。形震薜燭，光駭風胡。價兼三鄉，聲貴二都。或馳名傾秦，或夜飛去吳。……（見嚴本，頁 1953）

引文前半言鍛鑄寶劍材質之精美，鍊製過程中更有雷神豐隆、風神飛廉的相助，方能成此神器。「既乃流綺星連」至「名珍巨闕」一段，作者極力摹寫寶劍之美：流光沖天直連繁星、色彩浮動豔麗鑒人，光芒一如閃電，質地精粹一如冰雪，銳利的劍鋒似泉水凝結、閃亮之刃似朝露般明潔，寶劍之形體勝過越王的豪曹劍，其名聲較句踐之巨闕劍來得更加響亮。其後「指鄭則三軍白首」至「或夜飛去吳」段，則寫此劍所具之神力：只要將此寶劍指向鄭國，則其三軍皆懼其威而倏忽白頭；只要向晉國揮去，則可殺戮遍野、血流千里。豈止是能於水中截取斬斷蛟龍鴻雁、陸上擊碎急馳的車馬、斬下空中的飛鳥、裂斷厚重的鐵甲而已？而後更論其靈性：卷舒神速異常，鋒刃絕妙奇異，它

的形狀使薛燭為之震撼，它的光芒使得風胡為之驚駭，這寶劍的聲譽價值更甚二都，它能因吳王無道而飛離，它能使秦王為之傾服。接下來的描寫，使寶劍具有神力能通神性：

> ⋯⋯是以功冠萬載，威曜無窮。揮之者無前，擁之者身雄。可以從服九國，橫制八戎。爪牙景附，函夏承風。此蓋希世之神兵，子豈能從我而服之乎？」公子曰：「余病，未能也。」（見嚴本，頁1953）

這裡將寶劍神化，使之具有靈通性，成為了「希世之神兵」：只要能把持此劍，則無人能夠抵擋，若能擁有此寶劍，則得以稱霸世界，制服九國的諸侯、控禦八方的戎狄，勇武之人皆順從歸附，舉世華夏都誓死效忠。

在〈七命〉所舉「七事」中，最特別的是最末一項的「頌詠晉德」，文中陳述張協仁德和平之政的理想，其云：

> 大夫曰：「蓋有晉之融皇風也，金華啟徵，大人有作。繼明代照，配天光宅。其基德也，隆于姬公之處岐。其垂仁也，富乎有殷之在亳。南箕之風，不能暢其化。離畢之雲，無以豐其澤。皇道昭煥，帝載緝熙。道氣以樂，宣德以詩。教清乎雲官之世，治穆乎鳥紀之時。王獻四塞，函夏謐靜。丹冥投鋒，青徼釋警。卻馬于糞車之轅，銘德于昆吾之鼎。群氓反素，時文載郁。耕父推畔，魚豎讓陸。樵夫恥危冠之飾，輿臺笑短後之服。六合時邕，巍巍蕩蕩。玄齠巷歌，黃髮擊壤。解羲皇之繩，錯陶唐之象。若乃華裔之夷，流芳之貊。語不傳于輶軒，地不被于正朔。莫不駿奔稽顙，委質重譯。⋯⋯（見嚴本，頁1954）

此處前半自「蓋有晉之融皇風也」至「函夏謐靜」，張協極力頌詠大晉皇朝以德為本、廣施仁愛的惠澤，以詩樂教化萬民，更超越了殷周盛世，此際王道充塞四方，華夏祥和安寧。而後「丹冥投鋒」至「委質重譯」一段，描寫的是民間安居樂業、人民反璞歸真，四處禮樂盛行，邊境安然、眾夷歸服的景象。除了人以外，物類也受到大德的澤披同歸感服，表現「萬物烟熅，天地交泰」的現象：

> ⋯⋯于時昆蚑感惠，無思不擾。苑戲九尾之禽，園棲三足之鳥。鳴鳳在林，夥于黃帝之園。有龍遊淵，盈于孔甲之沼。萬物烟熅，天地交泰。羲懷靡內，化感無外。林無被褐，山無韋帶。皆象刻于百工，兆發乎靈蔡。搢紳濟濟，軒冕藹藹。功與造化爭流，德與二儀

比大。」言未終，公子蹶然而興，曰：「鄙夫固陋，守此狂狷。蓋理有毀之，而爭寶之訟解；言有怒之，而齊王之疾瘳。向子誘我以聾耳之樂，樓我以蔀家之屋。田遊馳蕩，利刃駿足。既老氏之攸戒，非吾人之所欲，故靡德而應子。至聞皇風載韙，時聖道凊。舉實爲秋，摛藻爲春。下有可封之人，上有大哉之君。余雖不敏，請尋後塵。（見嚴本，頁1954）

此段前半舉昆蚑、九尾之禽、三足之鳥、鳴鳳、神龍等物類亦感戴晉帝之德惠而爲之順服的例子，說明「義懷靡內，化感無外」，大晉的仁義教化影響普及，無所不在。而後，說明在此盛明之世，人才廣受薦舉徵聘，得以進取立業有所作爲，聽聞至此，適才仍意興闌珊的沖漠公子「蹶然而興」，猛然興致高昂了起來，他說明了剛剛不爲所動的原因，乃是樂音、獵遊、宮館、寶刀、駿馬、美食，這些都是老子所鑒戒的，也不是他所追求的，所以才沒有應從。然而等到聽說皇風淳厚、時世盛明，「舉實爲秋，摛藻爲春」，下有安居樂業的百姓，上有若唐堯般英明的君主，便不禁勃然而興，想跟隨徇華大夫之後了。

張協於作品中正面說明智士於盛明之世應致力於建功立業，有所作爲的道理，且以絕大多數的篇幅，歌頌晉朝的仁德，若將其與撰文之時晉惠帝兇惡殘暴之世相對照，則構成了強烈的反諷，尤其一段頌祝之辭：「至聞皇風載韙，時聖道凊。舉實爲秋，摛藻爲春。下有可封之人，上有大哉之君」云云，實爲辛辣之反語，可說是曲折地表達了張協對現實的不滿，和對盛世的想望。黃侃云：「然則斯篇傷亂憂時。故作頌祝之語，以寄其魚藻之思耳。」〔註65〕是極爲深中肯綮的。文中所云晉世盛明德惠，是張協心目中的理想，他以大晉有德，藉公子聽大夫之言說欲相隨而仕，正面說明「得遇盛世則祿」的道理，鼓吹士人應於有德之世廣立功業，也反映出張協內心仍有進取之志。然而對照張協作此文時已然歸隱的事實，暗示他選擇退隱是出於不得已，由於西晉末朝政隳敗，因而不得不棄絕世祿選擇消極退隱，張協以書寫表達了對於惠帝朝之亂世最嚴肅的抗議。

從〈七命〉看來，張協嚮往的是一個具有老子小國寡民的純樸、又有儒家堯舜之世特點的理想社會，對於縱樂逸遊，他也是深致不滿的。此文呈現

〔註65〕語出黃侃：《文選黃氏學》（台北：文史哲出版社，1977年1月），頁174。「魚藻」爲《詩經・小雅》的篇名，共三章。其〈詩序〉云：「魚藻，刺幽王也。言萬物失其性，王居鎬京，將不能以自樂，故君子思古之武王焉。」

張協積極進取的處世態度，透顯出嚮往「皇道昭煥，帝載絪熙，導氣以樂，宣德以詩」的太平盛世，並期望於盛世中建功立業的儒家之志。由張協在隱居後選擇創製「七體」作品，觸及「七體」文「仕與隱」的課題，〔註66〕深察此文中所透顯出的深意，我們可以進一步理解張協棲隱鄉居之時，仍難以忘懷儒家仕進立業的使命，其退隱並非起因於嚮往山林，或秉性玄道而忘懷世俗得失，實為面臨喪亂之際，受限於客觀時代的因素，出於明哲保身之不得已的抉擇。

（二）銘

　　張協的銘文作品一共有七篇，全數集中歌詠兵器之銘文，此外，其尚有〈白鳩頌〉一篇，然其僅存「經仁緯義」一句，〔註67〕實無法俱觀其內容要義，故於此略而不提。張協的創作屬於篆刻於器物之上，以警戒為目的一類的銘文，此類規戒銘文習慣用四言、韻語的方式呈現。題寫或勒刻在身邊日常器物或居室的，可稱作器物居室銘；有立石勒刻在某些名山大川的，可稱山川銘；此外，還有題寫後置於身邊座旁，以備隨時觀覽提醒自己的，稱為座右銘。〔註68〕從風格特點來說，〈文賦〉云：「銘博約而溫潤。」博約溫潤是指「意深而文省」，〔註69〕銘文的寫作應該是在內容充實的基礎上，寫得文句簡約，而又語出溫和、圓潤。

　　張協之兵器銘屬於器物銘的範疇，器物銘的起源很早，在先秦時即已出現，如《禮記》中載有所謂商湯時代的〈盤銘〉：「苟日新，日日新，又日新。」這類銘文一般多是以物寓意，從某些器物的性質、功用出發，而後聯想到人事活動上，而寫出哲理性的短語，用以勸勉和自警。如其〈露拍刀銘〉：

　　　　露拍在服，威靈遠振。遵養時晦，曜德崇信。（〈露拍刀銘〉，見嚴本，
　　　　頁 1954）

〔註66〕「七」體起自〈七發〉，其與東漢劉廣世〈七興〉、崔琦〈七蠲〉都屬「問疾」
　　　　類作品，東漢傅毅〈七激〉開拓「七」體範疇，將「招隱」列為題材，東漢
　　　　以後，以「招隱」為主題的作品取代「問疾」而成為「七」體作品的主流。
〔註67〕見嚴本，頁 1954。
〔註68〕引自褚斌杰：《中國古代文體學》，頁 428～429。
〔註69〕《文選》五臣張銑注：「博謂意深，約謂文省。」又《文心·銘箴》云：「銘
　　　　兼褒讚，故體貴弘潤。」又林琴南於《春覺齋論文·流別論四》釋劉勰之「體
　　　　貴弘潤」云：「弘潤非圓滑之謂也，辭高而識遠，故弘；文簡而句澤，故潤。」
　　　　轉引自褚斌杰：《中國古代文體學》，頁 436。

此篇銘文首先說明露拍刀威名遠播，並聯想到我們為人處世就應如同露拍刀一樣，在不如意時暫時退隱，以等待時機重新奮起，只要我們崇信尚義，就會有顯露德行、得到重用的一天。

　　此外又有一類器物銘文，它不是帶有針砭、警戒性質的，這類銘文實際上是在詠物、贊物，其所以稱「銘」，只是取古代所謂「作器能銘」的含意，按其內容性質實際是與「贊」體相通的。〔註70〕張協的兵器銘中也有這一類的作品，如其〈泰阿劍銘〉、〈把刀銘〉、〈文身刀銘〉、〈手戟銘〉、〈長鋏銘〉與〈短鋏銘〉，先看〈泰阿劍銘〉：

> 泰阿之劍，世載其美。淬以清波，礪以越砥。如玉斯曜，若影在水。
>
> 不運自肅，率土從軌。（〈泰阿劍銘〉，見嚴本，頁1954）

泰阿劍是吳國干將所鑄的寶劍，載籍中極多與泰阿劍相關的傳說，記述泰阿劍的神妙軼事：若將此劍沒入水中，則可以擾動水波，若將它拿來磨，則能將磨刀石由粗磨細，由是可見此劍的鋒利。它就如同玉石一般光潔閃耀，如同在水中的倒影一樣清澈，這泰阿劍更具有神力，不必舞動它兵亂就自動止息，擁有了它就能夠引領國家步上治世的軌道。再讀其〈把刀銘〉：

> 奕奕名金，昆吾遺璞。裁為把刀，利亞切玉。時文斯偃，含精內爥。
>
> 成助雖化，武不可黷。（〈把刀銘〉見嚴本，頁1954）

這篇銘文是在頌詠把刀，它的材質是由昆吾山上赤銅鍛造而成的，〔註71〕刀刃極為鋒利，以之切玉易如割泥一般，並形容刀上覆蓋了雕刻的紋飾，以這把刀的勇武，我們絕不可輕慢它。再看〈文身刀銘〉與〈手戟銘〉：

> 寶刀既成，窮理盡妙。斂文波迴，流光電照。（〈文身刀銘〉）
>
> 錟錟雄戟，清金練鋼。名配越棘，用過干將。嚴鋒勁校，摛鍔摧芒。
>
> （〈手戟銘〉，以上俱見嚴本，頁1954）

〈文身刀銘〉是從寶刀完成後開始形容，言其聚集的紋飾迴環往復，揮舞文身刀時的光芒就如同電光一般閃耀。〈手戟銘〉則是與〈把刀銘〉相類，從製戟的材料談起，手戟是武器的一種，為戈和矛的合體，兼有勾、啄、撞、刺四種功能，裝於木柄或竹柄上。出現於商、周，盛行於戰國、漢、晉各代，南北朝後漸被槍取代，轉而為儀仗、衛門的器物。此銘將手戟與越棘並提，

〔註70〕參褚斌杰：《中國古代文體學》，頁430～431。

〔註71〕「昆吾」據《山海經·中山經》郭璞注云：「此山出名銅，色赤如火，以之作刃，切玉如割泥也；周穆王時西戎獻之，尸子所謂昆吾之劍也。」

更認爲它的功用勝過干將劍，並稱道此手戟的利刃鋒芒逼人。〈長鋏銘〉與〈短鋏銘〉也屬此類：

> 五才並建，金作明威。長鋏陸離，弭凶防違。素刃霜屬，溢景橫飛。
> （〈長鋏銘〉）

> 器用多品，詭制殊觀。亦有短鋏，清暉載爛。昔在先朝，戢兵靜亂。
> 惟皇寶之，優而弗玩。（〈短鋏銘〉，以上俱見嚴本，頁1954）

「鋏」就是劍，長鋏是一種刀身鋒長的劍。文中「長鋏陸離」句乃化用《楚辭・九章・涉江》中「帶長鋏之陸離兮，冠切雲之崔嵬」而來，張協於其〈雜詩〉十首之七也用到「長鋏鳴鞘中，烽火列邊亭」。〈長鋏銘〉與〈短鋏銘〉這兩篇銘文都分別提到了長鋏與短鋏的用處：長鋏可以弭平凶難，作爲防衛之用；短鋏可以止住兵亂之事。其又形容長鋏劍刃的鋒利，如同寒烈之冰霜一樣，倘若揮舞它的話，則眼前的影像就好像被利刃劃開，四處飛散一般。

　　張協的銘文多屬晚期隱居後作品，從這眾多兵器銘的寫作，我們得以探查出其中蘊含的特別意義：即是縱然已經退隱山林，但透過頌詠兵器之銘文，不難看出張協內心深處，仍保有進取之心，正如同先代王粲、曹植曾應魏武帝之命創製兵器之銘文，〔註72〕透過歌詠兵器之驍勇而展現滿懷抱負與高遠壯志一般。若將張協此類銘文與同一時期作品〈七命〉並觀，更可以明白張協之隱，並非出於傾慕莊老之道，而是在面臨天下之已亂，悲痛儒禮大道不行之際，消極地棄絕人事，拋下萬般煩擾，以求全身而退。永嘉初年復徵黃門侍郎，張協守道不競，託疾不就而終老於家，此實是耿介士人不違背正道的表現。

第四節　張協文章之藝術特色

一、隸事繁富廣博

　　文章隸事最早是在史書中出現，多是記錄諸侯朝聘的相接之辭，〔註73〕至漢代開始盛行。〔註74〕典故的運用旨在以少總多，即以極精鍊的語言，概

〔註72〕此類銘文如王粲〈刀銘〉、曹植〈寶刀銘〉，以上分見〈全後漢文〉與〈全三國文〉，頁96、1154。

〔註73〕見十三經注疏（阮元刻本）《禮記・經解》云：「屬辭比事，《春秋》教也。」鄭玄注曰：「《春秋》多記諸侯朝聘會同，有相接之辭，罪辨之事。」，頁845。

〔註74〕劉勰於《文心・才略》云：「自卿淵以前，多俊才而不課學，雄向以後，頗引

括極豐富的內容，使讀者在歷史故實中曉諭詩文中所包含之意蘊，達到言約意豐的效果，同時，典故可使文學語言更為含蓄，具言有盡而意無窮之美。有所變化的用典還能增強文學作品中的含意和美感。《文心・事類》云：「蓋文章之外，據事以類義，援古而證今者也。」〔註75〕因為典故的宏大饒富，才形成「麗辭之益」，顯得辭采富妍。

魏晉唯美文風盛行，促使文章力求典雅華美，「典雅」正是運用典故的效果之一。為力求意象華美動人，以精鍊的文辭表現繁巧的用典乃成為六朝駢賦的特色。張協文章中使用典故廣博繁富，無形中拓展了文章的意境內涵。如其〈七命〉中云寶劍之一段：

> 楚之陽劍，歐冶所營。邪谿之鋌，赤山之精。銷踰羊頭，鏷鋣鍛成。乃鍊乃鑠，萬辟千灌。豐隆奮椎，飛廉扇炭。神器化成，陽文陰縵。既乃流綺星連，浮彩豔發。光如散電，質如耀雪。霜鍔水凝，冰刃露潔。形冠豪曹，名珍巨闕。指鄭則三軍白首，麾晉則千里流血。豈徒水截蛟鴻，陸灑奔駒，斷浮翩以為工，絕重甲而稱利云爾而已哉！若其靈寶，則舒辟無方，奇鋒異模。形震薛燭，光駭風胡。價兼三鄉，聲貴二都。或馳名傾秦，或夜飛去吳。是以功冠萬載，威曜無窮。揮之者無前，擁之者身雄。可以從服九國，橫制八戎。爪牙景附，函夏承風。此蓋希世之神兵，子豈能從我而服之乎？（見嚴本，頁1953）

其中引用極多典故，如「陽劍」、「歐冶」、「薛燭」、「風胡」、「鍛成」、「陽文陰縵」、「豪曹」、「巨闕」、「三軍白首」、「千里流血」、「二都」、「夜飛去吳」等，分別出自《越絕書》、《淮南子》、《後漢書》、《吳越春秋》、《列子》等書。〔註76〕同時文中也運用許多細密的專業用語，如云鑄劍材料之「鐵」，含括

書以助文。」頁700。「雄向」即揚雄、劉向，「引書以助文」即「引錄成言、綜輯故事」。由是可知，漢代以來文士多在文章創作中引用成語古事。詩歌之用典不與賦同時，詩歌用典始於先秦詩文，於《詩經》中已可窺見用典之端倪。

〔註75〕語見《文心・事類》，頁614。

〔註76〕「陽劍」、「歐冶」、「薛燭」、「風胡」之典可見《越絕書》：「楚王召風胡子而問之曰：『寡人聞吳有干將，越有歐冶子。寡人欲賁邦之重寶，請此二人作為鐵劍，可乎？』於是風胡子之吳，見歐冶、干將，使之作鐵劍三枚。一曰龍淵，二曰太阿，三曰工市。」「鍛成」之典可見《文選》李善注引謝承《後漢書》云：「孝章皇帝賜諸尚書劍，手自署姓名，尚書陳寵，濟南鍛成。」頁638；「陽文陰縵」之典可見《文選》李善注引《吳越春秋》：「干將者，吳人。造劍二枚，一曰干將，一曰莫耶。莫耶者，干將之妻名也。干將曰：『吾師之作

「鋌」、「銷」、「鏷」、「羊頭」等不同的等級；〔註77〕冶鍊生鐵至鍛造利劍過程的不同階段之術語，包括「鍊」、「鑠」、「辟」、「灌」等，充分表現出作者對於寶劍的廣泛知識，其列舉冶鐵鑄劍的過程、鑄劍相劍的名師、及歷史上與寶劍相關的史事等，除了能豐富文章內容，深化文章的寓意之外，也更增添了文章的說服力。再如寫「樂曲之至妙」段云：

> 器舉樂奏，促調高張。音朗號鐘，韻清繞梁。追逸響于八風，采奇律于歸昌。啓中黃之少宮，發蕤收之變商。若乃龍火西積，暄氣初收，飛霜迎節，高風送秋。羈旅懷土之徒，流宕百罹之疇。撫促柱則酸鼻，揮危弦則涕流。若乃追清哇，赴嚴節。奏綠水，吐白雪。激楚迴，流風結。悲蔓英之朝露，悼望舒之夕缺。鷟鷟為之掉摽，嫗老為之鳴咽。王子拂纓而傾耳，六馬噓天而仰秣。此蓋音曲之至妙。（見嚴本，頁1953）

此段張協運用《楚辭》、《尸子》、《風俗通》、《韓詩外傳》、《禮斗威儀》、《廣雅・釋樂》、《呂氏春秋》、《古樂經傳》、《禮記》、《田俅子》、《列仙傳》、《孫卿子》等古籍中關於樂音的記載，〔註78〕讀者不僅能「括盡律呂源流」，同時

冶也，金鐵之類不銷，夫妻俱入冶爐之中。』莫耶曰：『先師親爍身以成物，妾何難也。』於是干將夫妻乃斷髮湔爪，投之爐中，使童女三百鼓橐裝炭，金鐵乃濡，遂以成劍。陽曰干將，而作龜文；陰曰莫耶，而漫理。干將匿其陽，出其陰而獻之闔閭。闔閭甚重之。」頁638；「豪曹」、「巨闕」之典見於《文選》李善注引《越絕書》：「越王取豪曹，薛燭曰：『豪曹非寶劍也。夫寶劍五色並見，莫能相勝，曹已擅名矣，非寶劍也。』王取巨闕，曰：『非寶劍也。夫寶劍者，金錫和銅而不離。今巨闕已離矣，非寶劍也。』」頁638～639；「三軍白首」、「千里流血」之事可見《文選》李善注引《越絕書》：「楚王作鐵劍三枚，晉、鄭聞而求之，不得。興師圍楚之城，三年不解。於是楚引太阿之劍，登城而麾之，三軍破敗，士卒迷惑，流血千里。晉、鄭之軍頭畢白也。」頁639；「二都」之典見於《文選》李善注引《越絕書》：「句踐示薛燭純鈞曰：『客有買之者，有市之鄉二，駿馬千匹，千戶之都二，可乎？』薛燭曰：『雖傾城量金，珠玉滿河，猶不得此一物，況有市之鄉二，駿馬千匹，千戶之都二，何足言哉？』頁639；「夜飛去吳」之典可見《文選》李善注引《越絕書》：「闔廬無道，湛盧之劍去之入水。行湊楚，楚王臥而設湛盧之劍也。秦王聞而求之，不得，興師擊楚，曰：『與我湛盧之劍，還師去汝。』楚王不與。」頁639。

〔註77〕《文選》李善注引《淮南子》：「苗山之鋌，羊頭之銷，雖水斷龍舟，陸剸兕甲，莫之服帶。」

〔註78〕此段用典之例，如「號鐘」可見李善注引《楚辭》：「操伯牙之號鐘兮，挾秦箏而彈徽。」頁638；「繞梁」可見李善注引《尸子》：「繞梁之鳴，許史鼓之，非不樂也。墨子以為傷義，故不聽也。」頁634；「八風」之典可見李善注引

發出：「細讀之，其淵博眞不可及。宜乎枚、曹之外，獨存此八篇」的感嘆，
〔註79〕這也反映出辭賦家鋪采摛文之際也能夠逞才示學的一面。

　　張協文章中的用典多以偶句呈現，且用典繁富，甚而常有一句一典，兩
兩對出的情況，如上文所舉「形冠豪曹，名珍巨闕。指鄭則三軍白首，麾晉
則千里流血」；「形震薛燭，光駭風胡。價兼三鄉，聲貴二都。或馳名傾秦，
或夜飛去吳」；「音朗號鐘，韻清繞梁。追逸響于八風，采奇律于歸昌。啓中
黃之少宮，發蓐收之變商」；「奏綠水，吐白雪。激楚迴，流風結。悲蓂荚之
朝露，悼望舒之夕缺。㷀嫠為之擗摽，嬬老為之嗚咽。王子拂纓而傾耳，六
馬噓天而仰秣」各段，都呈現句句有典，駢偶句中典故對印的情況。除此之
外，張協也善「反用典故」，如寫「駿馬」，以「陽烏為之頓羽，夸父為之投
策」，以敘寫月中三足之烏斂翅不飛、逐日的夸父為之投杖不行，來反襯出駿
馬奔馳的飛快神速。能於文中運用大量典故，卻又自然鎔鑄於詞句之間，絲
毫無有匠氣斧鑿之跡，更顯示張協於隸事上已臻純熟精巧的境界。

　　劉永濟《文心雕龍校釋》論用典與其藝術效果云：「用典所貴，在於切
意，切意之典，約有三美，一則意婉而盡，而則藻麗而富，三則氣暢而凝。」
〔註80〕「意婉而盡」指的是用典能增益詩意的含蓄與深度，作者於詞面上的
未盡之意，往往通過典故的運用委婉地表達出來，即以極少的字句反映曲折
複雜的內在含意；「藻麗而富」則強調用典的裝飾性，大量典故經由靈活改
造之後，成為豐富多采的麗辭佳句，融匯到作品中，構成典雅華美的語言風
格；「氣暢而凝」是言用典能使文氣暢達而又能有所收束。切當地用典，乃
是從深度和廣度提高了駢文的審美內涵。張協文章中的用典雖用舊事而能「莫
取舊辭」，將典故鎔鑄於新辭之中，再益以對偶之筆法展現，字句婉轉流暢，
實別出心裁。

　　《風俗通》：「聲所以五者，係五行也。音所以八者，係八風也。」頁634；「歸
　　昌」之典可見李善注引《韓詩外傳》：「鳳舉（鳴）曰上翔，集鳴曰歸昌。」
　　頁634；「少宮」之典可見李善注引《禮斗威儀》：「少宮主政。」頁634；「蓐
　　收」之典可見李善注引《禮記》：「孟秋之月，其神蓐收。」頁634；「蓂荚」
　　之典可見李善注引《田俟子》：「堯為天子，蓂荚生於庭，為帝成曆。」頁635；
　　「王子」之典可見李善注引《列仙傳》：「王子喬，周靈王太子晉也。吹笙則
　　鳳鳴。」頁635；「仰秣」之典可見李善注引《孫卿子》：「昔者瓠巴鼓瑟，而
　　鱏魚出聽。伯牙鼓琴，而六馬仰秣。」頁635。
〔註79〕以上俱引自何焯《義門讀書記》卷四十九，頁947。
〔註80〕引自劉永濟：《文心雕龍校釋·麗辭校釋》，（台北：華正書局，1974年10月），
　　　　頁146。

二、想像奇絕詭異

　　張協文章中常可見充滿特殊的想像，多是透過「夸飾」的寫作筆法傳達。夸飾是「增」的工夫，〔註81〕詩文中運用「增」以加重形容的程度，而使人更有感受，這種「增」法即為「夸飾」的起源。「夸飾」是文章當中誇張鋪飾，超越了客觀事實，其產生的主觀因素乃作者欲「出語驚人」，客觀因素則為讀者之「好奇心理」。〔註82〕作者常為吸引讀者，而事增其實、辭溢其真，以誇張驚人之語聳動人心，進而滿足讀者的好奇心。〔註83〕劉勰於《文心‧夸飾》中云：「形器易寫，壯辭可得喻其真。」「壯辭」即為誇張的語言，藝術的誇張想像，可以突顯事物的特徵，把事物描摹得更為生動，更能表現出事物的真實本質。運用夸飾想像的手法，可以增加文章的可讀性與文字的藝術感染力，但不能踰之太過，太過則名實兩乖，反而喪失聯想之美。〔註84〕自宋玉以來，賦家便大量在文章中運用誇飾想像，〔註85〕其寫作原則是「夸而有節，飾而不誣」、「不以文害辭，不以辭害意」，〔註86〕即是誇飾想像要有所節度，應當簡潔精鍊，不可「侈靡過實」，甚至誇過其理而「事義睽剌」。

〔註81〕「夸張」一詞見於舊題列禦寇所著《列子》一書中，從理論上探討誇張的問題，則始於東漢王充，其後為西晉左思與南朝之劉勰。王充在《論衡》中有〈語增〉、〈儒增〉、〈藝增〉三篇論到誇張，而以「增」為名。

〔註82〕參黃水雲：《六朝駢賦研究》，頁247～248。

〔註83〕運用誇飾想像，也是在文辭上有所創新的方法，如《文心‧通變》所言：「夫誇張聲貌，則漢初已極，自茲厥後，循環相因，雖軒翥出轍，而終入籠內。枚乘七發云：通望兮東海，虹洞兮蒼天。相如上林云：視之無端，察之無涯，日出東沼，月生西陂。馬融廣成云：天地虹洞，固無端涯，大明出東，月生西陂。揚雄校獵云：出入日月，天與地沓。張衡西京云：日月於是乎出入，象扶桑於濛汜。此並廣寓極狀，而五家如一。諸如此類，莫不相循，參伍因革，通變之數也。」頁521。

〔註84〕《文心‧夸飾》云：「然夸飾其要，則心聲鋒起，夸過其理，則名實兩乖。若能酌詩書之曠旨，翦揚馬之甚泰，使夸而有節，飾而不誣，亦可謂之懿也。」頁609。

〔註85〕《文心‧夸飾》云：「自宋玉景差，夸飾始盛，相如憑風，詭濫愈甚。故上林之館，奔星與宛虹入軒；從禽之盛，飛廉與鷂鵲俱獲。及揚雄甘泉，酌其餘波，語瓌奇，則假珍於玉樹，言峻極，則顛墜於鬼神。至東都之比目，西京之海若，驗理則理無不驗，窮飾則飾猶未窮矣。又子雲羽獵，鞭宓妃以饟屈原；張衡羽獵，困玄冥於朔野。變彼洛神，既非罔兩；惟此水師，亦非魑魅；而虛用濫形，不其疏乎！此欲夸其威而飾其事義睽剌也。至如氣貌山海，體勢宮殿，嵯峨揭業，熠燿焜煌之狀，光采煒煒而欲然，聲貌岌岌其將動矣。莫不因夸以成狀，沿飾而得奇也。」頁609。

〔註86〕以上俱引自《文心‧夸飾》，分見頁608、609。

　　細察張協賦作，時常可見其運用寬廣的時空跨度與誇飾、虛構等賦體傳統特徵，其所運用誇飾想像及虛構特性，極力馳騁超越客觀事實，或無中生有，尤其於〈七命〉中，文章細部繕寫詳密，辭藻豐贍綺麗可玩，如寫「天下之雋乘」云：

　　　　天驥之駿，逸態超越。稟氣靈淵，受精皎月。晔媼黑照，玄采紺發。
　　　　沫如揮紅，汗如振血。秦青不能識其眾尺，方埋不能軌其若滅。爾
　　　　乃巾雲軒，踐朝霧，越春衢，整秋御，虯蛹螭騰，麟超龍鷟，望山
　　　　載奔，視林載赴，氣盛怒發，星飛電駭，志陵九州，勢越四海，影
　　　　不及形，塵不暇起，浮箭未移，再踐千里。（見嚴本，頁1953）

此段運用比喻和誇飾的手法，寫出了「天驥」的威猛氣勢，以相馬者不得望其去向，駿馬卻已經穿越時空的誇飾描述；快馬飛馳時連影子都無法追隨其形、其足不著地塵埃不起，甚而連月中之烏與逐日之夸父見其神速都為之斂翅投杖，漏壺上的標尺都還未移動，駿馬卻已奔越千里的誇張譬喻。凡此都是敘寫駿馬奔馳之快速，字裡行間洋溢奔騰躍動之充沛文氣。

　　劉勰概括「七」體之內容云：「觀其大抵所歸，莫不高談宮館，壯語畋獵，窮瑰奇之服饌，極蠱惑之聲色，甘意搖骨體，豔辭動魂識。雖使之以淫侈，而終之以居正，然諷一勸百，勢不自反。」〔註87〕於此段敘述中，劉勰已將七體文誇飾想像的特徵提點出來，〈七命〉中以簡淨之語言，寫景狀物形象生動，若文中寫音樂的感染力、閒居的悠游、田獵的壯觀、劍器的神威等，都能達到繪形繪色、曲盡其妙的境界。其中形容獵物的垂死掙扎云：「鼓鬣風生，怒目電瞱。口齦霜刃，足撥飛鋒」；描繪駿馬的疾馳云：「景不及形，塵不暇起。浮箭未移，再踐千里」，尤其新穎傳神。鍾嶸評張協詩「多巧構形似之言」，於此可見一斑，而本文頗受時人稱道，〔註88〕也實由於此。

　　又如〈安石榴賦〉中，張協將綴滿安石榴果實的枝條以「爛若百枝並燃，赫如烽燧俱燎」誇飾描摹，火紅的安石榴藉由生動的想像勾勒，倏然活躍了起來，這樣具有動態感的神來一筆，使得賦作也為之靈動不已。其又將安石榴果想作一位窈窕之佳人：「爾乃頹萼挺蒂，金牙承蕤，蔭佳人之玄鬢，發窈窕之素姿……素粒紅液，金房緗隔。內憐幽以含紫，外滴瀝以霞赤。柔膚冰潔，凝光玉瑩。」赤紅的果實一如美人雙頰的緋紅，果萼仿若佳人之髮鬢，

〔註87〕語見《文心‧雜文》，頁255。
〔註88〕《晉書》本傳記載：「於時天下已亂，所在寇盜，協遂棄絕人事，屏居草澤，
　　　　守道不競，以屬詠自娛，擬諸文士作〈七命〉，……世以為工。」頁1518～1519。

石榴飽滿的汁液正如同美人凝脂般的柔膚，晶瑩剔透，這樣貼切的譬況想像，怎能不讓人為之心動呢！

　　詳究張協文章創作，多在「空間」、「時間」與「物象」的表現上運用夸飾的手法，馳騁想像以達到奇絕詭異的藝術效果，而動人的文句，經由這樣的創思加工，更成功地傳達出令人為之魂牽神縈的藝術魅力，而成為其文章的一大特色。

三、駢儷精緻工巧

　　中國文字由於具有一字一形體、一字一音節的特性，因此可以兩兩對稱、駢儷成文，而達到美學裡所謂的整齊、均衡、對稱之美。先秦典籍中已有運用對仗之例，時至六朝，對偶則日益工巧，晚期達到了高度成熟的境界。在張協文章作品中，除銘文為四字韻文以外，其餘七篇俱為駢賦，這說明了張協賦作的另一特徵：其極為重視形式上的駢偶儷對之美，變化傳統古賦的藝術形式而致力創作駢賦，文句對仗精緻工巧，駢偶化色彩非常明顯。其駢儷之跡多在詞句、意義與用典上著墨，句型多以「單句對」為主，〔註89〕即大篇幅地單句兩兩相對，形成最基本的文章句式，茲以其〈洛禊賦〉為例：

> 川流清泠以汪濊，原隰蔥翠以龍鱗。游魚瀺灂于淥波，玄鳥鼓翼于
> 高雲。美節慶之動物，悅群生之樂欣。……于是布椒醑，薦柔嘉，
> 祈休吉，蠲百痾。漱清源以滌穢兮，攬綠藻之纖柯。浮素卵以蔽水，
> 灑玄醪于中河。清哇發于素齒，□□□□□□。水禽為之駭踊，陽
> 侯為之動波。（見嚴本，頁 1951）

其中「川流清泠以汪濊，原隰蔥翠以龍鱗」、「游魚瀺灂于淥波，玄鳥鼓翼于高雲」、「美節慶之動物，悅群生之樂欣」、「浮素卵以蔽水，灑玄醪于中河」、「水禽為之駭踊，陽侯為之動波」等句，都呈現工整的對仗句式。除「單句對」之外，張協賦中亦有「偶句對」與「當句對」之構造，〔註90〕偶句對如：

> 傾罍一朝，可以流湎千日。單醪投川，可使三軍告捷。
>
> 南箕之風，不能暢其化。離畢之雲，無以豐其澤。
>
> 鳴鳳在林，彩于黃帝之園。有龍遊淵，盈于孔甲之沼。
>
> （以上俱見〈七命〉）

〔註89〕「單句對」又名「單對」，即單句兩兩相對，此乃對偶最基本之句式。

〔註90〕「偶句對」又名「雙句對」、「隔句對」、「偶對」，即第一句與第三句對，第二句與第四句對之句式。

當句對之例有：

　　「萬」辟「千」灌。

　　「陽」文「陰」嫚。（以上俱見〈七命〉）

如此多樣之對句型式，尤其「偶句對」及「當句對」的巧妙設置，更體現出
賦家營構之用心。此外，張協賦作中尚有「方位對」、「數字對」之例，〔註91〕
「方位對」如：

　　「東」眺虎牢，「西」睨熊耳。（〈登北芒賦〉，頁 1951）

　　陽扉「南」啓，陰軒「北」達。

　　春牖「左」開，秋牕「右」豁。

　　「仰」視雲根，「俯」臨天末。（以上俱見〈玄武館賦〉，頁 1952）

　　天漢「西」流，辰角「南」傾。

　　「內」憐幽以含紫，「外」滴瀝以霞赤。

　　（以上俱見〈安石榴賦〉，頁 1952）

　　「右」當風谷，「左」臨雲谿。

　　「上」無陵虛之巢，「下」無跖實之蹊。

　　「仰」折神藥，「俯」采朝蘭。

　　「內」無疏蹊，「外」無漏紋。

　　「仰」傾雲巢，「俯」殫地穴。

　　荊「南」烏程，豫「北」竹葉。

　　義懷靡「內」，化感無「外」。（以上俱見〈七命〉，頁 1952～1954）

運用「數字對」者，如：

　　洪幹「十」圍，脩枝「百」尋。（〈玄武館賦〉，頁 1952）

　　耀靈葩于「三」春，綴霜滋于「九」秋。（〈安石榴賦〉，頁 1952）

　　晞「三」春之溢露，溯「九」秋之鳴飆。

　　應門「八」襲，旋臺「九」重。

　　表以「百」常之闕，園以「萬」雉之墉。

　　「千」鍾電釂，「萬」隧星繁。

　　價兼「三」鄉，聲貴「二」都。

　　從服「九」國，橫制「八」戎

〔註91〕　「方位對」即上下兩句運用方位詞以相對者；「數字對」又名「數目對」，即
　　　　　上下兩句運用數目字以相對者。

　　　志陵「九」州，勢越「四」海。

　　　「六」禽殊珍，「四」膳異肴。

　　　苑戲「九」尾之禽，囿棲「三」足之鳥。（以上俱見〈七命〉，頁 1952
　　　～1954）

另有運用典故以相對偶之「事類對」，〔註92〕如：

　　　追逸響于八風，采奇律于歸昌。

　　　啓中黃之少宮，發蓐收之變商。

　　　悲蔈莢之朝露，悼望舒之夕缺。

　　　王子拂纓而傾耳，六馬噓天而仰秣。

　　　豐隆奮椎，飛廉扇炭。

　　　形冠豪曹，名珍巨闕。

　　　指鄭則三軍白首，麾晉則千里流血。

　　　形震薛燭，光駭風胡。

　　　價兼三鄉，聲貴二都。

　　　或馳名傾秦，或夜飛去吳。（以上俱見〈七命〉，頁 1952～1954）

其他尚有運用陰陽、形狀、顏色、時節、疊字等以相對偶之例，〔註93〕如：

　　　翦蕤賓之「陽」柯，剖大呂之「陰」莖。

　　　「陰」虬負檐，「陽」馬承阿。

　　　「方」疏含秀，「圓」井吐葩。

　　　柔條「夕」勁，密葉「晨」稀。

　　　陵「黃」岑，挂「青」巒。

　　　「水」截蛟鴻，「陸」灑奔駟。

　　　越「春」衢，整「秋」御。

　　　窮「海」之錯，極「陸」之毛。

　　　燀以「秋」橙，酤以「春」梅。

　　　搢紳「濟濟」，軒冕「藹藹」。（以上俱見〈七命〉，頁 1952～1954）

此外，張協賦作中更有在上下兩句中，同時運用兩種以上的對偶句式，更可
見出其巧置之工：

〔註92〕　「事類對」即上下兩句運用典故以成對者。

〔註93〕　「顏色對」又名「彩色對」，爲上下兩句以顏色字以相對者；「疊字對」又名
　　　　　「連珠對」，即上下兩句運用疊字於對句中者。

「陽」扉「南」啓,「陰」軒「北」達。(〈玄武館賦〉,頁 1952)

晞「三」「春」之溢露,溯「九」「秋」之鳴飆。

「春」牖「左」開,「秋」牕「右」豁。

「幽」堂「晝」密,「明」室「夜」朗。

挂歸翮于「赤」霄之「表」,出華鱗于「紫」淵之「裏」。(以上俱見
〈七命〉,頁 1952～1954)

由張協文章眾多駢偶句中的遣詞用字與形式結構,可見其為文之匠心巧
思,與創作技巧之圓熟,因之「駢儷工巧」是張協作品重視藝術技巧的一
大特點。

四、體物細膩入微

鍾嶸於《詩品》中論張協詩「巧構形似之言」,自文學流變的角度探察,
則不能忽略辭賦文學傳統的「體物」手法所給予他的影響,即當時詩歌賦化
的結果。《宋書·謝靈運傳論》論述文學流變曰:「自漢至魏,四百餘年,辭
人才子,文體三變,相如工為形似之言,二班長於情理之說。」〔註 94〕在沈
約心目中,司馬相如是「工於形似之言」的代表,也顯示當時人一致認為「巧
構形似」的詩歌特色,主要是源於賦體文學。「體物」之妙,本是賦家之能事,
《文心·詮賦》謂:「賦者,鋪也,鋪采摛文,體物寫志也。」〔註95〕劉勰又
在〈物色〉中論及「體物」時曰:「體物為妙,功在密附。故巧言切狀,如印
之印泥,不加雕削,而曲寫毫芥。」〔註 96〕「功在密附」、「如印之印泥」與
「曲寫毫芥」說明了巧構形似是對事物細膩刻畫,使其仿似原來面貌,以盡
情詳形,力求景物之貌歷歷在目的寫作技巧。

張協辭賦善於「巧構形似之言」,其〈七命〉中寫景狀物生動靈活,運用
「控引天地,錯綜古今」的辭賦表現手法,無論寫音樂的感染力、閒居的悠
游、田獵的壯觀,劍器的神威等,都能達到繪形繪色,曲盡其妙的境界。如
其「寒山之桐」一段:

寒山之桐,出自太冥。含黃鐘以吐幹,據蒼岑而孤生。既乃瓊巘增
峻,金岸崢嶸。右當風谷,左臨雲谿。上無陵虛之巢,下無跖實之
蹊。搖則峻挺,茗邈苕嶢,晞三春之溢露,溯九秋之鳴飆。霧雪寫

〔註94〕 語見新校本《宋書》,頁 1778。
〔註95〕 引自范文瀾:《文心雕龍註》,頁 134。
〔註96〕 引自范文瀾:《文心雕龍註》,頁 694。

其根，霏霜封其條。木既繁而後綠，草未素而先凋。(見嚴本，頁
1952)

此段寫梧桐之生長環境與特性，並以駢偶形式體物入微，何焯評此段曰：「便
是一篇梧桐賦。」正是表現出「引物連類，能究情狀」的體物特色。再看「希
世之神兵」一段：

神器化成，陽文陰縵。既乃流綺星連，浮彩豔發。光如散電，質如
耀雪。霜鍔水凝，冰刃露潔。形冠豪曹，名珍巨闕。指鄭則三軍白
首，麾晉則千里流血。豈徒水截蛟鴻，陸灑奔駟，斷浮翮以為工，
絕重甲而稱利云爾云爾而已哉！若其靈寶，則舒辟無方，奇鋒異模。形
震薛燭，光駭風胡。價兼三鄉，聲貴二都。或馳名傾秦，或夜飛去
吳。是以功冠萬載，威曜無窮。揮之者無前，擁之者身雄。可以從
服九國，橫制八戎。爪牙景附，函夏承風。此蓋希世之神兵。(見嚴
本，頁 1953)

此段大量運用「明喻」、「暗喻」等修辭手法，引發作者聯翩的想像力，摹景狀
物淋漓盡致。如「流綺星連，浮彩豔發。光如散電，質如耀雪。霜鍔水凝，冰
刃露潔」一段，將神劍晶瑩四射的光芒描繪得格外引人入勝，尤其最後描寫
「鍔」、「刃」兩句，共運用了「霜」、「水」、「冰」、「露」等四個自然意象，不
僅具有體物傳神之妙，更反映出張協「巧構形似」之中，對於鍊字琢句的重視。

　　除了〈七命〉之外，張協的詠物之作〈安石榴賦〉，也充分體現其賦作「善
巧構形似之言」的「體物」特色：

傾柯遠擢，沈根下盤繁莖篠密。豐幹林攢，揮長枝以揚綠，披翠葉
以吐丹。流暉俯散，迴葩仰照。爛若百枝並燃，赫如烽燧俱燎。皦
如朝日，晃若龍燭。晞絳采于扶桑，接朱光于若木。爾乃頳萼挺蔕，
金牙承蕤，陰佳人之玄鬢，發窈窕之素姿。遊女一顧傾城，無鹽化
為南威。于是天漢西流，辰角南傾。芳實纍落，月滿虧盈。爰采爰
收，乃剖乃拆。素粒紅液，金房緗隔。內憐幽以含紫，外滴瀝以霞
赤。柔膚冰潔，凝光玉瑩。漼如冰碎，泫若珠迸。含清冷之溫潤，
信和神以理性。(見嚴本，頁 1952)

此賦在體物的寫作手法上，與〈七命〉中各篇近似，其中「爛若百枝並燃，
赫如烽燧俱燎。皦如朝日，晃若龍燭」，敘寫生動逼真。又將安石榴果晶瑩剔
透的外表與赤紅的汁液與凝脂柔膚的美人相比擬，以美人之衣著髮飾、姿容、

神態等各方面繫聯安石榴之樣態、顏色、特性與內在質地等,悉心著墨、細膩描繪,安石榴之情狀躍然欲出。

由張協賦作中,得見其繼承辭賦善於鋪采摛文,並曲盡體物之妙的賦家本色。張協以文辭藻采展現出物態形貌之美,同時也在「形似」中得其「神似」,其巧施誇飾、善於取譬並鍛鍊字句,使他的文章與詩歌作品極盡「語言之妙」,並具圖象繽紛、意象繁富的藝術效果。其巧構形似的狀物技巧,啟示了西晉、南朝以降的作家,同時成為其後文學創作的審美風尚,功不可沒。

前人以「文麗」來規範張協詩文之整體特色,經由以上的分析,我們可以觀察出其藉由運用廣博繁富的典故、奇異誇飾的想像、變化工巧的對偶與巧構形似的體物技巧,建構其個人作品的特殊風貌。

第五章　三張詩文綜論

第一節　三張生平經歷之比較

一、出身及性格之比較

　　晉初統治集團的成員大多為先世元功大勛的後裔，官僚世襲的現象很突出，西晉區分士人為「勢族」（世族）與「寒素」（素族）兩類，主要是依循仕進方式的不同：前者以世祚、權勢為憑藉進入仕途，而且往往起家即為朝官；後者則主要是憑藉「學業優博」、「德行著稱」而進入仕途。張華、張載、張協在西晉時都屬素族士人，〔註1〕其中張華時代經歷魏末晉初，較張載張協為早。〔註2〕由於進身途徑的不同，造成了學風和士風的各異：素族世人所學主要是經史文章之學，因為他們出身門第較低，為博取德行之譽，多謹身守禮；勢族子弟憑藉父祖之蔭和家族的權貴勢力，承襲了好貴游、尚虛談的風習，大多輕視經史文章之學。〔註3〕

　　自《晉書》本傳言「華少孤貧，自牧羊，同郡盧欽見而器之，鄉人劉放亦奇其才，以女妻焉」，又云「初未知名，著鷦鷯賦以自寄……陳留阮籍見之，

〔註1〕當時「素族」、「寒素」一詞，不若南朝的「庶族」那樣含有低視的意思，正好相反的是，「寒素」在正統輿論上被認可的是「學業優博」（語見《晉書‧張華傳》）、有德有才的標誌。

〔註2〕據陸侃如《中古文學繫年》所載，張華生於魏明帝太和六年（西元232年）。

〔註3〕這種情形，一如傅玄在晉初所上奏章中所云：「百官子弟不修經藝而務交游，未知蒞事而坐享天祿」、「徒繫名於太學，然不聞先王之風」，詳可見《晉書‧傅玄傳》，頁1318。

歎曰：『王佐之才也！』由是聲名始著。」觀之，〔註4〕張華是受到盧欽、阮籍的賞識，而得以步入仕途的。張載、張協之父為蜀郡太守張牧，但依本傳載「載性閑雅，博學有文章」、「太康初，至蜀省父，道經劍閣，載以蜀人恃險好亂，因著銘以作誡⋯⋯益州刺史張敏見而奇之，乃表上其文，武帝遣使鐫之於劍閣山焉」與「載又為濛汜賦，司隸校尉傅玄見而嗟歎，以車迎之，言談盡日，為之延譽，遂知名」看來，〔註5〕張載、張協亦是受到時人的延譽，而有進身的機會。

　　儘管魏晉之際玄風大盛，但朝廷所實行的還是崇儒的政策，也常以文章取士。〔註6〕魏晉之際和西晉的主要文人，如傅玄、張華、左思、陸機、陸雲、張載、張協、張亢、潘岳、潘尼、束皙、皇甫謐、魯褒、王沈、趙至、成公綏、褚陶等人，都屬於寒素士人。有所不同的是，張華、傅玄一代的寒素士人適逢魏晉易代，晉初政治有所革新，且興禮學、尚儒學，再加上規劃滅吳、一統全國這樣的大事，政治上能效力的地方較多，故能廣納寒素士人而易有出頭機會。至於張載、張協的時代，這些寒素世人正值權貴完備自己的政治力量，致力於瓜分權勢的時代，這時的寒素士人面臨的是仕進受阻的局面。針對寒素士人這樣的現實處境，張載曾在〈榷論〉中以微言冷辭，發抒對「世胄躡高位」不平等現象的不滿。〔註7〕

　　西晉寒素士人群體，有著複雜的群體性格：他們熱切功名，具有積極奮進的人生觀，並力求建功立業，如張華〈勵志詩〉為其成名後所作，其中蘊含鼓勵寒素士人上進之意，兼探討當時社會士人之情況；〈答何劭詩〉則反映出上層士人輕文學重清談的實況，其時上層世族士人以虛無為高，寒素士人為求精擅儒業文章，經由薦舉、策試等途徑以致功名，〔註8〕故致力於文

〔註4〕以上俱見《晉書》張華本傳，頁1070。

〔註5〕以上分見《晉書》張載本傳，頁1516、1518。

〔註6〕司馬氏自以出於諸生家，炫耀儒學門風，並且擁此以自重，在政治上更加以崇儒為務，自然也影響到朝廷選用人才的政策。

〔註7〕張載於〈榷論〉中，對當時政治情勢有所分析，說明人才須遇時方成的道理，其意旨近同時王沈〈釋時論〉、蔡洪〈孤奮論〉，皆反映出當時豪族庸人得勢，然寒素俊才仕進不得的境況。又，「世胄躡高位」一語出自左思〈詠史詩〉。

〔註8〕錢志熙認為：西晉社會的舉寒素制度，為承襲魏代尚用功能才幹之士的政策，不同的是，西晉舉寒素是為了維護君權和與之相應的儒學傳統，因而薦舉寒素的依據由功能才幹為主轉為以道德學問為主。從當時的情況來看，舉寒素的根本目的是為了調節皇權與世族、寒族與世族之間的矛盾，而當時素族士人是掌握文化、創造文化的階層，而且是主要的階層，這類士人多以隱居求

學，這些寒素文人是漢末以來博學屬文、勤於著述學風的主要繼承者，可說是漢魏文學的傳人。〔註9〕在入仕後，寒素士人的行為思想多充滿了矛盾，一方面內心積極奮發，然而卻需要在表面上與上層士人同樣保持沖虛的姿態，以邀時譽。何劭稱美張華：「處有能存無」，便是說明其時寒素士人的矛盾狀況。〔註10〕

　　張華是一個性格複雜的人，他一方面「少自修謹，造次必以禮度」，是一位恂恂儒者，另一方面又「勇於赴義，篤於周急，器識弘曠，時人罕能測之」，充滿俠義心腸。在他身上，儒者、玄士、俠義這幾重似乎相當矛盾的身份兼融於一體，主要是在魏晉複雜的政治背景與思潮下培養起來的。在《世說新語》中，關於張華的記事有八條，〔註11〕約略可以「忠直」、「德清」來概括他的人格：依照張華在武帝、賈后朝的治國功勳，以及在西晉政爭中（如伐吳、佐賈后排諸王之事），他克盡職責，一心忠於王室，直言開罪權勢而招致殺身之禍也在所不惜，無怪乎摯虞稱他為「忠良之謀」，「與苟且隨世者不可同世而論」，〔註12〕閻纘稱之「司空張華，道德深遠，乃心忠誠」，〔註13〕他最終的慘死，史臣也不禁歎曰：「忠於亂世，自古為難」了。〔註14〕其次，張華「少自修謹，造次必以禮度」，他雖位高三公，卻不若西晉一般豪貴之貪財淫侈，他「雅愛書籍，身死之日，家無餘財，惟有文史溢於機篋」，〔註15〕居於高位卻能自清，可以見出他完美的人格。總之，退隱的高名易得，堅守職志的清譽難求，在張華的身上，我們能看到士大夫清美的格調。

　　關於張載與張協的文獻記載較少，因而其家世背景、性格特徵無法確知，僅有之文獻史料可詳見第一章第二節之論述。此一現象或可反映當時與後世之人對於三人重視程度的不同。

　　　　志、篤行好學的形象出現，在退居鄉里建立儒學文章的聲譽後，經薦舉而入仕。參見氏著：《魏晉詩歌藝術原論》，頁154～165。
〔註9〕　見錢志熙：《魏晉詩歌藝術原論》，頁165。
〔註10〕「處有能存無」句出自何劭〈贈張華詩〉。
〔註11〕〈德行〉、〈言語〉、〈文學〉、〈品藻〉、〈賞譽〉、〈簡傲〉各一條，與〈排調〉兩條。
〔註12〕語見《晉書》張華本傳，頁1076。
〔註13〕語見《晉書》閻纘傳，頁1351。
〔註14〕語見《晉書》張華本傳贊，頁1079。
〔註15〕以上分見《晉書》張華本傳，頁1068、1074。

二、際遇與交遊之比較

　　西晉初孫吳尚在，張華在群臣反對下力挺晉武帝、羊祜之滅吳行動，最後得以完成統一全國的大業。自華入仕，以其善於疏表檄文，文帝之時，即任中書郎；武帝受禪稱晉，乃拜黃門侍郎，封關內侯，其時張華聲名隆盛，如《晉書》本傳所言：「華名重一世，眾所推服。晉史與禮儀憲章並屬於華，多所損益。當時詔旨皆所草定。聲譽亦盛，有台輔之望焉。又嘗與太傅羊祜力排眾議，共贊伐吳。及滅吳成功，又封廣武侯，遷尚書。」〔註16〕此外，張華鎮撫邊陲，功績卓著，〔註17〕惠帝時，張華進為侍中中書監，封壯武郡公，歷數年為司空，領著作。《晉書》本傳言：

> 賈謐與后共謀，以華庶族，儒雅有籌略，進無逼上之嫌，退為眾望
> 所依，欲倚以朝綱，訪以政事；疑而未決，以問裴頠。頠素重華，
> 深贊其事，華遂盡忠匡輔，彌縫補闕，雖當闇主虐后之朝，而海內
> 宴然，華之功也。〔註18〕

張華力扼諸王權勢之乖張，並補賈后攝政之缺失，使賈后得以不見廢，〔註19〕其安內攘外之績甚偉。張華忠於晉世、輔國功高，然昔伐吳之役與擁立齊獻王攸為太子之事，遭賈充、荀勖嫉怨，後司馬雅及許超欲廢賈后、復太子，為張華、裴頠反對，轉謀於趙王司馬倫與孫秀，趙孫二人密使賈后殺太子以絕雅、超之異心。〔註20〕張華為安定王室，排抑趙王，故司馬倫素疾華如仇，遂於永康元年（西元 300 年）四月廢殺賈后之日，以太子之廢一事，罪責張華「不能死節」，矯詔收華而害之，並夷其三族。〔註21〕張華雖忠於王室，但在諸王、后黨及大族各為私利的政爭中，公忠為國的政治立場卻不是全身的良方，其忠而見殺，甚為時人所扼腕痛惜。〔註22〕

　　相較於張華雖臨大難之兆仍堅守崗位的忠誠殉身，張載與張協所選擇的則是截然不同的人生道路，比之張華的輔國功勳，張載與張協在受到延譽後多任文職。張載在交友上似乎比較謹慎，從史傳材料與張載詩賦贈酬的情況

〔註16〕 見《晉書》，頁 1070。
〔註17〕 詳可參《晉書》孟觀傳、武帝紀之載。
〔註18〕 見《晉書》，頁 1072。
〔註19〕 其事可詳參《晉書》張華本傳、悼武楊皇后傳、裴頠傳。
〔註20〕 趙王與孫秀密謀命太后殺愍懷太子事可見《晉書》司馬倫傳。
〔註21〕 其事可見《晉書》張華本傳，頁 1074。
〔註22〕 張華遇難，朝野甚為震悚，劉頌、閻纘等聞而撫其屍慟哭，其事分見《晉書》
　　　　二人之傳。

來考察，他的交往對象有傅玄、傅咸、虞顯度、棗子琰、左思及張敏，背景多爲知名之文人。雖然張載有可能在惠帝永熙元年（西元 290）到元康初年（西元 291～299）與張華、潘岳同任官職，卻不見他們交往的相關記錄。張載不與張華、潘岳相友，也不選擇賈謐與二十四友相遊，他一生未能躋身廟堂之高，而是長期外任郡國，與他的愼選交遊有關，最終見世方亂，稱疾篤告歸鄉里，以〈七哀詩〉、〈招隱詩〉抒發遷逝之感，申明退隱之志，選擇以窮則獨善其身的潔身自好，來面對殘酷爭鬥的現世的態度，顯示其通變的智慧。

張協選擇的人生道路與其兄張載相近，其入仕較早，任官在轉河間內使之際，已然「清簡寡欲」，〔註23〕張協在朝時眼見朝廷貪祿者眾，爲〈詠史詩〉以刺之，可見得其人格之清廉。值八王之亂起，張協毅然退隱山林，「棄絕人事，屏居草澤，守道不競」。〔註24〕然而值得注意的是，其在隱居後所爲之眾多兵器銘，透顯出其內心慷慨激昂，懷抱不凡之志。益以〈七命〉中所設問答，與沖漠公子最終爲徇華大夫所說服，不難看出在隱居後的張協仍然保有濟世用世之心，或許可以說張協不是道道地地的隱士，他的退隱實出於不得已。張協詩文中沒有酬贈之作，因而除文獻史料之外，亦很難從文學作品中觀察其交遊狀況。

由張載與張協的處世態度，可以看出他們遭遇世事驟變之際以道濟儒，並非堅執固守儒家的人生價值標準，他們在仕於當朝之際，懷抱建功立業的心志與退隱後養眞守道、調和適變的人生智慧，是有別於張華的執著、守一。

第二節　三張詩文創作之比較

一、文學觀念之新變發展

倘若談論到西晉太康時期的文學，人們總習慣以陸機、潘岳、左思等人的作品爲範式，然而如果我們忽視張華的存在與其詩文的貢獻，那麼西晉文壇與太康文學的風貌就不可能形成，在三張中，張華是最重要的關鍵人物。

張華在文學史上的定位，可以說他正是代表了從「言志」到「言情」的中介。詩歌以「情」命題始於建安詩人，徐幹的〈室詩〉、曹植的〈閨情〉，以及二人皆有的〈情詩〉，都是建安文人擬樂府之作。自屈騷「香草美人」之

〔註23〕見《晉書》張協本傳，頁 1518。
〔註24〕見《晉書》張協本傳，頁 1519。

旨以後，士人多刻意求索詩文間所謂「感慨」、「寓意」與「寄託」，但在張華〈情詩〉中，似乎尋求不出香草美人之意，倒是詩評家們稱之以「女郎詩」之類，〔註25〕今讀其「居歡惜夜促，在戚怨宵長」、「不曾遠別離，安知慕儔侶」等句，確實能讓人強烈感受到那種刻骨相思的真實情感。當「情詩」純然是為寫「情」而非寫「意」，也就是詩句間不再有「言此意彼」的時候，我們未嘗不可把它看成是文學觀念新變的一大象徵，而這種特色，在張華的詩文之中昭然若揭。不僅〈情詩〉專注於寫「情」，其祖餞、公宴與贈答等詩，更顯得情意綿綿，如其〈祖道送征西應詔詩〉以「感離嘆淒，慕德遲遲」為結；〈祖道趙王應詔詩〉以「戀德表情，永嘆弗及」為結；〈三月三日後園會詩〉以「于以表情，爰著斯詩」為結；〈答何劭詩〉以「援翰屬新詩，永嘆有餘懷」為結，這在與他同時代的作品中是不常見的。除創作詩文外，即使是承制代筆之作，也時常流露出真摯的情感，如其〈章懷皇后誄〉云：「眇眇遊靈，將焉所之？容光幽邁，豈有反期？杳杳新宮，下絕三泉。茫茫陵域，合體中原。」〈武帝哀策文〉云：「玄宮窈窕，脩夜冥冥。光燈永戢，幽闥長扃。仰訴皇穹，零淚屏營。云誰能忍，寄之我情？結心墳隴，永憑聖靈。」〔註26〕這反映出張華作品之「情多」，同時他也以此傳名。

　　《文選》中收錄張華詩六首，其中包含〈情詩〉兩首；《玉臺新詠》選張華詩七首，包含〈情詩〉五首。〔註27〕江淹〈雜體詩〉三十首，模擬前人風格，其模擬西晉的第一位詩人即為張華，模擬的篇旨就是「張司空離情」，由是可見張華情詩中「情」的成分，已廣泛被齊梁詩人和詩論家所認識。除「情」以外，張華更提出與「情」的表達相關的「盡而有餘，久而更新」的藝術觀念。《晉書・文苑》記載左思〈三都賦〉出云：「司空張華見而歎曰：『班、張之流也！使讀者盡而有餘，久而更新。』」「盡而有餘，久而更新」是張華讚美〈三都賦〉文雖盡但意味無窮，具有長久的藝術魅力，從此更成為詩歌創

─────────────────────────

〔註25〕何焯於《義門讀書記》中稱張華詩：「張公惟此（〈勵志詩〉）一篇，餘皆女郎詩也。」

〔註26〕以上二文俱見嚴本，頁1792。

〔註27〕王闓運評〈情詩〉云：「『巢居』兩句，選言不妍，始知枯桑二語之妙。結二句則意新語苦也。」又說：「『輕裘』句，淒涼如畫。」評〈雜詩・暨度隨天運〉云：「司空琢句，往往逼近唐人，如『死聞俠骨香』、『朱火青無光』是也。」這種琢句之所以逼近唐人，不是一般漢魏詩人可以做到的，其中包含了美學的要求，除了漢魏詩歌中的風骨外，還有張華提倡並在西晉詩壇上逐步形成的「重情」的審美內涵。

作的標的，即詩人如何通過有限的文字，表達無限的思致，歷久彌新。〔註28〕

　　張華之重情尚文，〔註 29〕不僅影響了張載與張協，實際上也影響由魏至西晉詩壇的詩歌美學，使其時詩風由漢魏之質實、慷慨多氣與辭體剛健，向西晉綺靡重情的方向轉變。在這種時代風氣和審美意識的轉變之中，中國詩文就從「言志」轉向「緣情」的時代邁進。他們重情，既要表「情」便求「動人」，若想動人，則不能不講究技巧與文采，於是以張華之重情為開端，輾轉演變至於張協，詩文的形式逐漸轉向展現務為妍冶、巧構形似之言的藝術特色上。

二、詩文創作類型之異同

　　三張的文學創作類型，除詩、賦之外，其他文類亦有所不同，實與個人政治際遇有所關連。三人中以張華的作品種類最為繁多，有表、議、移、書、銘、箴、哀、誄等，主要是源於張華在政治上受到司馬氏的重用，因而在國家典章制度、誥命奏章，與制定朝廷雅樂歌詩上，也有所著力。武帝於泰始五年（西元 269 年）使太僕傅玄、中書監荀勖、黃門侍郎張華各造正旦行禮，及王公上壽酒食舉樂歌詩。張華奉詔所作者，有：〈王公上壽詩〉、〈食舉東西廂樂詩〉十一章、〈正旦大會行禮詩〉四章、〈晉冬至初歲小會歌〉、〈宴會歌〉、〈晉中宮所歌〉、〈晉宗親會歌〉及〈凱歌〉（包含〈命將出征歌〉與〈勞還師歌〉）等。〔註30〕後又於武帝泰始九年（西元 273 年），張華加散騎常侍之際，奉詔作〈正德舞歌〉及〈大豫舞歌〉，〔註31〕凡此奉詔所作之宮廷樂歌，率多為朝會正典所用郊廟歌辭與燕射歌辭。〔註 32〕除宮廷樂歌外，張華尚有應詔

〔註28〕這一美學上的重要命題，後來由劉勰加以闡發，《文心・隱秀》云：「深文隱蔚，余味曲包。」「隱也者，文外之重旨者也；秀也者，篇中之獨拔者也。」「隱之為體，義生文外，密響旁通。」其後鍾嶸也繼承這一命題，並用以解釋「比興」。〈詩品序〉云：「故詩有六義焉：一曰興，二曰比，三曰賦。文已盡而意有餘，興也。」至宋代梅堯臣發展成為作詩的原則和技巧，其云：「必能狀難寫之景，如在目前；含不盡之意，見於言外。」

〔註29〕詳見第二章第三節。

〔註30〕此參酌姜亮夫《張華年譜》與陸侃如《中古文學繫年》二家所載。《晉書・樂志》言其所作「正德」、「大豫」二舞，和「四廂樂歌」十六首、「凱歌」二首。

〔註31〕此依陸侃如《中古文學繫年》所述。張華所作「正德」、「大豫」二舞，和「四廂樂歌」，也充作宮廷之萬舞，為祭祀山川宗廟之用。

〔註32〕張華此類作品中，屬「燕射歌辭」者，有：〈王公上壽詩〉、〈食舉東西廂樂詩〉十一章、〈正旦大會行禮詩〉四章（以上分見逯本，頁 820～822）、〈晉冬至初歲小會歌〉、〈宴會歌〉、〈晉中宮所歌〉與〈晉宗親會歌〉（以上分見逯本，頁

詩歌，亦為四言詩體，如〈祖道征西應詔詩〉、〈祖道趙王應詔詩〉與〈太康六年三月三日後園會詩〉，創作主旨與詩歌內容多以對王朝與帝王之歌功頌德為主，可視為政治文章，其情感內涵自不如其詩文創作。

張載除了詩賦外，尚有頌、論、銘與賦注的創作，以及從事史書《晉書》的編纂。〔註33〕據史籍記載，張載先後三為著作郎，第一次在咸寧年間，第二次在太康年間，第三次領著作郎之確切時間雖然不詳，但知其主要任務是編纂《晉書》。唐本《晉書》本傳記載張載「性閑雅，博學有文章」，可由其所任之職略窺而得。

相較於張華與張載，張協作品的種類顯然不如二人繁富，僅有詩、賦、七、頌、銘五類。雖然創作數量不多，但內容形式極富特色與價值。其中尤其值得稱道的是，張協「七」體之作上承漢代及建安，運用駢儷手法與大量的夸飾想像，甚為可觀。

三、綺靡工巧之風格展現

三張詩文與太康時期的文風大體相同，都具有「綺靡工巧」的時代風格，可以由其作品「摛藻煉字」、「析文儷辭」與「體物窮形」三方面來體察，然而同中又略有相異，得以展現出個人獨到的風格特色。

在詩文摛藻煉字方面，三者中以張華與張協之藝術技巧較高，又以張協之作更為精湛。《詩品》曾云張華為文「其體華豔，興托不奇，巧用文字，務為妍冶」，〔註34〕標舉出張華煉字妍麗的特色。清人何焯以為：「詩家煉字琢句，始於景陽，而極於鮑明遠。」〔註35〕清代劉熙載亦指出：「景陽詩開鮑明遠，明遠遒警絕人。然練不傷氣，必推景陽獨步。『苦雨』諸詩，尤為高作，故鍾嶸《詩品》獨稱之。《文心雕龍・明詩》云：『景陽振其麗。』麗何足以盡景陽哉？」〔註36〕何焯與劉熙載對於張協的善於煉字琢句特別欣賞，甚至

825～826）；屬「鼓吹曲辭」者，為〈凱歌〉（含〈命將出征歌〉與〈勞還師歌〉）（以上分見逯本，頁835～836）；屬「舞曲歌辭」者，為〈正德舞歌〉及〈大豫舞歌〉（以上見逯本，頁838）；另有一屬「雜歌謠辭」者，為〈閭里為消腸酒歌〉。

〔註33〕 王隱《晉書》曰：「載才不經史，能作《晉書》。」依唐修《晉書》，「不」當作「通」。

〔註34〕 見陳延傑《詩品注》，頁20。又明清以來，通行本多作「興托不奇」，曹旭《詩品集注》據諸家宋詩話與明刻宋本校正，知為「多奇」。

〔註35〕 語見何焯《義門讀書記》。

〔註36〕 語見劉熙載：《藝概》，頁83～84。

認為是今古獨步之難得佳作。

在「析文麗辭」的藝術美感上，最為突顯的是詩文中駢句對偶的現象。張華很重視麗辭對偶之美，從《世說‧排調》中張華聞荀鳴鶴、陸士龍二人的玄談共語，樂而撫掌大笑之事，就得以見出麗辭對偶在當時除了是語言修辭的手段，更是一種審美的文學表達藝術，在張華詩中「洪鈞陶萬類，大塊稟群生」等駢句就是此類美感的展現。然而張華在麗辭上亦有未臻精妙之處，宋代范晞文就曾指出其詩文中兩處對偶的不足，其云：「張茂先『穆如灑清風，渙若春華敷』、『屬耳聽鶯鳴，流目玩倐魚』以對言之，則當曰『清風灑』、『聽鳴鶯』也。古對間當如此，亦楚辭『蕙肴蒸兮蘭藉，奠桂酒兮椒漿』。」〔註37〕劉勰也曾指出「駢枝」的問題：「張華詩稱『游雁比翼翔，歸鴻知接翮』……斯若重出，則對句之駢枝也。」〔註 38〕雁與鴻同類，比翼與接翮意同，二句將意思重複的詩句堆疊在一起，是張華駢句語法中較為不完美之處。

比之於張華，張載和張協在析文麗辭方面還是具有較高的藝術成就，尤其張載的〈濛汜池賦〉更是綺麗可頌，其所鋪陳之筆法具有漢大賦的氣派風格，從對偶藝術方面考察，遣詞造句洗練雅潔，已然是一篇成熟的駢文作品。張協駢偶功力更不容小覷，其所為六篇賦作，俱為通篇駢偶之駢賦作品，其詩句中亦常見駢儷之跡，且甚為工整巧麗。

在「體物窮形」方面，三者均表現出太康詩人「睹物興辭」的創作特質，張華的〈鷦鷯賦〉、張載〈濛汜池賦〉與〈羽扇賦〉，益以張協〈登北芒賦〉，都是其中的佳構。此外，他們也藉由鋪陳排比、力求寫實，更進而臻至得其形似、神似的創作特色，這方面張協自是箇中翹楚，《詩品》極言其「巧構形似之言」，鮑照之「善貴尚巧似」，亦源於其得景陽之俶詭，故能制形容寫物之詞。三張作品中，張華〈鷦鷯賦〉、張載〈醹酒賦〉與張協〈安石榴賦〉，都是藝術價值很高的詠物體物之作，詩歌中以張載〈登成都白菟樓詩〉最能表現出窮形盡相的藝術之美，尤其詩中廣泛用典，更增益文意的密度與內涵。

張協善於「巧構形似」的藝術特色，不只影響鮑照，在謝靈運、顏延之詩歌中也能看出二人受到張協詩歌的啟示，更對於晉宋之際標舉「文貴形似」的寫作特色有所啟發。

〔註37〕語見范晞文：《對床夜語》卷一，見《歷代詩話續編》上（北京：中華書局，1983 年），頁 409。

〔註38〕語見《文心‧麗辭》。

四、詩文哲思與人生實踐

從三張詩文中，可以體察出三人先後都曾受到儒家與道家思想影響的軌跡，但以人生歷程相較量，則可見出張華、張載與張協三人，實具有三種不同的人生實踐方式。

由張華早年尚未出仕時所作〈鷦鷯賦〉中，〔註39〕顯而易見莊老柔弱恬退以自適、抱樸守素的心志，與主張「動翼而逸，投足而安。委命順理，與物無患」的生命哲學；然而在其樂府詩當中，卻又展現不同的風貌，表現出儒家奮進用世的企圖心與不凡的壯士氣概。又其詩歌中多用道家言者，如〈遊俠篇〉：「我則異於是，好古師老彭」、〔註40〕〈遊獵篇〉：「遊放使心狂，覆車難再履。伯陽爲我誡，檢迹投心軌」，〔註41〕多以道家之語收束，再看張華與何劭贈答之作，尤多道家恬淡之辭，如第二首：「洪鈞陶萬類，大塊稟群生。明暗信異姿，靜躁亦殊形。」全用莊理，實可比東晉玄言之作。此類詩中充滿欲歸鄉里的退隱思想，然對照現實情況，張華終究沒有從政治場中抽身的念頭，最後在儒與道、仕與隱之間進退維谷，竟使自己死於八王爭戰之中。

相較於張華，張載與張協就幸運得多，他們二人最終都選擇告歸鄉里，隱居山林之間，而得以在亂世中全身而退，然而張載與張協的退隱，還是有著不同程度上的意義。由張載早期所作〈榷論〉中，不難看出熾烈的進取之志，他藉由探討時機遇合，申發出自己欲有所作爲的抱負。再看張載晚年所作的〈招隱詩〉與〈七哀詩〉，敍說今非昔比的蒼涼，與人間多累、不如歸去的感嘆，以及置身山林中逍遙自適的灑脫胸懷，正是張載獨善其身的眞實寫照，他是三人中唯一退隱的眞正實踐者。再觀張協，由其在仕宦時以〈詠史詩〉刺貪祿之事，可見出張協具有的凜然大義，最後他雖然也因世亂而託疾歸里，然而從其晚年隱居後所作充斥儒家進取思想的〈七命〉，與眾多兵器銘來看，張協內心的奮進情志實未泯滅，對於儒家經世濟民的理想仍有所嚮往，其之歸隱實出於不得已也，與張載之豁達引退有所不同。

〔註39〕此以《晉書》之說爲主，詳可參第二章第三節。
〔註40〕老子第二十三章：「我獨異於人，而貴食母。」此見其造句亦出自老子書。
〔註41〕見老子第十二章：「馳騁畋獵，令人心發狂。」

第三節　結語—價值與影響

一、三張詩文之價值與影響

魏晉之際正處於中國文學的覺醒時期，在這之前的作品，如《詩經》、《楚辭》等，都不是爲文學創作而創作的，它是因爲有某種情感在作者內心中湧動，不得不自然而然發抒出來的。但是到了魏晉時期，曹丕在〈典論・論文〉中開始對文學的意義與價值有了新的認識，他已經注意到了文學的獨立價值。當認識了這種獨立的價值之後，文人們便開始在詞句、語彙上下工夫，如曹植就開始在創作中經常使用對偶，並且注重詩歌中辭藻的修飾。這種情況發展到太康時期就愈加普遍與強烈了，詩人們著力於文字的使用安排與技巧的精心雕琢，此時文學成爲了一種用心用意的安排製作，其中的感發力量，從古代詩歌自然而然的撼動人心，轉變成爲透過另一種匠意安排的形式來傳達。

張華以「情多」改造了漢魏以來的詩風，並通過對左思、陸機兄弟等人的影響，轉變了西晉詩風，同時也改變了西晉的詩學觀念。其對於文壇風氣如此重大的影響，不愧被稱譽爲西晉文壇的領袖。作爲太康文學的前驅，張華極爲注重文學中的審美特質，也由是開啓了西晉文壇新的風格，他的詩歌風格較爲複雜多樣，如其於樂府詩中擅長鋪陳誇飾，而在五言詩中，清麗的抒情性則展現出他「清省」的審美觀，一清一繁的創作成就，體現出張華詩歌風格的多樣性和複雜性。雖然其詩歌文學尙未達到西晉文學的頂峰，但他卻開啓了西晉詩壇新的詩風，使得其後太康詩人受到很大的沾溉。除了重情，張華又始倡雕琢華美的形式主義詩風，體現出駢儷排偶、情景交融與先情後辭之藝術特色，是爲太康文學之先聲，而後更爲太康文壇整體藝術風貌所崇尙。此外，更對於西晉以降至於南朝詩人與詩評家的創作審美觀念，有著極大的關鍵性影響。凡此，可說是張華在文學史上的地位與價值所在；而其獎掖文學、提攜後進的不遺餘力，更直接促進了太康詩壇的蓬勃發展，著實有不容忽視的重大貢獻。

西晉文學素以清綺著稱，張載的作品卻能不耽溺於雕飾采綷，而呈顯出「實質而凝重」的特色，詩文中時常單純直白地流露出內心的憂憤，可說一定程度重現了建安詩風，是太康文學綺靡雕琢的普遍風氣以外的另一脈重要支流，散發出不流於俗的熠熠輝光。鄧仕樑曾云：「大抵孟陽眾作，稍乏麗采，而頗見磊落之懷。」〔註42〕其「磊落之懷」，指的正是張載詩歌當中直抒胸臆、

〔註42〕見鄧仕樑：《兩晉詩論》，頁52。

不加矯飾的眞性情。在張載詩歌當中這樣特出的藝術風貌，具體說明了西晉文學除了「清綺」之外，還有常人未見「顯豁朗暢」的一面。一般說來，張載的文學成就以文爲高，張溥曾云：「景陽文稍讓兄，而詩獨勁出，蓋二張齊驅，詩文之間，互有短長。」〔註43〕可見得二人之中，張載以文見長、張協以詩獨拔。近人韓泉欣於《張載評傳》中更言：「一篇〈榷論〉、一篇〈劍閣銘〉，便足以使他名垂青史。」當是中肯之論。

西晉詩人創作多以「華」爲勝，如張華詩「其體華豔」、陸機詩「舉體華美」、潘岳詩「爛若舒錦」等，據鍾嶸之評張協「文體華淨，少病累，又巧構形似之言……詞采蔥蒨，音韻鏗鏘，使人味之亹亹不倦」觀之，其「詞采蔥蒨」、「巧構形似之言」即爲「華」之寫作特色；「少病累」即能顯現「淨」之特色。張協能「華」，表示其詩具備時代風格之總體特徵，然而華而能「淨」，則顯示其獨到之特色。張協「華淨」之詩風，在西晉頗爲突出，尤其體現在景句描寫上，故鍾嶸云其「風流調達，實曠代之高手」，又列其爲上品，其中不無深意。

張協詩文中的善「巧似」，可從「調采蔥蒨，音韻鏗鏘」（即「色」與「聲」）二方面具體觀之，劉勰云「景陽振其麗」、「結藻清英，流韻綺靡」，亦是就張協創作的詞藻與聲韻言，可說充分肯定了張協詩文的藝術之美。此種「巧構形似」的藝術特色，也影響到謝靈運、顏延之及鮑照，鍾嶸評謝客云：「其源出於陳思。雜有景陽之體，故尚巧似，而逸蕩過之，頗以繁蕪爲累。」〔註44〕評顏延之云：「其源出於陸機，尚巧似。體裁綺密，情喻淵深；動無虛散，一句一字，皆致意焉。」〔註45〕評鮑照云：「其源出於二張。善製形狀寫物之詞。得景陽之俶詭，含茂先之靡嫚。……然貴尚巧似，不避危仄，頗傷清雅之調。」〔註46〕何焯《義門讀書記》卷四十七更具體評鮑詩曰：「〈東門行〉直追『十九首』，又近景陽。」「〈苦熱行〉可敵景陽『苦雨』。」張協「巧構形似之言」的藝術特色，使得中國詩歌的形象性描寫，在語言技巧上提升到前所未有的新高度，後世晉宋之際的「文貴形似」〔註47〕，正是延續著張協詩歌巧構形似的風格而發展的。

〔註43〕見張溥：《漢魏六朝百三家集題辭注》，頁140。
〔註44〕引自陳延傑：《詩品注》，頁17。
〔註45〕引自陳延傑：《詩品注》，頁25。
〔註46〕引自陳延傑：《詩品注》，頁27。
〔註47〕語出《文心・物色》，頁694。

二、「景陽體」對元嘉詩壇的影響

西晉太康詩風發展到最後，出現以張協詩歌特色爲主的「景陽體」，受到文壇熱烈的推崇與仿效。「景陽體」乃指詩歌中「尚巧似」的藝術風格，此種創作技巧由西晉太康詩人張協首倡，鍾嶸於《詩品》中稱此種風格爲「景陽之體」。〔註48〕張協所以雄於潘岳、靡於太沖，於潘左之外別出一格，根本原因正在於「巧構形似之言」。細察鍾嶸《詩品》一書中，其所評論詩歌具有「巧似」風格者，除張協外，正是謝靈運、顏延之、鮑照三家，得見「貴尚巧似」成爲晉宋之際，尤其是元嘉詩壇的重要審美風尚，〔註49〕而這樣的特質，實爲祖襲張協詩歌「巧構形似之言」而來。「巧構形似之言」實際統攝詩歌整體結構的三個要素：一爲題材，即巧構形似的對象，以日月、風雲、草木、山水等自然物色爲主。二爲技巧，即巧構形似的手法：密附、曲寫，〔註50〕主要是指比興誇飾等描寫形容的技巧。三是題旨，即巧構形似之言的作用與目的，乃在於「吟詠其志」。因此，巧構形似之言的詩歌，大抵以「體物」、「寫物」及「感物吟志」三要素組合而成。〔註51〕鍾嶸之所以評斷上述四人皆尚巧似，是因爲其詩歌中主要題材是山川雲水等自然風物；其詩歌主旨在於藉物抒情或感物吟志；而詩歌的創作技巧乃在善於描寫客觀的自然物貌，這些詩歌均以「體物」、「寫物」、「吟志」爲其結構。然在巧構形似之言的基礎之上，靈運巧似而「逸蕩繁富」，延之巧似而「情喻淵深」，鮑照巧似而「不避危仄」，又各自發展而呈顯出不同的詩歌風格，蔚爲大家。本小節欲彰顯代表張協詩風的「景陽體」對於其後元嘉詩壇的重要影響，並稍及於元嘉三家詩歌對「景陽體」的承繼與轉化，分別就其同異之處略作析論。

〔註48〕 此處「景陽體」之說乃源自《詩品》謝靈運條，其云：「（靈運）雜有景陽之體，故尚巧似。」化承而來。

〔註49〕 礙於文章篇幅所限，本文擬將「元嘉詩壇」的對象，量定在最能代表當世文風的元嘉三大家─謝靈運、顏延之及鮑照身上，又鍾嶸《詩品》一書中，評論具有「巧似」風格者，除張協外，正是此三家，可說明「尚巧似」是爲元嘉詩壇的重要創作指標。

〔註50〕 《文心・物色》云：「自近代以來，文貴形似。窺情風景之上，鑽貌草木之中；吟詠所發，志惟深遠；體悟爲妙，功在密附。故巧言切狀，如印之印泥，不加雕削，而曲寫毫芥。故能瞻言而見貌，即字而知時也。」頁694。

〔註51〕 以上可詳參廖蔚卿：〈從文學現象與文學思想的關係談六朝「巧構形似之言」的詩〉，《漢魏六朝文學論集》，頁539～542。

　　謝靈運、顏延之、鮑照繼承張協「巧構形似之言」的特色，在詩歌結構中也寓含了「體物」、「寫物」與「感物吟志」的基本要素，茲舉三人詩歌為例：

> 江南倦歷覽，江北曠周旋。懷新道轉迴，尋異景不延。亂流趨孤嶼，孤嶼媚中川。雲日相輝映，空水共澄鮮。表靈物莫賞，蘊眞誰為傳。想像崑山姿，緬邈區中緣。始信安期術，得盡養生年。（謝靈運〈登江中孤嶼〉）

> 江漢分楚望，衡巫奠南服。三湘淪洞庭，七澤藹荊牧。經塗延舊軌，登闉訪川陸。水國周地險，河山信重複。卻倚雲夢林，前瞻京臺囿。清雰霽岳陽，曾暉薄瀾澳。悽矣自遠風，傷哉千里目。萬古陳往還，百代勞起伏。存沒竟何人，炯介在明淑。請從上世人，歸來藝桑竹。
> （顏延之〈始安郡還都與張湘州登巴陵城樓作〉）

> 高柯危且竦，鋒石橫復仄。複澗隱松聲，重崖伏雲色。冰閉寒方壯，風動鳥傾翼。斯志逢凋嚴，孤遊值曛逼。兼塗無憩鞍，半菽不遑食。君子樹令名，細人效命力。不見長河水，清濁俱不息。（鮑照〈行京口至竹里〉）

謝詩中「江南倦歷覽」至「空水共澄鮮」段，為體物、寫物部分；「表靈物莫賞」至「得盡養生年」段，為感物吟志部分。顏詩中「江漢分楚望」至「傷哉千里目」一段，為體物、寫物部分；「萬古陳往還」至「歸來藝桑竹」段，為感物吟志部分。鮑詩中「高柯危且竦」至「風動鳥傾翼」一段，為體物、寫物部分；「斯志逢凋嚴」至「清濁俱不息」段，為感物吟志部分。在題材結構上，三人詩歌多受張協詩啟發，率皆相類；在創作技巧與描寫對象上，則三人各有兼擅，以下分而述之。

（一）謝靈運

　　「巧似」之所以能革新玄言詩的淡乎寡味，而重新受到元嘉詩壇的重視，特別是在謝靈運的山水詩歌中得以最大程度的體現，並進而成為時代的風尚，原因在於其時山水景物開始成為具有獨立審美意味的表現對象。刻畫山水風貌，重要的是能「傳山水之性情，山水之精神」，[註52] 謝詩運用華美之修辭，亦能體現「巧構形似」之自然靈妙，如：

〔註52〕語出朱庭珍：《筱園詩話》。

白雲抱幽石，綠篠媚清漣。（〈過始寧墅〉）

巖下雲方合，花上露猶泫。（〈從斤竹澗越嶺溪行〉）

林壑斂暝色，雲霞收夕霏。（〈石壁精舍還湖中作〉）

亭亭曉月映，泠泠朝露滴。（〈夜發石關亭〉）

「白雲」、「綠篠」二句，「白」與「綠」、「幽」相映生色，「抱」與「媚」這兩個動詞，賦予了景物活躍的生命力，展現出栩栩的生趣；「巖下」、「花上」二句，描述晨景興象呈現，其中「合」、「泫」二字，使得景致自然浮現，狀溢目前；「林壑」、「雲霞」二句，描述在湖中所見暮色，「斂」與「收」二動詞，生動描摹彩霞消散之景，更有如親臨其境一般；「亭亭」、「泠泠」二句，則以疊字狀聲摹形，除生動自然外，又使詩句更富節奏之美。靈運此類詩歌不見雕琢，純乎自然，可謂達到「不顧詞彩，而風采自然」的境界。〔註53〕

從上述詩例可知，靈運承繼了張協「巧構形似」的藝術特色，極力展現自然景致的靈動之美。有所不同的是，其詩歌在用字、遣詞及造句上，都刻意冶煉：其於用字上，喜用筆畫多、精緻華貴、富有色彩等字；遣詞上，喜以形容詞加名詞、動詞加名詞或連綿詞；造句上，呈現典麗多彩之姿，並注意到聲調調協；〔註54〕又善用對偶、比興、隸事、頂眞等修辭法，更可見其綿密工麗的藝術特色。此外，靈運長於以動態、靜態的對比，摹繪細膩寫實之自然美色，如：「初篁苞綠籜，新蒲含紫茸。海鷗戲春岸，天雞弄和風」（〈於南山往北山經湖中瞻眺〉）、「蘋萍泛沈深，菰蒲冒清淺。企石挹飛泉，攀林摘葉卷」（〈從斤竹澗越嶺溪行〉）二段，均爲前二句爲靜景，後二句寫動景之例，由靜而動，動靜相襯的畫面，更顯得生動傳神。詩句中又有聲色兼備者，如：「池塘生春草，園柳變鳴禽」（〈登池上樓〉）二句，以「春草」之色及「鳴禽」之聲相互輝映，更顯生動逼眞；「猿鳴誠知曙，谷幽光未顯」（〈從斤竹澗越嶺溪行〉）二句，則以「猿鳴」聲劃破寂靜「幽谷」之色，頗有餘韻繚繞之感。

在摹寫景物之際，謝靈運也能藉由奇山怪水的刻畫，將幽微細緻的情懷表達出來，達到「情景交融」的藝術效果。如其〈從斤竹澗越嶺溪行〉：

猿鳴誠知曙。谷幽光未顯。巖下雲方合。花上露猶泫。逶迤傍隈隩。

迢遞陟陘峴。過澗既厲急。登棧亦陵緬。川渚屢徑復。乘流翫迴轉。

〔註53〕語出皎然：《詩式・文章宗旨》。

〔註54〕以上詳可參陳怡良：〈陶謝兩家理趣詩之比較〉，《第三屆中國詩學會議論文集》，頁 263～264。

蘋萍泛沈深。菰蒲冒清淺。企石挹飛泉。攀林摘葉卷。想見山阿人。
薜蘿若在眼。握蘭勤徒結。折麻心莫展。情用賞爲美。事昧竟誰辨。
觀此遺物慮。一悟得所遣。

此詩細部結構依序爲「寫景→記行→寫景→興情→悟理」。首四句寫景，刻畫
晨見事物，接著「逶迤」以下四句乃記行，「川渚」以下六句，分寫溪行、越
嶺及寫景，「想見」以下四句屬興情，因無法相贈所思遠方親友而有所感傷，
最末「情用」以下四句爲悟理，以排解愁情。靈運詩歌多在寫景、興情後，
於詩末闡發所悟玄理，欲以高言來解脫困境，是以增添詩歌弦外之音，而達
到情、景、理渾然一體，成爲有機的妙化，此爲在承繼張協詩歌「巧似」特
色外的轉化。《野鴻詩的》云：「康樂於漢魏外，別開蹊徑，舒情綴景，暢達
理旨，三者兼長，洵堪睥睨一世。」〔註55〕可說是對謝詩最爲崇高的讚揚。

此外，靈運又「逸蕩過之」，〔註56〕是爲在張協詩歌上又有所發展。在篇
章形式上，張協詩歌多以通篇對偶句式鋪敘而下，由於過份工整，故連貫讀
之往往顯得滯而不靈；靈運詩歌亦善以偶句寫景，但結句多用單筆，不求處
處工整，自然避免了誦讀上的拘滯。在內容精神上，謝詩以險爲主，以自然
爲工，〔註57〕由詩歌內在散發獨有之精神意趣，與張協工於語言構造的美飾
有所不同。

（二）顏延之

湯惠休云：「謝詩如芙蓉出水，顏詩如錯采鏤金」，〔註58〕這本是兩種風
格迥異的代表，然而鍾嶸還是點出了他們詩歌的相同點，即「巧構形似」。顏
詩中尚巧似者，主要也是指寫景狀物的部分，現存顏延之詩歌作品大多屬應
酬、侍宴類，摹寫景物的部分僅見詩歌中的數句，質與量均不如謝靈運。其
於寫景狀物上，較少著力於細節的推敲刻畫，而多著重於景物整體形勢的描
繪，在時間、空間的佈局，均較前人更爲擴大眼界：在空間方面，其擅寫氣
勢磅礴的壯闊場景；在時間方面，其融合古今，更深刻地書寫歷史的共相，
並與自然永恆相較，而懷有「故國多喬木」等遷逝之悲的古今感慨，寫景狀
物深刻浩大、歷史感深重，是謝詩所無法企及者，亦使顏詩風格更顯厚重。
如其〈車駕幸京口侍遊蒜山作〉：

〔註55〕語見黃子雲：《野鴻詩的》，收錄於丁福保編，《清詩話》，頁513。
〔註56〕語出《詩品》謝靈運條，見陳延傑：《詩品注》，頁17。
〔註57〕參見廖蔚卿：《六朝文論》，頁270。
〔註58〕語出《詩品》顏延之條，見陳延傑：《詩品注》，頁25～26。

元天高北列，日觀臨東溟。入河起陽峽，踐華因削成。嚴險去漢宇，襟衛徙吳京。流池自化造，山關固神營。圜縣極方望，邑社總地靈。宅道炳星緯，誕曜應辰明。睿思纏故里，巡駕帀舊坰。陟峰騰輦路，尋雲抗瑤甍。春江壯風濤，蘭野茂葳英。宣遊弘下濟，窮遠凝聖情。嶽濱有和會，祥習在卜征。周南悲昔老，留滯感遺氓。空食疲廊肆，反稅事嚴耕。

詩中前半敍寫自然風貌，「元天高北列，日觀臨東溟」極寫蒜山之高，有如元天山與日觀峰；「入河起陽峽，踐華因削成」描寫站在蒜山上舉目所見廣闊的京口城貌；「嚴險去漢宇，襟衛徙吳京」說明京口城地勢堅固險要，就如西漢長安與吳國建業般；「流池自化造，山關固神營」則言長江與蒜山有如京口城的自然屏障，鬼斧神工、環繞其周。延之在此運用時間、空間的跨度，將蒜山及京口城與古代地勢相互襯顯，在時間方面，以西漢長安的崤山、函谷關及吳國建業的鍾山、石頭城與現今京口的蒜山相比擬；在空間方面，以高接北天眾星的元天山、東臨大海的日觀峰、進入黃河內地的長城與險要的華山等相比擬，進而發抒所感：當今京口雖亦周衛金陵，有蒜山、池沼之美，終不可與漢京外有華山、黃河之險固同日而語的慨嘆。最後「周南悲昔老」至「反稅事嚴耕」一段，則藉司馬談留滯洛陽之歷史典故，以抒己不得從遊之憾。〔註59〕此外，又如〈始安郡還都與張湘州登巴陵城樓作〉：

江漢分楚望，衡巫奠南服。三湘淪洞庭，七澤藹荊牧。經塗延舊軌，登閣訪川陸。水國周地險，河山信重複。卻倚雲夢林，前瞻京臺囿。
清霧霽岳陽，曾暉薄瀾澳。悽矣自遠風，傷哉千里目。萬古陳往還，百代勞起伏。存沒竟何人，炯介在明淑。請從上世人，歸來藝桑竹。

詩歌前半鋪陳時代古今與遼闊的地域形勢，爲的是將「萬古陳往還，百代勞起伏」的遷逝之悲抒發出來，在鋪陳中所見詩人的感慨更顯深沈。凡此皆可見顏詩寫景之尙巧似，著重於氣勢磅礴、古今融合的壯闊場景，及其歷史感的深重之處。除了注重描繪山川城郭的形勢外，顏詩中亦有工巧之句，如：

嶠霧下高鳥，冰沙固流川。（〈從軍行〉）

故國多喬木，空城凝寒雲。（〈還至梁城作〉）

〔註59〕此詩雖名爲〈車駕幸京口侍遊蒜山作〉，然觀其所述內容敍寫不得從遊之感，與題名不甚相合，故五臣註張銑云：「此題延年侍遊蒜山，觀其詩意，乃不得從駕。恐題之誤也。」詳見《六臣註文選》，頁394。

> 松風遵路急，山煙冒朧生。（〈拜陵廟作〉）

> 庭昏見野陰，山明望松雪。（〈贈王太常僧達〉）

> 春風壯風濤，蘭野茂蘪英。（〈侍遊蒜山作〉）

> 流雲藹青闕，皓月鑒丹宮。（〈東直宮答鄭尚書道子〉）

> 側聽風薄木，遙睎月開雲。（〈夏夜呈從兄散騎車長沙〉）

凡此詩句均顯流麗輕快，詩人以「下」、「固」、「凝」、「遵」、「冒」、「壯」、「茂」、「藹」、「鑒」、「薄」、「開」等動詞，巧妙地賦予景物活躍的生命力，也顯現其於景物的觀察上非常細緻，用筆也十分工巧綺密，藉由體物入微、巧妙地組織形象、準確生動地描寫景物，而有別出心裁之喻。

　　延之詩歌主要受陸機影響，而呈顯出「綺密」的特色，顏詩重視詞藻的華美繁麗、字句的雕琢與錘鍊，在修辭上呈現錯采鏤金的面貌，較張協詩歌缺少自然清麗之美。其往往於名詞上冠以色彩華麗之形容詞，使得平凡用字，轉變為穠麗的辭藻，如其〈曲阿後湖〉一詩，「彤雲麗璇蓋，祥飆被綵斿」、「藐眄覯青崖，衍漾觀綠疇」句，將「雲」、「蓋」、「斿」、「崖」、「疇」等名詞前，冠以「彤」、「璇」、「綵」、「青」、「綠」等繁複豔麗的形容詞，使文辭密度增加，而略顯斧鑿之跡，李兆洛《駢體文鈔》云：「織詞之縟，始自延之。」陳祚明於《采菽堂古詩選》評曰：「延年束於時尚，填綴求工，〈曲阿後湖〉之篇，誠擅密藻。其他繁撥之作，間多滯響。」〔註60〕正點明顏詩之失，在於過度繁密。由於體裁的綺密、字句致意及喜用古事的創作風格，益以於對偶上的錘鍊較張協詩歌更加細密繁富，使得顏詩中的巧似，在形式上增添另一層雕琢風貌，而較少自然直尋之致，故鍾嶸將之列於中品。

（三）鮑照

　　鍾嶸評鮑照云：「（鮑照）善制形狀寫物之詞，得景陽之�諔詭……。」〔註61〕乃言鮑照在張協巧構形似的寫景技巧之外，還得其「諔詭」。〔註62〕諔詭猶「奇異」、「奇譎」之意，在張協詩歌中，此一特質可從〈雜詩〉十首中見其端倪，就詩旨而言，此組詩並無新意，不外閨怨、歎逝、思鄉、尚志等，然而值得

〔註60〕見許文雨：《文論講疏》，頁240～241。繁撥，鋪張意。其繁撥之作如堆砌典故之詩，如〈和謝靈運詩〉等。

〔註61〕語出《詩品》鮑照條，見陳延傑：《詩品注》，頁27。

〔註62〕「諔詭」一詞見於《莊子‧德充符》：「彼且為蘄以諔詭幻怪之名聞，不知至人之以是為己桎梏邪？」〈天下〉篇亦有：「其辭雖參差而諔詭可觀。」

注意的是，張協呈現詩旨的方式，是將強烈衝突的兩種意象融合在同一個場景中，因而透顯出詭譎的氛圍，如〈其六〉：

> 朝登魯陽關，狹路峭且深。流澗萬餘丈，圍木數千尋。呷虎響窮山，
> 鳴鶴聒空林。淒風爲我嘯，百籟坐自吟。感物多思情，在險易常心。
> 竭來戒不虞，挺轡越飛岑。王陽驅九折，周文走岑崟。經阻貴勿遲，
> 此理著來今。

此詩的外在場景是行旅的險阻：在視覺上，上有峭壁、數千尋的圍木；下有萬餘丈的深澗，峭壁邊的山徑極爲險狹曲折；在聽覺上，強勁的烈風在山谷中迴嘯，極爲淒厲可怖，在這樣聲色的環繞下，詩人內心的恐懼是不言可喻的，一如詩中所言「在險易常心」。然而，後半段的「挺轡越飛岑」表現得卻相當勇敢，這樣心理上懼怕與勇敢的強烈衝突，乍視之下，確實顯得不一致。再如〈其七〉：

> 此鄉非吾地，此郭非吾城。羈旅無定心，翩翩如懸旌。出睹軍馬陣，
> 入聞鞞鼓聲。常懼羽檄飛，神武一朝征。長鋏鳴鞘中，烽火列邊亭。
> 捨我衡門衣，更被縵胡纓。疇昔懷微志，帷幕竊所經。何必操干戈，
> 堂上有奇兵。折衝樽俎間，制勝在兩楹。巧遲不足稱，拙速乃垂名。

此詩是言羈旅之情懷，詩中「此」與「吾」分裂爲二，更顯得置身外地的格格不入，而後作者營構了兩幅外在的場景：一爲由「軍馬陣」、「鞞鼓聲」、「長鋏鳴」、「烽火列」的實際周邊環境；一爲「堂上」、「樽俎」、「兩楹」所構成的虛擬場合，表現上前者充滿緊張的氣氛，後者則爲勝券在握的篤定，這反映了詩人的內在心境，一方面「常懼」戰爭的爆發，一方面卻表現出對於「奇兵」的充滿信心，呈現出矛盾的奇譎。最末兩句「巧遲」「拙速」的語詞安排也十分特殊，一般「遲」意味「拙」；「速」意味「巧」，然而詩人卻將「巧」與「遲」、「拙」與「速」結合在一起，在詞面上實有詭譎的現象。此外，如〈其一〉中「房櫳無行跡」下對以「庭草萋以綠」，將破敗毀壞與鮮豔茂盛的環境對舉，形成強烈的兩相對比；〈其五〉的主題是士之「不遇」，然而卻藉由兩種「遇」來呈現：其一是章甫、璵璠、明月、陽春，另一則是祝髮、瓴甋、魚目、巴人，前者是文明的象徵，後者爲蠻荒的表現，如今二者相遇了，於是才出現「不遇」的困境，透顯出「此理誰能察」的悲哀。這樣文明與蠻荒的組合的確令人匪夷所思，是怪異之處；〈其九〉中的隱士追尋「養眞」、「道勝」，心志非常堅毅，而後展現蠻荒郊野的景象，然而最終卻以「游思竹素園，寄辭翰墨林」的人文境界作結，看似兩相扞格卻又並存在一起，給予人的直

接感受極為乖謬。凡此種種，表現出〈雜詩〉十首在佈局安排上，透顯出某種程度上的極度不協調，正可體現張協詩歌「諔詭」的一面。

鮑照學習到張協的「諔詭」，與自身「才秀人微」的出身融合發揮，成為在狀物寫景尚巧似之際具有「危仄」與「險」的特色。〔註63〕鮑照山水詩歌的形象多為險峻奇特、意境龐大之作，給予人「壯美」的感受，如：

> 千巖盛阻積，萬壑勢迴縈。巃嵸高昔貌，紛亂襲前名。洞澗窺地脈，
> 聳樹隱天經。松磴上迷密，雲竇下縱橫。（〈登廬山〉）

前四句描寫峰岩聚積、溝壑縱橫，「千岩」與「萬壑」相對，突出了廬山地勢的雄偉壯闊；「盛阻積」與「勢迴縈」則表現廬山的崢嶸峭拔。「洞澗」至「雲竇」句描寫山高水深，松柏遮掩石道，雲海出入洞穴，逼真地展示了廬山的奇峻險怪。再如「高岑隔半天，長崖斷千里」（〈登廬山望石門〉）句，描繪山高崖長，「隔」字展示出高峰聳立、遮天蔽日的廬山在天地間的巍峨；「斷」字則勾勒出廬山諸峰峭岩崩削、陡壁如懸的的奇險。黃子雲云：「明遠沈雄篤學，節亮句遒，又善能寫難寫之景。」方東樹云：「造句奇警，非尋常凡手能問津。」確非溢美之辭。

鮑照山水詩幾乎完全摒棄了「玄理佛趣」，而表現為情景相生、情景交融，這樣的情感，在壯闊的險峻景致中，顯得更加蒼涼沈雄。試看〈還都道中〉其二：

> 風急訊灣浦，裝高偃檣舳。夕聽江上波，遠極千里目。寒律驚窮蹊，
> 爽氣起喬木。隱隱日沒岫，瑟瑟風發谷。鳥還暮林諠，潮上冰結洑。
> 夜分霜下淒，悲端出遙陸。愁來攢人懷，羈心苦獨宿。

又如〈行京口至竹里〉詩：

> 高柯危且竦，鋒石橫復仄。複澗隱松聲，重崖伏雲色。冰閉寒方壯，
> 風動鳥傾翼。斯志逢凋嚴，孤遊值曛逼。兼塗無憩鞍，半菽不遑食。
> 君子樹令名，細人效命力。不見長河水，清濁俱不息。

詩人化景物為情思，選象立意蕭瑟蒼勁。「寒律」、「窮蹊」、「複澗」、「重崖」等意象都給人沈鬱蒼勁的美感，再益以「急」、「驚」、「悲」、「愁」、「苦」、「危」、「凋」、「孤」等帶有強烈感傷黯淡色彩的辭藻，更生動地揭示了旅途的艱辛與感情的孤寂。此外，鮑照還承襲張協的「苦雨」，其亦有〈苦雨〉之作，其

〔註63〕鍾嶸又云鮑照詩歌：「然貴尚巧似，不避危仄，頗傷清雅之調。故言險俗者，多以附照。」見陳延傑：《詩品注》，頁27。

云：

> 連陰積澆灌，滂沱下霖亂。沈雲白夕昏，驟雨淫朝旦。蹊濘走獸稀，
> 林寒鳥飛晏。密霧冥下溪，聚雲屯高岸。野雀無所依，群鶵聚空館。
> 川梁日已廣，懷人邈渺漫。徒酌相思酒，空急促明彈。

此詩篇幅雖較張協苦雨詩小，但全詩層次井然，由欲雨天色、久雨不歇、鳥
獸之稀、思人心切四部分組成，對於久雨之種種景象、雨中的朝暮變化、空
間的高低景象，刻畫都極爲生動細密，其中如「沈雲白夕昏，驟雨淫朝旦」、
「密霧冥下溪，聚雲屯高岸」描寫的是陰雨連綿的氣候；「蹊濘走獸稀，林寒
鳥飛晏」、「野雀無所依，群鶵聚空館」則是寫因久雨而孤單寥落的鳥獸。雖
此詩用典不如張協詩般繁富，也略於誇飾之巧，但語言具有自然流麗的風格，
別有直尋風貌。其又有〈登翻車峴〉詩，雖未提以苦雨，實則相去不遠，亦
頗有張協〈雜詩〉其六、其九的身影。

　　鮑照山水詩多從大處著筆、畫面開闊，用字生僻、長於誇飾，以虛實相
生的手法加以敘寫。鮑詩不僅善於實景實寫，更長於運用神話傳說的方式，
和誇飾、擬人、比喻的手法進行虛寫，達到虛實相生的藝術效果，如此虛實
結合的方式，使鮑照筆下的山水形象更爲鮮明，且富有個性及傳奇色彩。王
闓運云：「鮑詩多琢句，精選詞，工布景。」誠然如是。此外，鮑詩還善用遒
勁的語言表現險峻奇特的山水風貌，他常以力度極強的詞句，如：「急流騰飛
沫，回風起江濆」（〈還都道中〉其一）、「騰沙鬱黃霧，翻浪揚白鷗」（〈上潯
陽都道中作〉）、「奔泉冬激射，霧雨夏霖浮」（〈山行見孤桐〉）等，「急流」、「飛
沫」、「崩波」、「翻浪」、「奔泉」、「亂流」、「騰沙」、「爭吹」、「激射」及「斷」、
「絕」等極富動感力量的詞語在鮑詩中常常出現，使詩歌語言顯得雄強奇峭，
充分展現其遒勁之筆力。

　　鮑照詩相對於謝靈運詩，二者多有風格上的不同：謝詩清新、自然、鮮
麗、俊拔；鮑詩沈雄、峻峭、蒼涼、矯健。謝詩多客觀描摹自然景觀，敘寫
優美的永嘉山水，呈現明麗靜細的風貌，結句多入玄理以解其情；鮑詩更多
描繪幽峻迭嶂的盧山與浩蕩奔騰的長江，其詩歌多源自於內心情感的激盪，
而幻化成多采多姿的沈雄意象，情景的交融契合尤爲緊密，發抒坎坷身世的
悲思與哀嘆而不入玄佛。故可知鮑照詩歌中的景物描寫，特點在於情感色彩
濃厚，多窮形盡象總寫其貌，而別露幽悽之情。何焯云：「詩至於鮑，漸事夸
飾，雖奇之又奇，頗乏天然。」鮑照詩歌在眞切細緻的「貴尚巧似」之中，

融合了「奇矯」、求「險」的特質，雖去張協自然清麗詩風漸遠，然這正是鮑詩獨特轉化之所在，而這樣的藝術特色，更及於唐代詩人的寫景詩中，實可謂影響極為深遠。

在「巧構形似之言」的發展過程中，自張協具有「詞采蔥蒨，音韻鏗鏘」的巧似，至於鮑照而形成了「操調險急，雕藻淫豔」的風格，〔註64〕顯現出為了達到「形似」，詩人在「巧構」上所下的工夫稍嫌太過，顯得人工多於自然，斧鑿之跡過於明顯，實有傷直致之奇、不見直尋真美，而「頗傷清雅之調」了。〔註65〕

在張協、謝靈運、顏延之、鮑照的詩歌中，都具有「巧構形似之言」的基礎結構，然其於自然物色的取捨各有不同，內心的感受與意趣的取向也各異，因而在創作技巧上也隨之有所新變，最終各自呈現出不同的藝術風貌。張協以詞采音韻之美成就「風流調達」的詩歌風格；謝靈運以造景清麗、情景交融而完備「逸蕩」之風；顏延之以華麗之辭寫磅礴形勢，呈現「縟雅」之姿；鮑照則以奇險的手法創寫物象，表現出「詡詭」的面貌。於張協之後，元嘉詩人步塵「尚巧似」的文藝美學，充分認識到山水之中的天然靈趣，並力求透過山水之外在形貌加以呈顯，也融合寓含了本身的特有情致，使得在千年之外的我們，能藉由這樣的創作技巧與風格，深刻認知到自然物貌內在蘊含的靈動之美，這正是中國詩史上「景陽體」一系詩人們的最大貢獻。

〔註64〕語見蕭子顯：《南齊書‧文學傳論》，收錄於楊家駱主編，《新校本南齊書》，頁908。

〔註65〕語出《詩品》鮑照條，見陳延傑：《詩品注》，頁27。

參考文獻

一、古籍專書

1. 南朝宋・劉義慶等撰，余嘉錫箋注：《世說新語箋注》，台北：華正書局，1993 年。

2. 梁・劉勰撰、范文瀾註：《文心雕龍註》，北京：人民文學出版社，2000 年 10 月。

3. 梁・劉勰撰、王更生注譯：《文心雕龍讀本》，台北：文史哲出版社，1991 年 9 月。

4. 梁・劉勰撰、詹瑛義證：《文心雕龍義證》，上海：上海古籍出版社，1999 年 12 月。

5. 梁・蕭統等編、李善等注：《六臣註文選》，杭州：浙江古籍出版社，1999 年 3 月。

6. 梁・鍾嶸撰、陳延傑注：《詩品注》，台北：台灣開明書店，1995 年 4 月。

7. 梁・鍾嶸撰、汪中注：《詩品注》，台北：正中書局，1997 年。

8. 梁・鍾嶸撰、楊祖聿校注：《詩品校注》，台北：文史哲出版社，1981 年。

9. 梁・鍾嶸撰、曹旭集注：《詩品集注》，上海：上海古籍出版社，1996 年。

10. 梁・鍾嶸撰、王叔岷箋證：《鍾嶸詩品箋證稿》，台北：中央研究院中國文哲研究所，2004 年。

11. 梁・蕭子顯撰，楊家駱主編：《新校本南齊書》，台北：鼎文書局，1987 年。

12. 唐・房玄齡等撰：《晉書》，台北：鼎文書局，1976 年。

13. 明・張溥：《漢魏六朝百三家集題辭注》，台北：世界書局，1979 年 10 月。

14. 清・嚴可均輯：《全上古三代秦漢三國六朝文》，北京：中華書局，1958 年。

15. 清・何焯：《義門讀書記》，上海：上海古籍出版社，1992 年。

16. 清・許學夷：《詩源辨體》，北京：人民文學出版社，2001 年 10 月。

17. 清・黃子雲：《野鴻詩的》，收錄於丁福保編，《清詩話》，北京：北京圖書館，2003 年。

18. 清・劉熙載著、龔鵬程撰述：《藝概》，台北：金楓出版社，1986 年 12 月。

二、今人專著

1. 美・M.H.艾布拉姆斯：《鏡與燈——浪漫主義文論與批評傳統》，北京：北京大學出版社，1989 年。

＊三畫

1. 于浴賢：《六朝賦述論》，保定：河北大學出版社，1999 年 10 月。

＊四畫

1. 王運熙、楊明：《魏晉南北朝文學批評史》，上海：上海古籍出版，1996 年 12 月。

2. 王瑤：《中古文學史論》，北京：北京大學出版社，1986 年 1 月。

3. 王國瓔：《中國山水詩研究》，台北：聯經出版社，1988 年。

4. 王師力堅：《六朝唯美詩學》，台北：文津出版社，1997 年 7 月。

5. 王師力堅：《魏晉詩歌的審美觀照》，台北：文津出版社，2000 年 1 月。

6. 王師力堅：《中古文學的文化思考》，新加坡：新社出版，2003 年 7 月。

7. 王玫：《六朝山水詩史》，天津人民出版社，1996 年。

8. 王仲犖：《魏晉南北朝史》上下，台北：谷風出版社，1987 年。

9. 王玫：《建安文學接受史論》，上海：上海古籍出版社，2005 年 7 月。

10. 王力：《古代漢語》，台北：藍燈文化事業，1989 年 1 月。

11. 王力：《中國古代文學十大主題——原型與流變》，台北：文史哲出版社，1994 年 7 月。

12. 王澧華：《兩晉詩風》，上海：上海古籍出版社，2005 年 7 月。

13. 王子武：《中國詩律研究》，台北：文津出版社，1987 年 8 月。

14. 王師次澄：《兩晉五言詩研究》，台北：文史哲出版社，1976 年。

15. 王鐘陵：《中國中古詩歌史》，浙江：江蘇教育出版社，1998 年 5 月。

16. 尤師雅姿：《魏晉士人之思想與文化研究》，台北：文史哲出版社，1998 年 9 月。

＊六畫

1. 牟宗三：《才性與玄理》，台北：學生書局，2002 年 8 月。

＊七畫

1. 李曰剛：《辭賦流變史》，台北：國立編譯館，1997 年 7 月。

2. 李翠瑛：《六朝賦論之創作理論與審美理論》，台北：萬卷樓圖書，2002年1月。

3. 李清筠：《時空情境中的自我影像——以阮籍、陸機、陶淵明詩爲例》，台北：文津出版社，2000年10月。

4. 李清筠：《魏晉名士人格研究》，台北：文津出版社，2000年10月。

5. 李建中：《魏晉文學與魏晉人格》，漢口：湖北教育出版社，1998年9月。

6. 李建中：《漢魏六朝文藝心理學》，太原：北岳文藝出版社，1992年5月。

7. 李亮：《詩畫同源與山水文化》，北京：中華書局，2004年12月。

8. 何沛雄：《漢魏六朝賦家論略》，台北：學生書局，1986年。

9. 何沛雄：《漢魏六朝賦論集》，台北：聯經出版社，1990年。

10. 吳功正：《六朝美學史》，江蘇美術出版社，1994年。

11. 吳功正、許伯卿：《六朝文學》，南京：南京出版社，2003年12月。

12. 吳雲主編：《魏晉南北朝文學研究》，北京：北京出版社，2003年3月。

＊八畫

1. 林文月：《山水與古典》，台北：純文學出版社，1984年。

2. 林文月：《中古文學論叢》，台北：大安出版社，1989年6月。

3. 孟固：《傳神與會意—從中國畫看中國人眼中的自然和自然中的自我》，北京：國際文化出版公司，1989年9月。

＊九畫

1. 馬積高：《賦史》，上海：上海古籍出版社，1987年7月。

2. 馬積高：《歷代辭賦研究史料概述》，北京：中華書局，2001年4月。

3. 胡大雷：《中古詩人抒情方式的演進》，北京：中華書局，2003年6月。

4. 胡旭：《漢魏文學嬗變研究》，廈門：廈門大學出版，2004年8月。

5. 柳村：《漢語詩歌的形式》，開封：河南大學出版社，1990年12月。

6. 俞士玲：《西晉文學考論》，南京：南京大學出版社，2008年9月。

＊十畫

1. 袁濟喜：《六朝美學》，北京：北京大學出版社，2000年8月。

2. 徐公持：《魏晉文學史》，北京：人民文學出版社，1999年9月。

3. 徐青：《古典詩律史》，西寧：青海人民出版社，1982年4月。

4. 夏昭炎：《意境概説—中國文藝美學範疇研究》，北京：北京廣播學院，2003年4月。

5. 袁行霈：《中國詩歌藝術研究》，北京：北京大學出版社，2005年8月。

＊十一畫

1. 曹淑娟：《漢賦寫物言志傳統》，台北：文津出版社，1987 年。

2. 曹道衡：《漢魏六朝辭賦》，上海古籍出版社，1992 年。

3. 曹道衡：《魏晉文學》，合肥：安徽教育出版社，2001 年 9 月。

4. 曹道衡、沈玉成編：《中國文學家大辭典—先秦漢魏晉南北朝卷》，北京：中華書局，1996 年。

5. 曹道衡、沈玉成：《中古文學史料叢考》，北京：中華書局，2003 年 7 月。

6. 曹道衡：《中古文學史論文集》，北京：中華書局，2002 年 9 月。

7. 陳義成：《漢魏六朝樂府研究》，台北：嘉新水泥公司文化基金會，1976 年。

8. 陳良運：《中國詩學體系論》，北京：中國社會科學出版社，2003 年 4 月。

9. 陳洪治：《賦》，北京：北京出版社，2004 年 4 月。

10. 陳傳席：《中國繪畫理論史》，台北：三民書局，2005 年 3 月。

11. 陳傳席：《六朝畫論研究》，台北：學生書局，1999 年 9 月。

12. 陳飛主編：《中國古代散文研究》，福州：福建人民出版社，2005 年 6 月。

13. 郭建勛：《先唐辭賦研究》，北京：人民出版社，2004 年 5 月。

14. 郭建勛：《漢魏六朝騷體文學研究》，湖南教育出版社，1997 年。

15. 張伯偉：《鍾嶸詩品研究》，南京：南京大學出版社，2000 年。

16. 張仁青：《六朝唯美文學》，台北：文史哲出版社，1980 年。

17. 張仁青、李月啓：《中國唯美文學之對偶藝術》，台北：明文書局，1991 年。

18. 章滄授：《漢賦美學》，合肥：安徽文藝出版社，1992 年。

19. 許抗生：《魏晉玄學史》，西安：陝西師範大學出版，1989 年 7 月。

20. 許文雨：《文論講疏》，台北：正中書局，1967 年。

21. 梅家玲：《漢魏六朝文學新論—擬代與贈答篇》，北京：北京大學出版社，2004 年 11 月。

22. 陸侃如：《中國詩史》，濟南：山東大學出版社，1996 年 3 月。

23. 陸侃如：《中古文學繫年》，北京：人民文學出版社，1998 年 7 月。

＊十二畫

1. 黃水雲：《六朝駢賦研究》，台北：文津出版社，1999 年 10 月。

2. 程章燦：《魏晉南北朝賦史》，鹽城：江蘇古籍出版社，2001 年 6 月。

3. 程章燦：《賦學論叢》，北京：中華書局，2005 年 9 月。

4. 黃侃：《文心雕龍札記》，北京：中國人民大學出版，2004 年 9 月。

5. 童慶炳：《中國古代心理詩學與美學》，台北：萬卷樓圖書，1994 年 8 月。

6. 傅抱石：《中國繪畫理論》，台北：里仁書局，1995 年 4 月。

＊十三畫

1. 褚斌杰：《中國古代文體學》，台灣：學生書局，1991 年 4 月。

2. 賈奮然：《六朝文體批評研究》，北京：北京大學出版社，2005 年 10 月。

3. 葛曉音：《八代詩史》，西安：陝西人民出版社，1989 年 2 月。

4. 葛路：《中國古代繪畫理論發展史》，上海：上海人民美術出版，1983 年 9 月。

＊十四畫

1. 廖國棟：《魏晉詠物賦研究》，台北：文史哲出版社，1990 年 10 月。

2. 廖蔚卿：《六朝文論》，台北：聯經出版社，1985 年。

3. 廖蔚卿：《漢魏六朝文學論集》，台北：大安出版社，1997 年 12 月。

4. 廖蔚卿：《中古詩人研究》，台北：里仁書局，2005 年 3 月。

5. 寧稼雨：《魏晉風度—中古文人生活行為的文化意蘊》，北京：東方出版社。

6. 臺靜農：《百種詩話類編》，台北：藝文印書館，1974 年。

＊十五畫

1. 劉麟生：《中國駢文史》，北京：東方出版社，1996 年 3 月。

2. 劉師培：《中國中古文學史講義》，北京：中國人民大學出版，2004 年 9 月。

3. 劉躍進：《中古文學文獻學》，南京：江蘇古籍出版社，2000 年 1 月。

4. 劉若愚著、杜國清譯：《中國文學理論》，台北：聯經出版社，1998 年 9 月。

5. 蔡英俊：《比興物色與情景交融》，台北：大安出版社，1995 年 3 月。

6. 蔡英俊：《中國古典詩論中「語言」與「意義」的論題—「意在言外」的用言方式與「含蓄」的美典》，台北：學生書局，2001 年 4 月。

7. 駱鴻凱：《文選學》，台北：華正書局，2004 年 10 月。

8. 鄧仕樑：《兩晉詩論》，香港：香港中文大學，1972 年 1 月。

9. 鄭毓瑜：《六朝情境美學綜論》，台北：里仁書局，1997 年 12 月。

10. 鄭訓佐、李劍鋒：《中國文學精神—魏晉南北朝卷》，濟南：山東教育出版社，2003 年 12 月。

11. 蔣均濤：《審美詩論》，成都：巴蜀書社，2003 年 6 月。

12. 衛紹生：《魏晉文學與中原文化》，北京：學苑出版社，2004 年 11 月。

13. 樊波：《中國書畫美學史綱》，長春：吉林美術出版社，1998 年 7 月。

*十六畫

1. 錢志熙：《唐前生命觀和文學生命主題》，北京：東方出版社，1997年。
2. 錢志熙：《魏晉詩歌藝術原論》，北京：北京大學出版社，2005年9月。
3. 錢志熙：《魏晉南北朝詩歌史述》，北京：北京大學出版社，2005年6月。
4. 穆克宏：《魏晉南北朝文學史料述略》，北京：中華書局，2002年10月。

*十七畫

1. 鍾濤：《六朝駢文形式及其文化意蘊》，北京：東方出版社，1997年6月。
2. 鍾優民：《中國詩歌史—魏晉南北朝卷》，吉林：吉林大學出版社，1989年12月。
3. 鍾躍英：《氣韻論》，上海：上海人民美術出版社，2000年5月。

*十八畫

1. 顏崑陽：《六朝文學觀念叢論》，台北：正中書局，1993年。
2. 歸青、曹旭：《中國詩學史—魏晉南北朝卷》，廈門：鷺江出版社，2002年9月。

蕭滌非：《漢魏六朝樂府文學史》，北京：人民文學出版社，1998年6月。

*十九畫

1. 羅宗強：《魏晉南北朝文學思想史》，北京：中華書局，2002年10月。
2. 羅宗強：《玄學與魏晉士人心態》，天津：南開大學出版，2003年3月。

三、期刊論文

1. 于浴賢：〈西晉賦文化新風管窺〉，漳州師範學院學報（哲社版），2001年1期。
2. 王師力堅：〈西晉詩人—張協、陸機對藝術形式美的追求〉，中國文化月刊197期，1996年。
3. 王師力堅：〈西晉形式主義文論的貢獻〉，中國文化月刊185期，1995年。
4. 王師力堅：〈理論的剛柔分野與創作的柔美趨歸—論六朝文學風格型態〉，中國國學24期，1996年10月。
5. 王師力堅：〈論六朝詩歌與駢文的關係〉，中國國學23期，1995年。
6. 王文進：〈詠懷的本質與形似之言〉，《中國文化新論》，台北：聯經出版社，1982年10月。
7. 尤煌傑：〈謝赫「氣韻生動」論探源〉，哲學與文化29卷11期，2002年11月。
8. 池萬興、林勝：〈魏晉南北朝隱逸賦初探〉，山西師大學報（社科板）21卷3期，1994年7月。

9. 池萬興：〈魏晉南北朝詠物抒情小賦的移情現象初探〉，西藏民族學院學報（社科版），1994 年 1 期。

10. 池萬興：〈論魏晉南北朝詠物小賦〉，西藏大學學報九卷三期，1994 年 9 月。

11. 朱立新：〈游仙詩的意象組合與結構模式〉，上海師範大學學報（社科版），1998 年 9 月。

12. 冷衛國：〈漢魏六朝賦學批評對象與分期〉，社會科學戰線，2000 年 1 期。

13. 宋志民：〈論七體的形成和演進〉，湖南大學學報（社科版），2002 年 9 月。

14. 李立信：〈論六朝賦之詩化〉，《魏晉南北朝文學研討會論文集》，台中：東海大學中文系、中國古典文學研究會主編，台北：文史哲出版社，1998 年 8 月。

15. 李中華：〈從「三曹七子」到「二十四友」—試論魏晉文人集團與文學精神的演變〉，武漢大學學報（哲社版），1995 年 2 期。

16. 李兆祿：〈漢魏六朝「七」體文創作演變〉，棗莊師範專科學校學報 21 卷 1 期，2004 年 2 月。

17. 沈玉成：〈《張華年譜》、《陸平原年譜》中的幾個問題〉，文學遺產第三期，1992 年。

18. 吳儀鳳：〈張華〈鷦鷯賦〉及其衍生賦作之思想探析〉，中山人文學報第十期，2000 年 2 月。

19. 汪又紅：〈試論中國古代詩歌的情景交融〉，首都師範大學，2002 年增刊。

20. 周吉本：〈情景交融機理及構成模式探〉，宜賓師專學報，1998 年 4 期。

21. 武懷軍：〈漢賦與六朝文論中的形似論〉，中國韻文學刊 2000 年 1 期。

22. 韋春喜：〈漢魏六朝樂府詠史詩的發展與演變—以《樂府詩集》為文本對象〉，天府新論，2004 年 4 期。

23. 胡敏：〈論中國古典詩歌情景交融的意象美〉，江西社會科學，2003 年 4 期。

24. 祝菊賢：〈言情慷慨與巧構形似—魏晉南朝詩歌意象美學風貌再比較〉，寶雞文理學院學報（社科板），2000 年 9 月。

25. 徐公持：〈詩之賦化與賦之詩化〉，《文學遺產》，1992 年第 1 期。

26. 徐傳武：〈張載入蜀年考辨〉，大陸雜誌 94:3，1997 年 3 月。陳劍寧：〈試論中國古代寫景詩的意象建構〉，求實—文學藝術研究，2003 年 6 月。

27. 畢萬忱：〈道家與魏晉南北朝賦〉，《第三屆國際辭賦學學術研討會論文集》，台北：國立政治大學文學院編，1996 年 12 月。

28. 高莉芬：〈六朝詩賦合流現象之一考察—賦語言功能之轉變〉，《第三屆國際辭賦學學術研討會論文集》，台北：國立政治大學文學院編，1996 年 12

月。

29. 陳滿銘：〈辭章意象論〉，師大學報：人文與社會類，2005 年。

30. 陳怡良，〈陶謝兩家理趣詩之比較〉，《第三屆中國詩學會議論文集》，彰化，彰師大國文系主編，1996 年。

31. 張振弼、古月：〈論情景交融的美學本質及其審美特徵〉，寧德師專學報（哲社版），1995 年 3 期。

32. 張福政：〈試論《文選》的「七」類〉，勤益學報第十四期。

33. 許東海：〈論張協、鮑照詩歌之「巧構形似」與辭賦之關係〉，國立中正大學學報人文分冊第八卷第一期，1997 年。

34. 許瑤麗：〈論魏晉六朝賦之用典及其審美特徵〉，成都理工大學學報（社科版），2004 年 9 月。

35. 許瑤麗：〈論六朝賦風對詩的影響〉，四川師範大學學報（社科版），2003 年 3 月。

36. 曹旭：〈論西晉詩人張華〉，上海師範大學學報 1990 年第四期。

37. 黃水雲：〈論魏晉南北朝駢賦之發展演變趨勢〉，《第三屆國際辭賦學學術研討會論文集》，台北：國立政治大學文學院編，1996 年 12 月。

38. 熊良智：〈「七體」文三說〉，西南民族學院學報（哲社版），2002 年 9 月。

39. 劉昆庸：〈風流未沫，文章中興：鍾嶸論太康詩歌〉，寧德師專學報（哲社版），2002 年 9 月。

40. 鄧福舜：〈二十四友文人集團形成時間考〉，大慶高等專科學校學報，1995 年 1 月。

四、學位論文

1. 周靜佳：《六朝形神思想與審美觀念》，台北：國立臺灣大學中文所碩士論文，1989 年。

2. 梁成德：《魏晉南北朝賦論研究》，台北：東吳大學中文所博士論文，1998 年。

3. 馮秀娟：《魏晉六朝擬古詩研究》，台北：國立臺灣大學中文所碩士論文，2003 年。

4. 徐千雯：《魏晉南北朝五言詩擬作現象研究》，台南：國立成功大學中文所碩士論文，2001 年。

5. 趙公正：《魏晉南北朝模擬詩風研究》，香港：新亞研究所文學組碩士論文，1986 年。

6. 錢佩文：《論晉詩之個性與社會性》，台北：國立臺灣師範大學國文所碩士論文，1987 年。

附　錄

一、張華及作品年表

紀　年	年　歲	姜亮夫 《張華年譜》	陸侃如 《中古文學繫年》	備　註
魏明帝太和六年 （西元 232 年）	一	張華生。	張華生。	
廢帝嘉平元年 （249）	十八	為〈感婚賦〉。	華為縣吏，娶劉放女，作〈感婚賦〉與〈感婚詩〉。	張華娶妻。
廢帝嘉平二年 （250）	十九	翁劉放卒，華為〈劉驃騎誄〉。	華作〈劉驃騎誄〉。	
高貴鄉公正元元年 （254）	二三	初未知名，作〈鷦鷯賦〉以自寄。		《晉書》本傳：「初未知名，著〈鷦鷯賦〉以自寄，其詞曰……陳留阮籍見之，嘆曰：『王佐之才也。』由是聲名始著。」
高貴鄉公正元二年 （255）	二四	為太常博士，後轉任都尉。	張華為太常博士，薦成公綏。	
甘露二年（257）	二六		張華轉河南尹丞，未拜，除佐著作郎。	
甘露四年（259）	二八		張華遷長史。	
景元二年（261）	三十		張華兼中書郎，作〈鷦鷯賦〉。	臧榮緒《晉書》：「轉兼中書郎，雖棲處雲閣，慨然有感，作〈鷦鷯賦〉。」
元帝咸熙元年 （264）	三三	兼中書侍郎。	張華從征鍾會，真除中書郎。	

晉武帝泰始元年（265）	三四	晉王薨，華爲〈晉文王諡議〉，太子炎繼位。 華所爲朝議表奏，多見施用，遂眞除中書侍郎。	張華議司馬昭諡。	
武帝泰始二年（266）	三五	華對帝言漢宮室制度及建章千門萬戶，應對如流，聽者忘倦，畫地成圖。	張華作〈景懷皇后誄〉。	嚴可均《全晉文》卷五十八載華〈章懷皇后誄〉。晉無章懷后，疑是景懷后之誤。
武帝泰始三年（267）	三六	爲黃門侍郎，封關內侯。	張華拜黃門侍郎，封關內侯。	
武帝泰始四年（268）	三七	華請抄新律死罪條目，懸之亭傳以示民。	張華表請懸示新律死罪條目。	
武帝泰始五年（269）	三八	二月，帝謀伐吳，以羊祜都督荊州諸軍事。諸臣多以爲不可，惟華贊其議。 尙書奏使太僕傅玄、中書監荀勖、黃門侍郎張華各造正旦行禮，及王公上壽酒食舉樂歌詩。（華作〈王公上壽詩〉、〈食舉東西廂樂詩〉、〈正旦大會行禮詩〉、〈晉冬至初歲小會歌〉、〈凱歌〉等）	張華作〈王公上壽詩〉、〈四廂樂歌〉十六篇、〈晉冬至初歲小會歌〉、〈宴會歌〉、〈命將出征歌〉、〈勞還師歌〉、〈中宮所歌〉及〈宗親會歌〉各一篇。	俱見《晉書·樂志》；〈晉四廂樂歌〉十六章見《宋書·禮樂志》。二者亦可俱見於逯欽立本。（逯本：卷十燕射歌辭、鼓吹曲辭、舞曲歌辭及卷十八雜歌謠辭。）
武帝泰始六年（270）	三九	拜爲中書令。		
武帝泰始七年（271）	四十		張華拜中書令，與荀勖整理記籍。	
武帝泰始八年（272）	四一	加爲散騎常侍。		
武帝泰始九年（273）	四二	光祿大夫荀勖始作古尺，以調聲韻，以張華等所制高文，陳諸下管。	加散騎常侍，亦作〈正德舞歌〉及〈大豫舞歌〉。遭母喪。	
武帝泰始十年（274）	四三	撰〈武元皇后哀策文〉。	張華作〈元皇后哀策文〉。	

武帝咸寧二年 （276）	四五	祜上書請伐吳，議者多不同，唯度支尚書杜預、中書令張華與帝意合。		
武帝咸寧三年 （277）	四六	華遭母憂，哀毀過禮，中詔勉厲，逼令攝事。 同年，華奏《博物志》四百卷於帝，帝詔嘉之，且命芟截浮疑。	張華作〈祖道趙王應詔詩〉。	
武帝咸寧四年 （278）	四七	羊祜病，求入朝，陳伐吳之計，遣中書令張華就問其策		
武帝咸寧五年 （279）	四八	帝以華爲度支尚書，乃量計運漕，決定廟算。 十一月，大舉伐吳。	張華遷度支尚書。	
武帝太康元年 （280）	四九	三月壬寅，王濬軍下建業，吳主孫皓降，克州四郡四十三，戶五十二萬三千，兵二十三萬，郡臣皆賀。 尙書關內侯張華，進封廣武縣侯，增邑萬戶。 九月庚寅，賈充等以天下一統，屢請封禪，具議六奏，皆華爲之。 華造〈甲乙問〉。	張華封廣武縣侯，議封禪。	
武帝太康三年 （282）	五一	正月甲午，以尙書張華都督幽州諸軍事。 撫循戎、夏，譽望益隆，朝議徵華入相，勗 馮譖之，議遂寢。	張華出鎮幽州，領護烏桓校尉，安北將軍。	
武帝太康六年 （285）	五四	徵華爲太常。 撰〈三月三日後園詩〉。	張華徵還爲太常，作〈三月三日後園會詩〉四首。	

武帝太康八年 （287）	五六	太廟屋棟折，華請免官，遂終帝之世，以列侯朝見。	張華免官。	
武帝太康十年 （289）	五八	四月，崇賢殿災。於是帝納馮紞之間，廢張華之功，聽楊駿之譖，離衛瓘之寵。 吳士陸機、陸雲兄弟來訪，華以薦之諸公。	陸機、陸雲入洛。	
惠帝永熙元年 （290）	五九	己酉，帝崩。太子即皇帝位，立妃賈氏爲皇后，楊駿專朝政，以前太常華爲少傅。 華爲〈武帝哀策文〉。	張華爲少子太傅。	
惠帝元康元年 （291）	六十	初朝議廢武悼楊太后，華獨以爲宜貶稱武皇后，不省。以張華爲中書監，加侍中。 賈后與其族黨並預國政，后假詔瑋除亮、瓘。張華白帝，亦並誅瑋。 華以誅瑋首謀，拜右光祿大夫，開府儀同三司，金章紫綬，侍中中書監如故。固辭開府。 華遂盡心匡輔，彌縫補闕，雖當闇主虐后之朝，而海內晏然，華之功也。	張華議廢楊太后事，拜右光祿大夫，侍中，中書監，作〈女史箴〉。	
惠帝元康二年 （292）	六一	二月己酉，賈后弒皇太后於金墉城，是時太后尚有侍御十餘人，賈后悉奪之，絕膳八日而卒。賈后恐太后有靈，或訴冤於先帝，乃覆而殯之，仍施諸厭劾符書		

		藥物等。 華作〈女史箴〉以諷，賈后雖凶妬，而知敬重。		
惠帝元康四年 （294）	六三	華進封壯武郡公。	張華封壯武郡公。	
惠帝元康五年 （295）	六四	多十月，武庫火，焚累代之寶，華列兵救之。 華見束晳〈玄居釋〉而奇之，召為之掾。	張華救武庫火災。	
惠帝元康六年 （296）	六五	以中書監張華為司空，領著作。與議《晉書》斷限。 趙王倫與嬖人孫秀與華修怨。 華辟左思為祭酒。		
惠帝元康七年 （297）	六六	華著〈輕薄篇〉、〈遊獵篇〉以貶時俗。		
惠帝元康八年 （298）	六七	華辟平陽韋忠，忠辭疾不起。		
惠帝元康九年 （299）	六八	賈后淫虐日甚，賈模、裴頠、張華議廢立，不可。 十二月，賈后廢太子為庶人，華諫，不從。并殺太子母謝淑媛，及太孫母保林蔣俊。	張華諫廢太子，與裴頠等戲洛水。	
惠帝元康十年 （300）	六九	三月癸未，賈后使嬖人太醫令程據毒害太子於許昌。 華少子韙及閻纘勸華遜位，華不從。 四月癸巳，梁王肜、趙王倫矯詔廢賈后為庶人，司空張華、尚書僕射裴頠皆遇害。侍中賈謐及黨與數十人，皆伏誅。 華雅愛書籍，身死之日，家無餘財，	張華被殺。	

		惟有文史溢於機篋。二子禕、韙同時遇害,他子得逃。		
		陸機作誄誄之,又為詠德賦,以悼之。		
		後吏部尚書溫羨請復華官爵,竟得追復。		
		有女嫁濟陰卞粹。		

二、張載及作品年表

紀　年	年　歲	陸侃如 《中古文學繫年》	備　註
西晉武帝咸寧元年 （西元 275 年）	二六	張載作〈榷論〉及〈濛汜池賦〉，爲佐著作郎。張載生年無考，約在 250 年左右。	
西晉武帝太康元年 （西元 280 年）	三一	張載作〈平吳頌〉，出補肥鄉令。	
西晉武帝太康六年 （西元 285 年）	三六	張載至蜀省父，作〈劍閣銘〉、〈敘行賦〉及〈登成都白菟樓詩〉。	
西晉武帝太康九年 （西元 288 年）	三九	張載復爲著作郎。左思欲賦〈三都〉，詣張載訪岷、邛之事。	自蜀東返後復爲著作郎。
西晉惠帝永熙元年 （西元 290 年）	四一	張載轉太子中舍人。	
西晉惠帝元康元年 （西元 291 年）	四二	張載作〈元康頌〉。	
西晉惠帝元康五年 （西元 295 年）	四六	張載遷樂安相。	
西晉惠帝永康元年 （西元 300 年）	五一	張載遷弘農太守。	
西晉惠帝太安元年 （西元 301 年）	五二	張載爲長沙王記室督。	
西晉惠帝永興元年 （西元 304 年）	五五	張載拜中書侍郎。	
西晉惠帝光熙元年 （西元 306 年）	五七	張載復領著作，撰《晉書》。	湯球輯王隱《晉書・卷七・張載》：「載才不經史，能作晉書。」
西晉惠帝永嘉二年 （西元 308 年）	五九	張載稱疾歸，尋卒。	晉書卷五五張載：「載見世方亂，無復進仕意，遂稱疾篤告歸，卒於家。」病卒約在 310 年左右。

三、張協及作品年表

紀　年	年　歲	陸侃如《中古文學繫年》	備　註
西晉武帝太康四年（西元 283 年）	二九	張協辟公府掾。	以載生年推之，協當生於二五五年左右。
西晉武帝太康六年（西元 285 年）	三一	張協轉秘書郎。	
西晉武帝太康八年（西元 287 年）	三三	張協補華陽令。	
西晉武帝太康十年（西元 289 年）	三五	張協遷征北從事中郎。	《晉書》本傳：「時兄載尚未出仕，而協在爲從事前已歷任三職。」
西晉惠帝永熙元年（西元 290 年）	三六	張協遷中書侍郎。	
西晉惠帝元康五年（西元 295 年）	四一	張協轉河間內使。	《晉書》本傳：「轉河間內使，在郡清簡寡欲。」
西晉惠帝永康元年（西元 300 年）	四六	張協屛居草澤，作〈七命〉。	《晉書》本傳：「於時天下已亂，所在寇盜。協遂棄絕人事，屛居草澤，守道不競，以屬詠自娛。擬諸文士作〈七命〉，其辭曰……世以爲工。」
西晉懷帝永嘉元年（西元 307 年）	五三	張協徵黃門侍郎，不就，尋卒。	《晉書》本傳：「永嘉初，復徵爲黃門侍郎，託疾不就，終於家。」
西晉懷帝永嘉四年（西元 310 年）	五七	卒年無考，大約在 310 年左右。